Wyspa

Eustachy
Rylski
Wyspa

Świat Książki

Projekt graficzny serii
Małgorzata Karkowska

Ilustracja na okładce
Flash Press Media

Redaktor prowadzący
Ewa Niepokólczycka

Redakcja
Paulina Kierzek

Redakcja techniczna
Lidia Lamparska

Korekta
Elżbieta Jaroszuk

Świat Książki
Warszawa 2007
Bertelsmann Media sp. z o.o.
ul. Rosoła 10, 02-786 Warszawa

Skład i łamanie
Akces500, Warszawa

Druk i oprawa
GGP Media GmbH, Pössneck

ISBN 978-83-247-0558-0
Nr 5849

Dziewczynka
z hotelu „Excelsior"

I

Mężczyzna pokłócił się z żoną, wstał z koca i poszedł w stronę zielonej budki z lodami.

Dziewczynkę z psem spotkał obok wypożyczalni kajaków. Jakiś czas temu zwróciła jego uwagę, gdy podobna do ważki przebiegła z impetem koło miejsca, w którym po wielu odwrotach i nawrotach postanowili się z żoną rozmościć. Teraz lepiła z piasku coś, co przypominało bunkier upstrzony antenami telewizyjnymi. Mężczyzna zauważył budowlę, zbyt był jednak pochłonięty sobą, by agresywna brzydota tej konstrukcji mogła go zająć. Miał urlop, w związku z czym nic nie stawało na przeszkodzie, żeby poświęcić więcej niż zwykle uwagi i czasu na natrętne myśli o godzinach, dniach, miesiącach pędzących donikąd. Urlop stał się też okazją, by jak w słuchawce usłyszeć serce kołaczące się w piersi, zwalniające, a potem rwące ni z tego, ni z owego w panicznym galopie, poczuć pot zbierający się pod pachami i spływający skosem w korytach cienkich, wystających żeber, doświadczyć osłabienia i nudności, które dawno już nie objawiły się w tak klinicznej postaci.

Zaskakujący upał.

Słońce przymglone, morze prawie gładkie, piasek rozpalony i poszarzały, plaża pełna. Ciało obok ciała. Grubi i chudzi, ładni i pokraczni, młodzi i starzy, niektórzy już brązowi, chociaż to dopiero początek sezonu, specjalnie ruchliwi, uzurpujący sobie jakieś szczególne prawa, dumnie obnoszący swoją inność, od mola po betonowe falochrony. Większość jednak jeszcze biała, w rozmaitych odcieniach, od alabastru do ponurej szarości. Cisza spowijała tę ciżbę. Charakterystyczny zgiełk przepełnionej plaży pochłonęła rozpalona wilgoć.

Rozwydrzone na ogół mewy latały rzadko i bezgłośnie. Od wody szedł podejrzany zapach.

Właśnie usiłował sobie przypomnieć, co usłyszał przy śniadaniu na temat postępującego zanieczyszczenia morza, gdy tuż przed sobą spostrzegł złą twarz z pytaniem w szarych, blisko siebie osadzonych oczach i skonstatował, że zionie na niego gorąco z blaszanej budki stanowiącej cel jego wędrówki.

Zamierzał sprawić sobie lody i nie wiedzieć czemu poprosił o lemoniadę.

To co mu podano było zimne, przelewające się w dłoni, zamknięte w plastikowym woreczku. Trwał tak przez chwilę, niezdecydowany, co ze sobą począć, potrącany przez interesantów napływających niekończącym się strumieniem do blaszaka, przypominającego ogromny kanister, z którego na kilkadziesiąt metrów zionęło smrodem rozkładającego się mleka. Stał niepewnie, przytrzymując łokciem lemoniadę i gazetę, z portmonetką wetkniętą za gumkę krwistoczerwonych kąpielówek, prowokujących męczący spór między nim a żoną, która w niedyskrecji rozkloszowanych nogawek doszukała się bezwstydnej intencji, a fakt, że ten problem bagatelizował, wywoływał w niej złość nie na żarty.

Obrócił się ostrożnie w stronę, z której przyszedł. Wypożyczalnia sprzętu pływającego oddalona o dwieście, trzysta metrów, blikowała kadłubami świeżo pomalowanych łodzi i kajaków, rozrzuconych po piasku dnem do góry, przy któ-

6

rych uwijał się atletycznie zbudowany młodzieniec z oban-
dażowaną nogą.

Otarł wierzchem dłoni czoło i ruszył z powrotem. Wybrał sobie miejsce koło największej z łodzi i usiadł na piasku,
opierając się o nią plecami. Rozerwał nylonowy woreczek
i łyknął lemoniady. Była jeszcze zimna, trochę słodka, bez
smaku, kolorem przypominająca morską wodę. Pomyślał
sobie, że nie zabrał plastikowej rurki, którą się wysącza płyn
z woreczka, pewno dlatego, że na lemoniadę nie był przygotowany. Znalazł w niej jednak zalety, których lody były
pozbawione. Lemoniada nie sprawiała kłopotu. Pamiętał
z dzieciństwa i lat chłopięcych, że lody w upale są szalenie
absorbujące, trzeba się nimi bez przerwy zajmować, inaczej
znikają w najbardziej nieprzyjemny sposób, jaki można sobie wyobrazić.

Byłbym teraz obświniony, pomyślał, lody topiłyby się
w tym cholernym gorącu i obświniłbym się nimi w mig.
Parsknął śmiechem i uniósł głowę. Zobaczył niewiele, bo
patrzył pod słońce. Właściwie dostrzegł tylko lśniące oczy,
wycelowane w niego z uwagą i absolutną pewnością, że
prośba będzie wysłuchana. Chodziło o zamek i psa. Dziewczynka szybko, prawie na jednym oddechu, tłumaczyła się
ze swego kłopotu. A więc to i tamto, tamto i owo, rozumie,
że to nic ważnego, rozumie, że jej problem może się wydać
błahy, a być może i zabawny, ale skoro ma to potrwać pięć
lub dziesięć minut, to fatyga, do jakiej namawia, nie kosz-
tuje wiele.

Mężczyzna nic nie odpowiedział, a ona podała mu koniec smyczy utytłany w mokrym piasku i nie odwracając się
już w jego stronę, w pełnym biegu, zawieszona między zie-
mią a wodą, wrzasnęła:

– Nazywa się Maka!

Pies szarpnął się konwulsyjnie raz i drugi, zaszczekał
i usiadł zrezygnowany.

Mężczyzna pogłaskał go po kudłatym łebku, na co fantazyjnie zakręcony nad grzbietem ogon odpowiedział kilkoma nonszalanckimi machnięciami. Gdy pogłaskał go po chwili, ogon poruszył się zupełnie tak samo i mężczyzna skonstatował, że kundel ma zainstalowany w środku jakiś automat, który powoduje, że po dotknięciu głowy kiwa mu się ogon, i że nie ma to nic wspólnego z nastrojem, gdyż kudłatą mordkę nastroszyła wielka tęsknota.

Właścicielka psa wróciła po kilkunastu minutach i podskakując raz na jednej, raz na drugiej nodze, by wytrząsnąć wodę z uszu, powiedziała, nie patrząc na mężczyznę, jak by jeszcze była w kąpieli:

– Dziękuję za opiekę nad psem i zamkiem.

Mężczyzna uśmiechnął się najłaskawiej jak potrafił i ocierając twarz z potu, odezwał się po namyśle:

– Jest bardzo ładny.

– Budowałam go całe przedpołudnie – mruknęła dziewczynka zajęta morzem.

– Mówiłem o psie – wyjaśnił mężczyzna, wskazując go palcem – i bardzo milutki, taki więcej pocieszny.

Dziewczynka zgarnęła mokre włosy z czoła i odwracając się z niechęcią w stronę mężczyzny, a może tylko z żalem od przybliżonej z powodu mgiełki linii horyzontu, po której jej wzrok zdawał się przed chwilą błądzić, zapytała zaczepnie:

– O czym pan mówi?

– Cały czas o psie.

– To suka – wyjaśniła cicho.

Mężczyzna rozłożył ręce, jak gdyby zamierzał powiedzieć: Nie ma sprawy, nie ma sprawy, moja mała, jak suka, to trudno. Po chwili zapytał:

– No, a woda?

– Wspaniała! – teraz w głosie dziewczynki brzmiała zachęta i ślad uprzejmości.

– Ale jeszcze zimna pewno.

– Trochę zimna – zgodziła się dziewczynka, rozkładając na piasku coś, co wziął początkowo za sukienkę.

– I brudna – dodał po chwili.

– Trochę brudna – odpowiedziała dziewczynka, kładąc się na tym czymś, co on wziął za sukienkę, kiedy oglądał jej rzeczy, zastanawiając się, czy pies nie został mu ordynarnie podrzucony z zamkiem jako rękojmią powrotu właścicielki, zamkiem, który przypominał z bliska już nawet nie bunkier, tylko stertę gnoju z pozostawionymi w niej widłami.

Rzekł z przekonaniem:

– W gruncie rzeczy bajoro, ściek, szambo, fuj...

– Co takiego? – dziewczynka uniosła powiekę.

– Mówię o morzu.

– Dlaczego pan tak mówi?

– Bo mówili w radiu. Zatoka jest zatruta.

– W czym?

– W radiu.

Powieka opadła, twarz dziewczynki się postarzała, jakby światło w niej zgasło.

– Wolę telewizję – westchnęła i znieruchomiała, jak nieruchomieje młodość, bez drgnienia.

Młody człowiek zajmujący się łodziami przesadził szybkim, drapieżnym skokiem kadłub tej, którą wybrał mężczyzna. Był jednym z tych, którzy kim by byli lub nie byli, unieważniali na plaży wszelkie przewagi, jakie mieli nad nimi inni we wszystkich innych miejscach. Mężczyzna przypatrywał mu się z męczącą zazdrością. Rzekł bez przekonania:

– A ja radio.

– Jest pan pierwszy dzień na plaży?

– Tak, skąd wiesz?

– To widać – wyszeptała dziewczynka, przymykając oczy, po czym dodała: – Niech pan sobie położy ręcznik na ramionach, bo jutro będą bąble.

– Słońce jest słabe – odpowiedział, ale mała czymś niewidocznym, lecz wyczuwalnym, a nawet dosadnym, dała do zrozumienia, że rozmowa skończona. Dosyć to było aroganckie.

Mężczyzna zapragnął papierosa, powstrzymywała go myśl o wysiłku, jaki trzeba by w związku z tym podjąć, i ryzyko zderzenia się z niezadowoleniem żony, którą zapewnił, że jego wyprawa po lody nie potrwa dłużej niż kwadrans.

Wobec niezadowoleń żony bezbronny bywał jak dziecko, nie znajdował na nie żadnego sposobu i niczego nie potrafił im przeciwstawić, poza coraz bardziej zalęknionym milczeniem.

Przez chwilę zastanawiał się, czy nie sięgnąć za siebie po gazetę i nie spróbować doczytać do końca artykułu, o którym mówiono, że jest niecodzienny jak na poziom lokalnej prasy i zapowiada wydarzenia, których rozwoju i konsekwencji nikt nie jest w stanie przewidzieć, ale doszedł do wniosku, że jest za gorąco nawet na ewenementy, a poza tym bez szczególnego zdziwienia stwierdził, że go to zupełnie nie obchodzi.

Zastanawiał się też, czy mała nie podejrzewa, że siedzi tu dla niej; trochę to śmieszne, gdyby spojrzeć z boku, ale po chwili wątpliwości doszedł do wniosku, że jest mu to równie obojętne, jak artykuł, który powinien przeczytać.

Stwierdził też, że jego wymęczone dysfunkcjami ciało ogarnia kojące rozleniwienie, i było to uczucie nieznane mu już od dawna. Kto wie, pomyślał, może wyjazd na wczasy był dobrym pomysłem.

A potem poczuł na powrót osłabienie i nudności, ból głowy, gorączkę i dreszcze, ale jednocześnie po raz pierwszy nie wydało mu się to takie ważne, a tym samym takie przykre jak dotychczas.

Niewątpliwie coś niedobrego działo się z jego ciałem od

dawna, w tej chwili natomiast miał wrażenie, że nie przejmuje się tym tak bardzo. Wydało mu się nawet, że choroba nie dotyczy jego samego, ale kogoś, kogo raczej nie zna i raczej nie żałuje. Ta franca, rozpanoszona w nim nadal, przestała być bezlitosnym dostawcą lęku i cierpienia.

Zbliżyła się pora wczesnego, letniego obiadu. Publika zrolowała koce, zwinęła zasłony od wiatru, pozamykała parasole, ponawoływała psy i dzieci. Zrobiło się jeszcze goręcej, a morze znieruchomiało zupełnie. Spojrzał na dziewczynkę. Leżała wiotka, delikatna i smagła. Mogła mieć dwanaście, trzynaście lat. Tyle w niej było dziecka, co kobiety. Twarz miała drobną, rysy podokańczane, nos, długi i wąski, opadał nieco na końcu, jak u drapieżnych staruch z południa. Jeśli dołożyć do tego wysokie czoło i wklęsłe policzki, całość okazywała się zbyt ascetyczna, nieharmonizująca z całą resztą, afirmującą życie, piękno, młodość. Ale usta o pełnych misternie zarysowanych wargach, lśniące, niebieskie chyba oczy, przesłonięte teraz powiekami o długich, uwodzicielskich rzęsach i gęste włosy dopełniały tę podejrzaną surowość rysów pociągającą dziewczęcością. Ciało miała śniade, długie i wąskie, biodra chłopięce, pośladki wypukłe, wspaniale ukształtowane. Nogi szczupłe, lecz nie patykowate, co zdarza się jeszcze dziewczynkom w tym wieku, z wyraźnie zaznaczonymi mięśniami ud i łydek. Ręce były za to wiotkie i cienkie jak tasiemki, rozrzucone teraz na rozpalonym piasku. Ramiona uniesione nieznacznie w górę, z wystającymi obojczykami, upodobniały ją do ptaka.

A więc mogła by mieć, pomyślał mężczyzna, jak myśli się o zdarzeniach, które już miały swój czas i swoje miejsce, dwanaście lub trzynaście lat, ale tryb przypuszczający dawał wolne pole, umieszczając małą poza czasem, tym bardziej że sam stracił jego rachubę. Poczuł się oderwany od otoczenia w taki sposób, w jaki można się wyłączyć z czegoś duchowo, nie tracąc z tym czymś kontaktu fizycznego, który staje się zdumiewająco rozkoszny, jeśli nie jest naznaczony żadną myślą.

Z każdą chwilą był sobą coraz bardziej zdziwiony.

Od czasu do czasu zamykał oczy i obraz małej zawieszał się przed nim jak gdyby odbity na wewnętrznej stronie powiek, ale po chwili jakaś potrzeba kazała mu patrzeć znowu i było to jak zatrzymywanie oddechu, które jest możliwe, ale nie na długo. Uczucie nieobecności, którego nie mógł nazwać jeszcze sennością, tak nagłe w istocie i nieoczekiwane, jak gdyby z każdą chwilą się urealniało.

Miał dreszcze i temperaturę, odnosił wrażenie, że po paśmie zimna nadchodzi pasmo gorączki i że nie nakładają się one na siebie, tylko tkwią jak w torcie, warstwa na warstwie, lub są podobne barwom światła przepuszczonego przez pryzmat.

Przestawał trapić go upał, chociaż słońce stało teraz prostopadle do ziemi, a powietrza nie mącił żaden podmuch od morza. Dziwne, ale mimo potu, osłabienia, mdłości i łupania w głowie nie czuł się źle. Jego ciało zdawało się cierpieć, on nie. Nastrój, który stał się teraz jego udziałem, mógłby określić, choć to wręcz nieprawdopodobne, mianem błogostanu.

Bardzo wyraźnie odczuwał coś podobnego w dzieciństwie, gdy zaczynało się na przykład któreś z jego licznych i poważnych przeziębień, takie przykre, gdy musiał pokonywać długą drogę ze szkoły do domu lub gdy kazano mu siedzieć przy stole, aż nie skończą starsi, i takie cudowne, gdy matka z zatroskaną miną pakowała go do łóżka i wsuwała mu termometr pod pachę, a on odwracał się do ściany, już w zupełnej obojętności wobec świata, wyzwolony ze wszystkich obowiązków i powinności, przykryty po czubek głowy prześcieradłem, nasycający się własnym oddechem, wypełniony jedną myślą, że nim każą mu się odwrócić, by wyjąć termometr, on w chorobowym błogostanie, kiedy miło bolą kości, a ciało zdaje się rozsychać od gorączki, ale jeszcze nie nadchodzi jej złowieszcza, nocna fala, przez dziesięć minut będzie się rozkoszował ciszą, spokojem i łagodnością.

Otworzył nagle dłoń i piasek, który w niej trzymał, opadł z cichutkim szelestem na ziemię. Dmuchnął na palce i rozciągając nimi nozdrze, wydobył sobie z nosa pokaźną kozę, z brzegu twardą i spieczoną, dalej lekko wilgotną i galaretowatą. Zaczął z lubieżnością obtaczać ją w palcach. Kulka robiła się coraz mniejsza, coraz bardziej rozkoszna w dotyku. Po kilku minutach gdzieś się jednak zawieruszyła. Opuścił głowę i zaczął jej szukać na swym wzdętym, porosłym rudym włosem brzuchu. Odchylił gumę kąpielówek i bez specjalnej nadziei, że będzie mógł ją odnaleźć, małą już jak wesz, włożył tam rękę. Kulki nie znalazł, ale na wysokości penisa natrafił na metkę, której istnienia w tym miejscu nie podejrzewał. Zgiął się wpół, pochylił głowę jak mógł najgłębiej i naciągając kąpielówki do granic wytrzymałości, przeczytał napis: Jeleniogórskie Zakłady Tworzyw Syntetycznych. Tkanina superbistor.

Zwolnił gumę i prostując się powoli, mruknął z satysfakcją:

– No proszę.

– Co pan mówi? – dziewczynka uniosła się na łokciu i zwróciła w jego stronę porcelanową twarz.

– Nie, nic – odpowiedział po dobrej chwili, opierając się ponownie o łódź.

– Czy coś się stało? – zapytała, nie udając troski.

– Wyleciała mi z palców taka mała rzecz. Zupełnie niewielka. Miałem ją jeszcze przed chwilą, dosłownie przed momentem, a teraz taki kłopot... – machnął ręką – zresztą nic ważnego.

Innym już tonem zapytał:

– Spałaś?

– Nie, słuchałam.

– Czego?

Popatrzyła z roztargnieniem, wzruszając ramionami, jakby zdziwiona, że można zadać tak niemądre pytanie.

Powiedziała dobitnie, twardo, kategorycznie:

– M o r z a!

– Nie słychać go – rzekł powoli mężczyzna i zawahał się.

– Nie ma wiatru, nie ma fal, jest spokój i morza nie słychać.

– Ja słyszę, jak zawsze – westchnęła i ponownie opuściła głowę na piasek.

Publika wróciła z obiadu w nadkomplecie. Zgrzana słońcem, oblepiona potem, taszcząc z sobą na powrót koce, ręczniki, termosy, psy, dzieci i kolorowe zasłony od wiatru, chociaż go nie było. Plaża wypełniła się jej przytłumioną tylko trochę energią, rozpływającą się w leniwych rozmowach, jazgocie dzieci, nawoływaniach bez odpowiedzi i odpowiedziach bez pytań. Wszystko to źle niosło się w wilgotnym, gęstym powietrzu; tkwiło jak w syropie, zastygłe i obezwładniające.

Mężczyzna nabierał ochoty na rozmowę z dziewczynką. Mimo że z niechęcią przysłuchiwał się chaotycznej paplaninie, która osaczała go ze wszystkich stron – a może właśnie dlatego sam zapragnął też mówić. Przebiegł myślami po tematach, o które mógłby zaczepić, ale jedne wydały mu się zbyt poważne, inne zbyt proste. Najlepiej chyba o psie, doszedł do wniosku, to temat neutralny, a mała wydaje się bardzo do niego przywiązana. Podniósł rękę i wskazał kundla.

– Ten pies...

– Nazywa się Maka – odpowiedziała dziewczynka, przerywając mu z wyczuwalną kpiną i poczuciem przewagi.

Zirytowało go to, więc rzucił ostro i, co wręcz rozkoszne, bezkarnie:

– No właśnie, a ty?

– Inte.

– Jak?

– Inte.

– Dziwne imię. Kto ci je wymyślił?

– Ojciec, był żeglarzem.

– Co to ma do rzeczy?

– Nic, ale nim był.

Mężczyzna zafrasował się. Pokręcił głową, jak to się zdarza, gdy słyszymy coś, co się nie zgadza z naszym wyobrażeniem świata, i rzekł cicho:

– To bardzo interesujące.

– Malował też obrazy – dziewczynka uwodzicielskim gestem odsunęła włosy znad czoła. – Zawsze wodę albo wodę i topielca. Nikt tych obrazów nie chciał i ojciec zawalił nimi całą piwnicę. Czasami tam schodzę i je oglądam.

– To bardzo interesujące – powtórzył mężczyzna.

– Kiedyś namalował ogród nad morzem. Topielca powiesił na drzewie, do góry nogami.

– Do góry nogami?

Skinęła głową.

– No tak – westchnął mężczyzna i zafrasowany jeszcze mocniej, choć w głębi duszy rozkosznie obojętny, zapytał:
– Jesteś tu sama?

– Na plaży tak.

– A w ogóle?

– W ogóle jestem z mamą.

– Mama została w domu?

– W hotelu.

– Pozwala ci samej...?

– Widocznie tak.

Skrzywił się i rzekł wolno, podkreślając słowa gestem ręki:

– No, to jednak nie jest oczywiste. Może okłamujesz mamusię, mówiąc, na przykład, że idziesz do parku albo do kina. Może mamusia nigdy nie zgodziłaby się na twoje samotne kąpiele, gdyby o nich wiedziała.

Dziewczynka popatrzyła na mężczyznę uważnie, a on dostrzegł w jej spojrzeniu jak gdyby drugie spojrzenie, prawdziwsze od pierwszego. Coś pociągającego, ale niebudzącego zaufania. Godzinę wcześniej wprawiłoby go to w zakłopotanie.

Uniosła się na łokciu i powiedziała:

– Jest coraz goręcej.

Zgodził się z nią.

– Więc może byśmy weszli do wody, tak po kolana, skoro nie lubi pan pływać.

– Nie powiedziałem, że nie lubię pływać.

– Świetnie, wejdziemy w takim razie głębiej.

Gdy pomyślał, że aby wejść do wody, trzeba ruszyć się z miejsca, jego mdłości przybrały na powrót dokuczliwy charakter.

– Nie czuję się ostatnio dobrze – mruknął – kąpiel mogłaby mi zaszkodzić.

– Morze się już nagrzało, jest przygotowane – dziewczynka podniosła się z piasku.

– Nie o to chodzi – westchnął. – No dobrze, a co z psem?

– Poczeka na brzegu. Będziemy go mieli na oku.

Ruszyli ku wodzie. Dziewczynka przodem, zgrabnie klucząc między plażowiczami, mężczyzna parę kroków za nią, osuwając się na rozpalonym, sypkim piasku. Kiedy stanęli na brzegu, tak, że leciutka fala obmywała im stopy, zauważył, że nie jest wyższy od dziewczynki, a nawet przeciwnie, raczej niższy. Jego ciało wydało mu się wyjątkowo białe z nieapetycznym żółtym odcieniem. Dotyczyło to szczególnie obsypanych żylakami łydek.

Do wody weszli równocześnie, ale mężczyzna wycofał się po kilku krokach. Dziewczynka machnęła zachęcająco ręką. Spróbował raz jeszcze, ze wstrętem ochlapując sobie nogi i tors. Po chwili wrócił na brzeg. Dziewczynka wypłynęła daleko za linię żółtych boi, wyznaczających rewir kąpielowy. Wróciła po kwadransie. Mężczyzna wyrzucił jej ryzyko takiej kąpieli, wspominając coś o skurczach i zdradzieckich głębiach. Powiedział to nonszalancko, z uśmieszkiem mającym sugerować dystans do tej przestrogi, było w tym jednak za dużo niepokoju, by mała tego nie dosłyszała.

Zanurzyli w wodzie psa, który narobił potwornego wrzasku i wyrywał się tak energicznie, że mężczyzna stracił w pewnym momencie równowagę i wywrócił się, mocząc bistorowe kąpielówki.

Potem leżeli oboje na piasku, dotykając się ramionami. Mężczyzna dowiedział się, że mała przyjeżdża tu z matką od kilku lat, na cały sezon. Mieszkają w hotelu. Matka cierpi na światłowstręt i wychodzi dopiero wtedy, gdy się ściemnia. Wraca późno w nocy lub o świcie. Ojciec utonął podczas jednej ze swych żeglarskich wypraw dawno temu i mała go nie pamięta. Nie ma rodzeństwa. Mieszka razem z matką w niewielkim mieście otoczonym lasami. Przedtem mieszkali podobno gdzie indziej, ale gdzie nie pamięta, tak jak nie pamięta również jej matka. W domu często ogląda telewizję, szczególnie jak są filmy dla dorosłych. Na pytanie mężczyzny, czy nie przykrzy się jej samej, odpowiedziała, że wprost przeciwnie, bardzo to lubi, a poza tym ma zawsze wrażenie, że ktoś z nich jest obok niej. Matka wychodzi i wraca późno, czasami nad ranem, ale jej się wydaje, że nie zostaje w domu sama.

Mężczyzna nie dowiedział się, kim są ci, którzy nie pozostawiają jej samej. Odniósł wrażenie, że ona też tego nie wie.

Z plaży wyszli koło czwartej. Dziewczynka, poprawiając psu smycz, poinformowała:

– To znajda, ma trzy lata i już dwa razy dzieci. Raz były lisy. Mieszkamy niedaleko lasu i mama mówiła, że Maka musi się tam puszczać. Kiedyś urodziła nawet borsuka.

– No, to już zmyślasz – zaoponował mężczyzna.

– Nie, daję słowo, raz były lisy, a raz szczeniaki i borsuk.

Przeszli w poprzek skwer, potem ulicę zasmrodzoną benzyną z podtopionym asfaltem i znaleźli się w parku, w którym było duszno i czuć było spaliny. Koło kamiennej bramy, zwieńczonej płaczącymi wierzbami, dziewczynka przystanęła i dźwigając psa, żeby przejść ruchliwą arterię, powiedziała:

– Ja tu skręcam.

Mężczyzna stał nieruchomo, przyłożywszy spocone dłonie do szwów spodni. Po chwili zapytał, czy nie miałaby nic przeciwko temu, aby jutro zbudowali jakiś zamek.

– Piasek jest suchy i obsypuje się – rzekła nonszalancko dziewczynka.

– No tak – mruknął i pochylając głowę, powiedział: – W każdym razie będę na plaży, gdzieś w okolicy kajaków, gdybyś...

– Znajdę pana – przerwała mu i zeszła z chodnika.

– Gdzie mieszkasz? – zawołał za nią, gdy była już na środku szosy.

– W hotelu „Excelsior" – odkrzyknęła, nie odwracając głowy. Po chwili zginęła w tłumie.

* * *

Do domu wczasowego wrócił przed kolacją.

Na schodach spotkał starościnę turnusu, blondynkę między czterdziestką a pięćdziesiątką, jeszcze ładną i pociągającą.

– Dobrze, że pana spotykam – zawołała, zwracając się w jego stronę. – Ale, ale, pana chyba nie było na obiedzie?

– Istotnie, spóźniłem się – rzekł, uderzając dłonią o ciemną, wyślizganą poręcz. – Czy coś się stało?

– Ależ nie! – zawołała blondynka, po czym zawiadomiła mężczyznę, że jutrzejszy wieczorek zapoznawczy zapowiada się szampańsko, pod warunkiem że wszyscy, którzy mają zamiar w nim uczestniczyć, a nie przypuszcza, by ktoś się wyłamał, do tego się przyłożą. Od mężczyzny nie oczekuje wiele, ale pomoc przy łączeniu girland, klejeniu lampionów z bibułeczki, stawianiu jakichś dowcipnych napisików jest oczekiwana.

To nie musi być teraz, natychmiast, to może być nawet jutro. Gdyby było jutro...

Mężczyzna, normalnie w takiej sytuacji niepewny, spłoszony, powalony falą gorąca i niemocy, skuliłby się w sobie, podwinął, zmniejszył, zaczął coś dukać o niedyspozycji, nieumiejętności, może nawet o braku czasu, teraz nie patrząc w dół, ani w bok, powiedział, że nie pomoże przy organizacji wieczorku zapoznawczego, bo nie ma na to ochoty.

– Jak to?

A tak to. Nie ma ochoty i już. Ludzie miewają na coś ochotę i jej nie miewają. Ponownie uderzył dłonią o poręcz schodów, nie unikając wzroku blondynki. Trudno powiedzieć, by rozpierało go poczucie swobody, ale odmowa prośbie tej ładnej i imperatywnej kobiety przyszła mu łatwo. Tak łatwo, jakby był w tym zaprawiony. Zauważył nawet, nie bez satysfakcji, że spłoszyła się raczej blondynka, kiedy patrząc ponad jego głową, powiedziała cicho:

– Mówił mi pan Stasiu, że pan jest plastykiem, że pan...

– Kim jest pan Stasiu? – zapytał, wspinając się na schody.

– Naszym kaowcem – odpowiedziała blondynka.

– Kaowcem?

– Tak.

– Przykro mi – ton mężczyzny niczego takiego nie sugerował – ale nie jestem plastykiem i o dekoracjach nie mam pojęcia. – A poza tym – dodał już z góry – na wieczorku nie będę.

Wszedł do pokoju i otworzył okno. Łóżko, które zajmowała żona, było rozbebeszone, a na skotłowanej pościeli walało się trochę trawy i piasku. Znieruchomiały upał zdawał się zaraz eksplodować. Zdjął koszulę, odkręcił kran nad umywalką, poczekał, aż spłynie ciepła woda, po czym umył sobie pachy, ręce i twarz. Zsunął z nóg sandały, zapalił papierosa i wyciągając się w pościeli, pomyślał, że, o ile wie, hotelu o nazwie „Excelsior" w tym mieście nie ma.

* * *

Choć to prawie niemożliwe, następny dzień stanął jeszcze gorętszy. Gdyby powietrze było suche, można by rzec, że wszystko drga od gorąca. Morze oddawało jednak wilgoć, parując obficie, toteż drzewa, zwierzęta, przedmioty i ludzie zamarli w ciężkim powietrzu jak skamieliny. Oczywiście dotyczyło to również plaży. Wczoraj przytłumiona zaledwie niespodziewanym upałem, dzisiaj sprawiała wrażenie zniewolonej cieplarnianym oparem, jaki na nią spłynął. Mimo to wypełniła się po krańce, co zaświadczało o rozpoczęciu sezonu na dobre. Słońce, którego promienie przedestylowane przez wilgotną zawiesinę docierały na ziemię złagodzone, zabarwiało wszystko na żółtawy kolor, a brak kontrastu powodował monotonię. Odnosiło się wrażenie, że jest to tygiel, z którego teraz natura wytapia niezapomniane lato. Miejscowi mówili, że taka pogoda zdarza się nad tym chłodnym zwykle morzem bardzo rzadko, a już nigdy na początku lipca. Byli zdania, że to anomalia niewróżąca niczego dobrego. Przyjezdni, nastawieni na przełomowość wyrażali odmienną opinię. Ale jedni i drudzy zgadzali się co do tego, że w nocy będzie burza.

Mężczyzna siedział przez jakiś czas w wykopanym przez siebie dołku i usiłował czytać gazetę z wczorajszym, znamiennym artykułem, ale ściekający z czoła pot w końcu mu to uniemożliwił.

Wstał więc i począł spacerować wzdłuż brzegu, stawiając ostrożnie stopy, by nie nadziać się na kawałki szkła, deski ze sterczącymi gwoździami, zardzewiałe odkuwki.

Dochodziła jedenasta, gdy zdecydował się wejść do wody. Zetknięcie z nią nie było miłe. Cały brzeg oblepiały utytłane w mazucie wodorosty, których z wczorajszego dnia nie pamiętał. Kilka metrów dalej leżała na fali martwa mewa z uniesionym w górę, jak żagiel, skrzydłem. Mimo to wszedł głębiej i im dalej się posuwał, tym woda wydawała mu się czyściejsza. Miał ją po szyję, gdy zdecydował się popłynąć trochę wzdłuż brzegu w stronę mola. Posuwał się chaotycznym crawlem, przystając co kilka metrów, by wyczuć grunt.

W pewnym momencie ktoś wrzasnął mu nad uchem:

– Hallooo!

Odwrócił gwałtownie głowę i łyknął spory haust obrzydliwej, słonej bryi. Zamachał nieprzytomnie rękoma i poczuł, że nie dosięga dna. Napił się raz jeszcze i zaczął się krztusić. Po kilku metrach trafił na łachę piasku i stanął na niej niepewnie, wypluwając morze.

– Na lewo od tego miejsca jest już głęboko – krzyknęła dziewczynka, kiwając mu ręką z odległości kilku metrów.

– Właśnie przed chwilą się przekonałem – rzekł, brodząc w jej stronę.

– Topił się pan? – zapytała z zaciekawieniem.

– Coś ty! – odparł, zataczając się i plując wodą. Pod nosem miał coś ciemnego, co nie wyglądało zachęcająco. Ocierając ręce o kąpielówki, warknął: – Szukałem cię wszędzie całą godzinę. Jestem już od dziesiątej – po czym reflektując się, dodał pojednawczo: – Miałem prawo się niepokoić. Wczoraj... tego, no, ruch był okropny na szosie i w ogóle, ludzie są jacyś podekscytowani, więc miałem prawo... Jak dotarłaś do hotelu?

– Normalnie.

Pies kręcił się bez ustanku, obwijając ją smyczą, gdy poszli w stronę wydmy w poszukiwaniu miejsca na zamek. Budowali go długo, ale niestarannie. Piasek był rzeczywiście suchy i obsypywał się. Mężczyzna próbował nawet niektóre fragmenty konstrukcji umocować deseczkami naznoszonymi z brzegu, ale nie wiele to pomagało. W gruncie rzeczy nudził się śmiertelnie. Dziewczynka przyglądała się budowie, czasami coś niechętnie podtrzymując, ale widać było, że i ją to mało interesuje. Wyszło im w końcu jakieś nieforemne paskudztwo, pretensjonalne, powyginane na wszystkie strony, dołem rozsiadłe jak stara baba. Zresztą po kilkunastu minutach runęło cicho i tylko parę pociemniałych deseczek, przysypanych piaskiem, świadczyło o tym, że ktoś tu próbował coś stworzyć.

W południe wyszli z plaży, dochodząc do wniosku, że upał stał się nie do zniesienia. Włóczyli się trochę po mieście, przyglądając się zakurzonym witrynom sklepowym, po czym mężczyzna zaproponował obiad w „Grandzie". Dziewczynka krygowała się trochę, ale argument, że sala jest klimatyzowana, przełamał jej niezbyt zresztą zdecydowany opór.

Sala nie była klimatyzowana, za to pełna. Ludzie polowali na stoliki, wykłócając się o nie z kelnerami i między sobą. W ogólnym rozgardiaszu próbował zaprowadzić porządek kierownik sali, wysoki, smukły jegomość około pięćdziesiątki, na którym czarny smoking leżał bez zarzutu. Jego cichy, dyskretny głos i spokojne, wystudiowane ruchy, świadczące o wieloletniej tresurze, były tu nie na miejscu, a smutne zdziwienie rysujące się na nobliwej twarzy nie budziło niczyjego współczucia. Tłum spieczonych na czerwono ludzi, śmierdzących potem, tanimi dezodorantami i obiadową irytacją, w rozchełstanych koszulach, bluzkach i sukienkach nie dawał żadnej nadziei, że mógłby zachować się powściągliwiej, gdyby ktoś cudem rozmnożył stoliki i kelnerów, ponieważ był już nieodwracalnie źle wychowany, a na tyle, niestety, obyty, że wielkoświatowe bajery nie skłaniały go ku żadnej elegancji. Nikt nie chciał tu wytwornie zjeść, celebrować karty, zadawać szyku ani kontemplować widoku zza panoramicznej szyby.

Ludzie zamierzali zasiąść, nażreć się i wyjść.

Mężczyzna zorientował się po chwili kotłowaniny przed wejściem, że ten dyskretny maître d'hôtel tkwi tu ni w pięć, ni w dziewięć, natomiast znakomicie komponuje się z sytuacją młody kelner z krótko ostrzyżoną głową i szelmowskim uśmiechem na urodziwej, knajackiej twarzy. On też za sto złotych, dosyć ostentacyjnie wsuniętych mu w kieszeń marynarki, po kilku minutach wskazał stolik pod ścianą. Dołączyli do dwojga starszych ludzi, którzy zjedli omlet, a teraz bezskutecznie usiłowali zamówić coś do picia. Mężczyzna usiadł ostrożnie, jakby nie wierzył, że krzesło pod nim będzie przez następną godzinę do jego wyłącznej dyspozycji.

Dziewczynka zawiesiła się niedbale na wysokim siedzeniu. Kelner podał im kartę.

Wybrali, co zostało – consommé z drobiu, kotlet pożarski i bukiet z jarzyn. To, co im przyniesiono, było niezłe. Okazało się też, że może być melba, a mężczyzna zamówił jeszcze koniak i kawę.

Dziewczynka zjadła obiad z apetytem, czego o mężczyźnie powiedzieć nie można. Dziobał przez kwadrans widelcem po talerzu, niby to usiłując wyłowić coś szczególnego. Zapalając papierosa, zapytał:

– No i jak?

– Lody świetne – odpowiedziała dziewczynka.

– A reszta?

– Też świetna. Właściwie to w domu nie jadamy mięsa. Żal nam zwierząt.

Gdy mała wspomniała o zwierzętach, przypomniał sobie, że z plaży wyszli z psem.

– A gdzie Maka?

Dziewczynka spłoszyła się.

– Maka? – wycedziła niepewnie.

– No Maka, twój pies.

– Ach tak, naturalnie, musiała pójść do domu.

– Do domu?

– Tak – odpowiedziała dziewczynka, a na jej chude policzki wypełzł rumieniec.

– To znaczy do hotelu?

Pokiwała w odpowiedzi głową.

– Do hotelu „Excelsior"?

– Jasne – odparła, nabierając pewności siebie. – Mówiłam panu, że przyjeżdżamy tu od kilku sezonów. Maka zna tu każdy kąt. Jest chyba dosyć mądra. Już mi zresztą kilka razy zwiała. Musiała się przestraszyć tego ruchu przed hotelem.

Zdusił papierosa w popielniczce.

– Mówiłaś też, o ile dobrze pamiętam, że suka ma trzy lata.

– Coś koło tego – głos małej nabrzmiewał znudzeniem.

– Nie mogła więc tu być więcej niż dwa razy.

– Tak, i to zupełnie wystarczy – ucięła zdecydowanie dziewczynka.

Podniósł ręce i zawołał :

– Dobrze! W porządku! To ostatecznie twój pies.

Ale to nie było w porządku. Historia z psem mu się nie podobała.

Staruszkowie, odsiedziawszy swoje i nie doczekawszy herbat, zaczęli się zbierać, robiąc przy tym sporo rabanu. Dziewczynka sprawiała wrażenie trochę obrażonej lub zdeprymowanej. Przymknęła oczy. Kąciki jej zmysłowych ust opadły w dół, co jeszcze bardziej uwidoczniło szczupłość twarzy i ostry rysunek nosa. Mężczyźnie nie podobała się historia z psem. Nie podobała mu się historia z tym zabawnym kundelkiem, którego tak nieostrożnie i samolubnie zostawili być może na ruchliwym, hotelowym podjeździe lub wcześniej, w mieście. Nie pamiętał, by towarzyszył im w półtoragodzinnej włóczędze opustoszałymi ulicami. Nie podobał mu się też sposób, w jaki mała próbowała ten fakt wytłumaczyć, i jakkolwiek miał dowody, że otacza psa opieką, a nawet czułością, to odnosił również wrażenie, że dzieje się to tylko wtedy, gdy jest on jej do czegoś potrzebny.

Ale poza tym mężczyzna miał się dobrze, rozprężony, pewny siebie, zadowolony z chwili. Wiedział, że jest to odczucie subiektywne, niemające odniesienia do rzeczywistości ani w nim, ani wokół niego. Gdy kupował w szatni papierosy, zerknął do lustra. Odbiło zmiętą twarz z kroplami potu na czole, przypominającą jednolicie wypłowiałą na słońcu szmatę, i doprawdy nie miał powodów, by przypuszczać, że w rzeczywistości wygląda lepiej. Dziwnie mało go to jednak zmartwiło, a teraz, po godzinie, zdawał się już zupełnie o tym zapomnieć.

Kelner podał rachunek. Mężczyzna rzucił tysiąc złotych. Kelner nie próbował szukać reszty.

– Jest pan szczęśliwy? – zapytała nagle dziewczynka, unosząc powieki, ale nie patrząc na mężczyznę.

Odchylił się na krześle, wytrącony z miłego kontemplowania swego ukojenia.

– Teraz?

– Nie, w ogóle.

– Chyba nie.

25

Dokończył koniak i rozejrzał się po sali. Nigdy tego nie robił, wyłączając lata młodości. Kiedy skończył czterdziestkę, przestał się rozglądać, potem zaś przyszły choroby, a wraz z nimi obojętność na świat i jednoczesne zainteresowanie własnym wnętrzem, czy może tylko nieustająca, wręcz obsesyjna potrzeba określania swojego małego piekła.

Teraz jak gdyby nastąpiło otwarcie, choć ciekawość nie była tym rodzajem uczucia, które mogłoby mu pochlebić. Kilka lat temu przeszedł definitywnie w strefę cienia, nazwaną przez zabawną neuroložkę w grubych okularach zaczepionych na odstających jak u nietoperza uszach nerwicą. Ona, zasuszona w dziewictwie panna, krzycząca ze swej pięćdziesiątki: – To wszystko nerwica, aż nerwica i tylko nerwica, moje dziecko – do niego, pacjenta raptem o cztery, pięć lat od niej młodszego, którego w dziwaczny sposób adorowała, zapisując mu bez ograniczeń najwymyślniejsze środki uspokajające, tonizujące, usypiające, była równie jak choroba niezmienna i równie jak ona wiecznie obecna. Więc od czasu kiedy wszedł w nerwice, depresje, opresje, zwane przez kokieteryjnych idiotów okresem przejściowym, który powinien nazywać się zejściowym, gdyby lekarze i ich pacjenci mieli zwyczaj nazywać rzeczy po imieniu, od tego czasu, jeśli się rozglądał, to tylko po sobie, nie odnajdując tam niczego poza pustką i niemocą.

A teraz po raz pierwszy od wielu lat rozejrzał się wokół siebie i stwierdził, że jeżeli nawet nie ma to wielkiego sensu, może być przyjemne.

– Dorośli dużo mówią o szczęściu – mruknęła dziewczynka, nalewając sobie do szklanki lemoniady.

– Ja nie mówię – odpowiedział, zatrzymując spojrzenie na ogródku kwiatowym, oddzielającym parkiet od tej części, którą zajmowali.

– Ale pan o tym myśli.

– Bardzo rzadko.

– Więc co pan robi, kiedy pan o tym nie myśli?

– Myślę o szczęściu innych.

Zapalił następnego papierosa. Ale nie tak, jak dotychczas, skrycie, trochę po sztubacku, z poczuciem winy wobec siebie i innych, kryjąc ogarek w potniejącej dłoni, tylko ostentacyjnie, demonstracyjnie, ciesząc się tą przyjemnością, odchylony na oparciu krzesła, z brzuchem podanym do przodu i z nogą nonszalancko założoną na nogę. Wciągając zapach dymu, powiedział głośno:

– Właściwie to ostatnio zajmuję się głównie sobą. Wiesz, o czym mówię?

– Jasne – odpowiedziała bez namysłu dziewczynka.

– Tak myślałem.

– Jak?

– Że wiesz, o czym mówię – spojrzał przez taflę panoramicznej szyby na zwiędłe, jakby ugotowane w upale morze i dodał ciszej: – To zabawne.

– Co? – dziewczynka pochyliła się nad stołem.

– Jakby ci powiedzieć...

– Że wiem, o czym pan mówi?

– Nie – mężczyzna z papierosem uczepionym warg też pochylił się nad stołem i rzekł konfidencjonalnie – że tak pomyślałem – wracając na wysokie oparcie krzesła, dodał głośniej: – Wspomniałaś swego ojca...

Dziewczynka potwierdziła skinieniem głowy.

– Że malował obrazy – powiedział mężczyzna. – Chyba je widziałem.

– Gdzie?

– Na wystawie. Poznałem po tym topielcu powieszonym na drzewie do góry nogami. Swoją drogą, co to za pomysł.

– Z czym? – głos dziewczynki nie był tak pewny jak zwykle, wyraźnie podszyty czujnością.

– Z tą wystawą – odpowiedział mężczyzna po namyśle, tonem, którym mówi się nie to, co chciało się powiedzieć.

Dziewczynka rozejrzała się wokół niemym, prawie martwym wzrokiem i składając dłonie ku sobie na sztywnym, śnieżnobiałym obrusie, patrząc na mężczyznę jakoś nagle nieobecna, chciałoby się powiedzieć wyfrunięta, biorąc pod uwagę jej podobieństwo do ptaka, szepnęła, opuszczając głowę:

– No właśnie.

* * *

Jakiś czas spacerowali po parku. Dziewczynka nieobecna, skupiona, niema, mężczyzna na odwrót, dosyć ożywiony. Próbował przekonać małą, że nie byłoby źle, gdyby zajrzeli na wernisaż, o którym wspomniał podczas obiadu. Kiedy wracał wczoraj z plaży do domu wczasowego, zauważył witrynę sali wystawowej, a w niej obraz z topielcem na drzewie, który go zaciekawił swoją absurdalnością, a jednocześnie jakimś nastrojem zamierzonej nieumiejętności, i dopiero kiedy wrócił do siebie, i wyciągnął się na łóżku, myśląc o różnych sprawach, przypomniał sobie, jak mała wspomniała ten obraz, opowiadając o ojcu. Czy to możliwe, że na wystawie są obrazy jej ojca?

Dziewczynka wzruszyła obojętnie ramionami. Mimo wszystko postanowili to sprawdzić. Właściwie postanowił mężczyzna, a dziewczynka, nie bez oporu, zgodziła się na to.

Znów kluczyli opustoszałymi ulicami, a kiedy stanęli przed spryskanymi wapnem szybami, ani w nich, ani w głębi nie było obrazów. W środku remontowanych przestrzeni jakaś starsza, miła pani poinformowała ich, że salon jest nieczynny od miesiąca i na pewno nie otworzy się do końca sezonu, i na pewno nie było w nim wczoraj żadnej wystawy. Mężczyzna zupełnie serio upierał się przy swoim, co miłą panią w końcu zirytowało. Tłumacząc się obowiązkami, poprosiła, by wrócili na ulicę.

– Przysiągłbym – zawołał mężczyzna, gdy już znaleźli się na zaśmieconym chodniku – że widziałem ten obraz.

– Jasne! – odkrzyknęła dziewczynka. Widać było, że zawód, który spotkał mężczyznę, sprawił jej przyjemność. Wskazała ocienioną ławkę po drugiej stronie ulicy. Mężczyzna zwalił się na nią z ulgą. Był zmęczony długą wędrówką rozpalonym do czerwoności miastem, więc pusta ławka i cień kasztana stanowiłyby oczywistą przyjemność, gdyby nie jego doświadczenia z przyjemnościami, w których zarówno zmęczenie, jak i odpoczynek stanowiły wartą siebie nawzajem udrękę.

Jedno zatrute myślą o drugim.

Ale teraz po przykrym zmęczeniu nastąpił odpoczynek. O to przecież chodzi, pomyślał mężczyzna. Zmęczyć się i odpocząć. Zgłodnieć i najeść się. Czuwać i spać. Pościć i pieprzyć się. Właśnie o to w życiu chodzi. Po raz pierwszy od wielu lat pomyślał o seksie jak o przyjemności i po raz pierwszy tej myśli nie naznaczał niepokój. Spojrzał obleśnie na małą, siedzącą obok niego, bark w bark, udo w udo. Nie miał zamiaru ukryć swej nagłej żądzy, odwrotnie, zależało mu na tym, by mała ją dostrzegła. Rozchylił wargi, a z ich kącików wypłynęło trochę śliny. Więc gdy dziewczynka, patrząc przed siebie, zapytała: Może miałoby to sens? – odpowiedział natychmiast, że jest tego samego zdania, ale odpowiedział tak sobie w duchu, bo głośno zapytał, o czym mowa:

– O powrocie – odpowiedziała dziewczynka.

– Do czego?

– Nooo... – dziewczynka zatoczyła w powietrzu nieokreślony ruch ręką i zamilkła.

Mężczyzna też nic nie mówił. Przypatrywał się, jak nieliczne samochody, smrodząc odchodami taniej, fałszowanej benzyny, znaczą ślady protektorów na roztopionym asfalcie, worywując się weń coraz głębiej.

Uwagę jego zwrócił też podpity człowiek w skórze białego niedźwiedzia, która, odniósł takie wrażenie, podstępnie zamknęła się na nim i ten, objuczony fotograficznym sprzętem, nie mógł się z tej pułapki wyzwolić, waląc od czasu do czasu pyskatym łbem o parkan lub ciągnąc się za nienaturalnie długie uszy. Człowiekiem cisnęło gdzieś w boczną alejkę i tylko grubiaństwa dolatujące z oddali zaświadczały, że jego desperacka walka z przeciwieństwem nie wiodła ku zwycięstwu. Potem przyglądał się kosowi z absurdalnie długim dziobem, który zawładnął klombem nieopodal. Wszystko to wydało mu się bardzo zajmujące.

Więc gdy dziewczynka powiedziała, że oni o tym mówili, że starała się słuchać, ale nie zapamiętała niczego, że to było trudne do zapamiętania, a oni mówili o tym tak, jak gdyby chcieli, żeby zapomniała i żeby zapamiętała tylko to, że mówili, warknął obcesowo:

– Musiałaś to oglądać w telewizji. Sama mówiłaś, że dużo patrzysz w telewizor, a oni lubią tam od czasu do czasu puścić taki filozoficzny kawałek, żeby ludzie, którzy piszą w poważnych gazetach, nie twierdzili, że telewizja ogłupia. Dużo patrzysz w telewizję i oni musieli coś takiego chlapnąć, a ty niewiele zrozumiałaś.

– To nie było w telewizji – odpowiedziała dziewczynka z tą pewnością, która mężczyznę coraz bardziej irytowała.

– Gdyby nie było tak cholernie gorąco – rzekł, wypinając brzuch – postarałbym się zrozumieć, o co ci chodzi.

O siódmej poszli na komedię z de Funèsem. W kinie było pustawo. Zajęli miejsca w ostatnim rzędzie. Film głupio się toczył, ale bawili się świetnie. Aktor robił miny, a oni wybuchali jednocześnie nieopanowanym śmiechem. Czasami robili to wtedy, gdy tylko mieli wrażenie, że aktor ich do tego zaraz sprowokuje. Gdzieś w połowie seansu do sali zaczęły docierać coraz zuchwalsze odgłosy burzy. Trzy razy wyłączano światło i nad drzwiami zapalały się lampki awaryjne, zasilane akumulatorem. Widzowie tupali w podłogę i oni robili to samo. Mężczyźnie ogromnie się to spodobało, miał ochotę tupać również po wznowieniu filmu i był niezadowolony, że przerwy są takie krótkie.

Gdy wyszli z kina, lało. Podbiegli do szerokiej markizy, pod którą zebrało się już kilkanaście osób. Mężczyzna oparł rękę na ramieniu dziewczynki i przygarnął ją do siebie. Padało ostro, lecz krótko. Po kwadransie wyszli na zalane wodą ulice. Klucząc między kałużami, poszli przed siebie. Mimo późnej pory w mieście było pełno. Ludzie rozkoszowali się poburzową świeżością. Dziewczynka proponowała, żeby zajrzeć jeszcze na plażę i popatrzeć na morze, ale mężczyzna gwałtownie zaprotestował, przekonując, że jest zbyt późno i są nieodpowiednio ubrani. Istotnie, temperatura, jak to po burzy, spadła, a od zachodu zbliżał się wiatr.

Doszli do skrzyżowania dwóch głównych ulic, częstego miejsca spotkań wczasowiczów, randek licealistów, giełdy miejscowych i zamiejscowych dziwek, kiedy dziewczynka podała mu chłodną, szczupłą dłoń.

Chciał ją odprowadzić do hotelu, ale ona grzecznie, lecz stanowczo sprzeciwiła się temu. Gdy ponowił propozycję, przeszedłszy z nią jeszcze kilkadziesiąt kroków w górę szerokiego, wypełnionego ludźmi i muzyką corsa, dziewczynka sprzeciwiła się ostrzej, ale w jej leciutko zachrypniętym głosie była też prośba.

* * *

Gdy wszedł do pokoju, uderzyło go gorąco i zapach lakieru do paznokci. Małżonka leżała w łóżku w niebieskiej koszuli nocnej ozdobionej na ramionach kokardami. Miała spalone ręce, posmarowane grubą warstwą kremu rycynowego.

Ostentacyjnie go nie zauważyła, oddana lekturze przedwczorajszego artykułu w lokalnej gazecie, o którym wszyscy mówili, że nie można go nie przeczytać. Nie próbował udawać, że obojętność żony go dziwi, było mu to zresztą na rękę. Czuł wyrzuty sumienia z powodu swej całodziennej nieobecności, ale też w żadnym wypadku nie miał ochoty się do tego przyznawać. Zapalił na chwilę górne światło, by poszukać czegoś w szafie, potem je zgasił. Zsunął sandały, rzucił je na dolną półkę i zostawiając na podłodze ślady stóp, podszedł do łóżka. Przeczytał wybity tłustą czcionką tytuł artykułu: **CO JEST. CO BYĆ MOŻE. CZEGO NIE BĘDZIE.**

– Czego nie będzie? – zapytał obojętnie.

Żona mu nie odpowiedziała. Przez chwilę przypatrywał się zmrokowi za oknem, po czym zaczął się powoli rozbierać. Zdjął spodnie, złożył je kant do kantu i powiesił na poręczy krzesła. To samo zrobił z koszulą i gaciami. Kobieta nie wytrzymała milczenia.

– Oczywiście zdaję sobie sprawę – rzekła oficjalnie – że nie odbywamy podróży poślubnej. Nie żądam od ciebie w związku z tym czułości czy nawet zainteresowania, natomiast oczekuję – chrząknęła, przykładając rękę do ust – przynajmniej przyzwoitości. Ostatecznie na wczasach jesteśmy razem.

– Masz rację – powiedział, zakładając górę od pidżamy.

– Ostatecznie mogę zrozumieć, że nie masz ochoty spędzać ze mną całego czasu, ale znikać na cały dzień to już przesada.

– Masz rację – powtórzył.

– I co z tego, że mam rację! – krzyknęła, uderzając gazetą o ścianę.

– No właśnie – mruknął i zaczął oglądać sobie nogi.

Ze stołówki dobiegały odgłosy saksofonu, gwar rozmów i śmiech.

– Co to jest? – zapytała, wskazując brzydko wyglądający pryszcz na cienkim, bladym udzie mężczyzny.

– Nie wiem – odpowiedział – może jakiś czyrak.

– Mam nadzieję, że się nie kąpałeś? – zapytała, usiłując rozprostować gazetę.

– A to dlaczego? Jest lato, upał, morze... Dlaczego miałbym się nie kąpać?

– A więc kąpałeś się?

– Tego nie powiedziałem, tylko nie rozumiem dlaczego...

– W dzisiejszej popołudniówce – przerwała mu – zamieszczono komunikat inspekcji sanitarnej. Nie udało się zatrzymać kolejnej porcji ścieków z miasta. Zatoka jest zatruta.

– Ludzie się jednak kąpią.

– Ludzie robią wiele nierozsądnych rzeczy.

Pokiwał głową. Wyłuskał z paczki klubowych papierosa i rozglądnął się za popielniczką.

– Chcesz palić? – zapytała, poprawiając koc.

– Tak, a co?

– Nadymisz.

– Można otworzyć okno.

– Naleci komarów.

– Tutaj? Nad morzem? Żartujesz chyba.

– Nie żartuję!

Wsunął się do łóżka i nakrył samym prześcieradłem. Położył ręce pod głowę i przymknął oczy. Z dołu dobiegał go gwar rozmów.

– No więc kąpałeś się? – zapytała małżonka.

– Nie – mruknął i obrócił się do ściany.

II

Poczuł suchość w gardle i obudził się. W pokoju było dosyć jasno z powodu lampy oświetlającej skwer za oknem.

Spojrzał na zegarek, dochodziła pierwsza. Wstał z łóżka i podszedł do umywalki. Nachylił się nad nią i łyknął wody z kranu. Była ciepła i ohydna w smaku. Otworzył okno i wychylił się na zewnątrz. Z drzew skapywały grube krople wody, a więc w nocy musiało znów padać. Usłyszał akordeon grający znaną mu melodię. Bardzo powoli, jak w transie, zaczął się ubierać. Z szafy wydostał kremową marynarkę, która źle zniosła czternastogodzinną podróż w walizce ze skaju. Cicho zamknął za sobą drzwi i zszedł dwa piętra niżej.

W przybranej girlandami stołówce wieczorek zapoznawczy osiągnął kulminację. Zaduch, alkohol i taniec zrobiły swoje. Czteroosobowa orkiestra właśnie skończyła kolejną trójkę. Podszedł do otwartych drzwi i zajrzał do środka. Owiał go zapach rosyjskich perfum i dezodorantu „Brutal". Stoliki rozstawiono pod ścianami. Miejsce na środku, zroszone konfetti opadłym z sufitu, stanowiło rozległy i wygodny parkiet.

– Przepraszam, a pan?

Uniósł głowę i zobaczył przed sobą atletyczną postać kaowca.

– Jestem wczasowiczem z tego domu – odpowiedział niepewnie.

Kaowiec poprosił panią siedzącą nieopodal drzwi o listę uczestników zabawy.

– Jaki pokój? – zapytał.

– Dziewiętnastka, drugie piętro.

– Szalenie mi przykro, drogi panie, ale nie widzę drogiego pana na wykazie – głos kaowca zaprzeczał treści. Był urzędowy i nie dźwięczał w nim ani jeden ton, który mógłby sugerować, że cokolwiek w tej chwili sprawiło mu zawód.

– To by się zgadzało – powiedział mężczyzna – gdyż nie

zamierzałem uczestniczyć w zabawie i nie zamierzam nadal. Chciałbym tylko wejść do środka.

– Po co?

– Tego jeszcze nie wiem.

– Regulamin naszych imprez takiej ewentualności nie przewiduje – zauważyła osoba przy stoliku, obłożona teczkami i skoroszytami.

Mężczyzna poznał starościnę, ukłonił się i poczerwieniał. Kaowiec dał jej znak ręką, by nieupoważniona nie zabierała głosu w sprawach należących do jego wyłącznej kompetencji.

– Przypuszczam, że wiadomym jest panu, zresztą informowałem w kwestii wczoraj na posiłkach, iż uczestnictwo w wieczorkach muzyczno-rozrywkowych, które turnusanci uparli się nazywać zapoznawczymi lub pożegnalnymi, jest związane z określoną gratyfikacją finansową na rzecz rady turnusu, która z kolei z tych środków opłaca orkiestrę, bufetową i sprzątanie.

– Miałbym prawo o tym nie wiedzieć – powiedział cicho mężczyzna – gdyż spóźniam się notorycznie na posiłki, ale tak się składa, że jestem z zawodu księgowym i doskonale rozumiem tę konieczność.

Kaowiec przygładził sobie gęstą, pięknie utrzymaną brodę i równie cicho, teraz zachęcająco, choć dyskretnie wymienił kwotę.

Mężczyzna zapłacił dwieście złotych.

– Tu jest numerek i szpileczka do przyszpilenia.

Starościna podsunęła w jego kierunku numer czterdzieści cztery, ozdobiony sercem przebitym strzałą.

– Co mam sobie przyszpilić?

– Co pan uważa – odpowiedziała starościna ze wzrokiem demonstracyjnie odwróconym do ściany. – To poczta miłosna – dodała – taka gra.

– Nie spodziewam się żadnej korespondencji – mruknął mężczyzna.

Rozglądając się po sali, podszedł do bufetu. Przy bufecie złapał go za rękę jakiś drobny człowiek, dobroduszny skrzacik o łysawej, spiczastej czaszce. Miał cienkie dłonie i wielkie cylindryczne okulary. Przedstawił się jako kierownik działu zbytu z garbarni w Rymanowie, którą, można powiedzieć, na wieczorku reprezentuje. Był uprzejmy i poważny. Mężczyzna dowiedział się, że widzieli się już wcześniej, na jakiejś naradzie w zjednoczeniu, chociaż nie było okazji do zapoznania się. Wypili po pół szklanki ciepłej, oleistej wódki, którą człowieczek trzymał za firanką przy swoim stoliku, dokąd mężczyzna został zaproszony.

Gdy rozpoczęła się gra w pocztę miłosną, człowieczek przedstawił się głębiej. Wynikało z tego, iż jest kawalerem, mieszka w Krośnie, oddaje się bez reszty pracy. Kiedy orkiestra zagrała *Karawanę*, namiętny i nieprzemijający wczasowy standard, mały dżentelmen podskoczył na krześle, złapał mężczyznę za połę marynarki i zapiszczał, wskazując róg sali, tam gdzie drzwi i stolik z dokumentami. Poinformował zadyszanym falsetem, że widzi jak kaowiec trzyma starościnę za podbrzusze. Zapewnił mężczyznę, że gdy tylko filtry przytłumiają reflektory, a parkiet zapełnia się parami, ten rozpustny byk nachyla się nad starościną i udając, że sprawdza coś w papierach, łapie ją za to miejsce, którego ona mu nie broni. Mężczyzna bardzo się do tego zapalił, przechylił się na krześle, by wszystko dobrze zobaczyć, potwierdził po chwili, że widzi, i rozochocił się na całego. Mały dżentelmen mu zawtórował i opowiedział dowcip à propos. Po jakimś czasie znowu wypili po pół szklanki wódki i jakoś obydwaj spoważnieli. Kazali podać sobie kawę i pudełko koreanek. Powoli i niezauważalnie ich niefrasobliwa paplanina wjechała na szerokie i solidne tory problematyki zawodowej. Zwekslował mały dżentelmen.

Ten podobny do wychudzonej kuropatwy urzędnik wyraził wątpliwość co do celowości ogłoszonych w ostatnim „Monitorze" nowych przepisów o godzinach nadliczbowych. Mężczyzna tę wątpliwość podzielił. Urzędnik poinformował, iż mimo zastrzeżeń do wymienionych rozporządzeń, przeanalizował rzecz z zastępcą naczelnego do spraw ekonomicznych i na odcinku swojego działu zrobił wszystko, by przepisy zostały wdrożone w sposób prawidłowy. Mężczyzna zapewnił, że kierując się podobnym poczuciem obowiązku, uczynił dokładnie to samo. Urzędnik opowiedział o kłopotach, jakie ma z zaszeregowaniem druków pe-zet, a mężczyzna przyznał, że podobne kłopoty i jego wyprowadzają czasami z równowagi. Kiedy tamten zapytał go o możliwości w zakresie przerzucania środków z konta na konto pod koniec roku, mężczyzna rozłożył ręce, co oznaczało, że postępuje zgodnie z wytycznymi i nie sądzi, by jakieś pożądane zmiany mogły nastąpić w najbliższym czasie. Gdy padło pytanie o bilans za pierwszy kwartał, mężczyzna odparł, że nie przypomina sobie, by miał z tego powodu kiedykolwiek poważne przykrości.

– To rozumiem – powiedział urzędnik z przekonaniem.

– Tak się należy. Tak się należy.

Wodzirej zapowiedział białe tango. Zamilkli na chwilę, przypatrując się parom wychodzącym na parkiet. Do stolika, który zajmowali, podpłynęła wczasowa lwica, rozwiewając zapach rozkoszy i radzieckich perfum. Urzędnik nadął się, zatupał w podłogę i cały w gotowości odsunął się od stolika, ale ona pożeglowała dalej, dygnęła nie jemu i otuliła zapowiedzią przyjemności długowłosego młodzieńca w wystawnych adidasach. Mężczyzna, przechylony przez krzesło, powiódł za nimi wzrokiem, uśmiechając się delikatnie. Tango wydało mu się melodyjne, tancerze piękni, sala strojna i żałował trochę, że nie przyłożył ręki do jej dekoracji. Kiedy orkiestra skończyła i pary odkleiły się od siebie, urzędnik znowu zaczął opowiadać o drukach pe-zet, charakteryzując ich wredną naturę, ale mężczyzna przestał już słuchać.

Znowu zaczęło padać i przez otwarte okna dochodził szelest deszczu. Sala powoli pustoszała, powietrze orzeźwiło się, rozmowy przycichły. Orkiestra zresztą też. Grała teraz stare kawałki, których ludzie słuchali z nieco zmęczonym skupieniem. Niewiele już tańczono.

Mężczyźnie wydało się w pewnym momencie, że widzi cień tej małej z hotelu, rzucony na skrzydło szerokich białych drzwi, tak jakby padał na nie z korytarza. Ucieszył się jej obecnością, choć nie oczekiwał, że się tu zjawi. Nie zależało mu też, by cień się urzeczywistnił. Taka forma jej obecności odpowiadała mu. Po chwili odniósł wrażenie, że ona niesłyszalnym krokiem przeszła parkiet i zniknęła za uchylonym oknem, podziękował więc szelmowskim uśmiechem za wspaniałomyślną dyskrecję.

Kiwnął palcem swemu towarzyszowi, a kiedy ten pochylił się nad stołem, odsuwając butelkę z lemoniadą, powiedział od niechcenia:

– Przed urlopem postanowiłem niektóre sprawy uporządkować, by wyjechać z lekką głową, i zostałem po południu w biurze. Tak robię zawsze i nie pamiętam, bym kiedykolwiek tego zaniechał.

Urzędnik wyraził opinię, że takie kierowanie powierzonym sobie działem uważa za najwłaściwsze.

– Robiłem tak zawsze dotychczas – rzekł mężczyzna i zawiesił głos. Jego kompan zgarbił się, pochylił głowę z cieniutkimi pasemkami włosów oblepiającymi czaszkę i położył ręce na zasypanym popiołem laminacie.

– No właśnie – westchnął mężczyzna – robiłem to zawsze od wielu lat i miałem zamiar, ba, byłem pewien, że uczynię podobnie i tym razem, gdyby nie... – znowu zawiesił głos i wpatrując się w urzędnika, odchylił się na krześle.

I tak jak on się nieco oddalił, urzędnik się nieco przybliżył, opierając pierś ustrojoną we wzorzysty krawat o krawędź stołu.

– Gdyby nie co? – zapytał.

Mężczyzna przymknął oczy, a jego twarz, zmaltretowaną cierpieniem, wygładził dobry uśmiech.

– Gdyby nie smołownicy – powiedział cicho, lecz wyraźnie. Opuścił głowę i nie otwierając oczu, zaczął mówić: – Był ładny, słoneczny dzień, chociaż chłodny jak na czerwiec. Wie pan, ja lubię latem takie pogody. Wszyscy już wyszli, kiedy ich zauważyłem. Musieli zacząć swoją pracę kilka godzin wcześniej, ale ja ich zobaczyłem dopiero wtedy, gdy w biurze nie było nikogo poza mną i portierem. Pomyślałem sobie, że to muszą być ci trzej goście, dla których przed kilkoma dniami podpisywałem zgodę na godziny nadliczbowe, i zabrałem się do roboty. Postanowiłem sprawdzić wyrywkowo niektóre dokumenty bankowe z ostatniego kwartału, więc wyciągnąłem z szafy segregatory, położyłem je na biurku przed sobą tak, jak układa się trójkątne klocki. Ponieważ jestem od dzieciństwa palący, po jakiejś godzinie wstałem, żeby otworzyć okno i zrobiłem to, spoglądając jednocześnie na dach magazynu przyległego do naszego biurowca, który oni właśnie pokrywali piękną, lśniącą warstwą smoły lub lepiku, nigdy nie nauczę się rozróżniać tych substancji, gdyż obie są czarne i śmierdzą dla mnie równie niemiło. Więc nie bardzo wiedziałem, czym oni pokrywają dach, ale wydało mi się, że zapach tego czegoś, tak dla mnie zwykle przykry i niezdrowy, może z przyczyny rześkiego chłodu za oknem nie jest wcale obrzydliwy. Tak właśnie pomyślałem i po zrobieniu kilku kroków dla rozprostowania nóg, zabrałem się na powrót do pracy. Odwaliłem kwiecień i maj, napocząłem czerwiec, kiedy jeden z tych trzech, który był na dole i pilnował ognia pod beczką, począł głośno narzekać na brak podpałki.

39

Wstałem zza biurka i podszedłem do okna. Wtedy ten z dołu popatrzał na mnie, a ja się w tym samym momencie cofnąłem i nie wiem, czy mnie dojrzał, ale mnie wystarczyła ta chwila, żeby zobaczyć, że faktycznie brakuje mu papieru i drzewa.

Robotnik ten był mi znany z widzenia, gdyż pracował w naszej brygadzie remontowo-budowlanej w charakterze hydraulika albo konserwatora. Zasadniczo dokumenty bankowe były w porządku, co mnie nie zdziwiło, gdyż bardzo pilnuję tych spraw. Gdy to już skończyłem, zabrałem się do pisania dyspozycji dla mego zastępcy odnośnie całokształtu zagadnień i niektórych kwestii wyrywkowych, jak na przykład wydatkowania środków z funduszu bezosobowego. Byłem w połowie, gdzieś tak przy punkcie ósmym lub dziewiątym, gdy poczułem przez uchylone okno szczególnie intensywny zapach smoły. Nie wiem, czy to robotnik resztką podpałki tak nahajcował, czy to wiatr się zmienił, dość, że porcja zapachu była wystarczająca, by mnie nieco przymdlić, ale i podniecić. Po chwilowym zawrocie głowy znów podszedłem do okna. Na dole parowała czarna beczka, wielka jak tułów lokomotywy. Powiem panu, że wyglądała groźnie i wzbudziła we mnie nieokreślony lęk. Pod nią, a stała na okopconym ceglanym rusztowaniu, zwęglone resztki paliwa. Stanowczo wyglądało na to, że brakuje im podpałki. Nie mogę powiedzieć, żeby, na przykład, zrobiło mi się z tego powodu ich żal albo żeby brak opału spowodował we mnie wyrzuty sumienia, lub też żebym w jakikolwiek sposób czuł się za tę sytuację odpowiedzialny. Nie leżało to ostatecznie w moich kompetencjach, wszelkie remonty, czy to zlecane innym, czy to robione we własnym zakresie, interesowały mnie wyłącznie w aspekcie prawnym i finansowym. Brak podpałki to naprawdę nie był mój kłopot. A jednak, trudno powiedzieć, dlaczego byłoby mi przykro, gdyby oni musieli przerwać robotę i z tak błahego powodu odłożyć ją na później. Muszę też panu powiedzieć, że zapach smoły lub lepiku działał na mnie ekscytująco i zupełnie nie miałem ochoty, by to przestało wonieć.

Ten młody hydraulik, ślusarz lub konserwator, to oczywiście jest bez znaczenia, a więc ten młody drań o leniwych ruchach i chuligańskiej twarzy siedział na cegle i palił papierosa. Gdy spojrzałem z góry, on w pewnym momencie uniósł twarz i popatrzył na mnie, a ja, niechże pan nie myśli, że się cofnąłem. Nic takiego nie zrobiłem, tylko przeniosłem wzrok na dach magazynów i począłem obserwować dwóch pozostałych. Zrobili już chyba połowę dachu – ta część wylakierowana, że tak powiem, w stosunku do nielakierowanej to jak świt do wieczora, jak dzień do nocy, jak lato do jesieni. Miałem wrażenie, że to nie dach, tylko idealnie wygładzona powierzchnia wody ciemnej i rozległej, głębokiej i tajemniczej, w której można by się było zanurzyć i rozpłynąć. Można by się było w niej roztopić powoli, łagodnie, by samemu stać się tą głębią.

Takie myśli mnie naszły, kiedy stałem przy oknie w połowie pisania dyspozycji dla mego zastępcy. Przed każdym urlopem piszę dyspozycję, dlatego przesłonięty cokolwiek firaneczką, pomyślałem, że trzeba by dokończyć tym bardziej, że zaczęło mnie mdlić i poczułem gorączkę jak zwykle po południu. Pomyślałem, że należało by zrobić to jak najprędzej i pójść do domu, celem wypoczęcia przed wielogodzinną podróżą.

Coś mnie jednak przy oknie trzymało i kiedy odwróciłem wzrok od dachu, moje spojrzenie i spojrzenie tego od beczki się spotkały. Miałem wrażenie, że kiedy byłem zajęty połową posmołowanego dachu, on mi się przypatrywał. Dałem mu znak głową, że jeśli o mnie chodzi, to nie mam zastrzeżeń, niczego nie pilnuję ani nie sprawdzam, tylko patrzę tak sobie w dół. Dał mi do zrozumienia, że zauważył mój gest. Wtedy właśnie kiwnąłem mu palcem. Nie, nie, niech pan nie myśli, że go przywołałem. Ja tylko zagiąłem i rozprostowałem palec wskazujący. Tylko to.

Mężczyzna przerwał i cały uśmiechnięty otworzył oczy.

– No, no? – zapytał mały dżentelmen, który już nie był dżentelmenem, taka w nim była prostacka ciekawość, nachalność i niecierpliwość.

Mężczyzna wzruszył ramionami, wypił resztę zimnej kawy i pochylając się nad kompanem, powiedział obojętnie:

– Przyszedł.

– Robotnik?

– Yhm – mężczyzna oparł się z powrotem o krzesło. Odezwał się cicho, z prowokującym rozleniwieniem: – Tak, przyszedł i zabrał wszystko.

– To znaczy co? – urzędnik zaszurgotał nogami o podłogę, jak zrobił to wtedy, gdy wielka, rozgrzana kobieta zdawała się iść w jego stronę.

– To znaczy wszystko. Teczki, skoroszyty, segregatory, akta luzem. Potem szafki, biurko, no, jednym słowem, wszystko.

– No, no – usta urzędnika zwilgotniały, a stopy wykonywały coraz szybciej swój taniec pod stołem.

– Przyszedł i zabrał. Był tak wysoki, że przechodząc próg, musiał schylić głowę. Miał białe, muskularne barki i okopconą sadzą twarz. Zabrał wszystko na dół. Ja mu tylko pokazywałem, najpierw to, potem tamto, a może nie, może nawet nie pokazywałem. Może to on wskazywał, a ja kiwałem głową na znak: niech się tak stanie. Na dole porąbał to i spalił. Widziałem z góry i nie mam wątpliwości, że stało się tak, jak mówię. Skoroszyty i segregatory nie chciały się palić, więc zostały odrzucone, ale ich zawartość znikła w ogniu jak kamfora. Natomiast biurko musiało mu dostarczyć wiele radości, gdyż paliło się jak należy, dając odpowiednią temperaturę. Widziałem całą egzekucję od początku do końca, na pewno się nie mylę.

Urzędnik naprężył twarz, naciągając skórę na czole tak, że łysina cofnęła się jeszcze dalej. Powiedział głosem, w którym lęk zaprawiony emocją drżał jak cięciwa łuku:

– Panie kolego, to prokurator, sąd, kryminał!

Mężczyzna pokiwał z zadowoleniem głową. Wstał nagle, odrzucając krzesło. Chwycił marynarkę i obrócił się w stronę parkietu. Tu już nikogo nie było, ani orkiestry, ani tańczących, ktoś, wychodząc, pootwierał wszystkie okna i wiatr wlatujący przez nie do środka nosił po podłodze porwane resztki girland.

– Co było potem? – wykrzyknął urzędnik, chcąc być może zrzucić z siebie ciężar tego, co usłyszał.

Mężczyzna nie odwrócił się, by mu odpowiedzieć. Uniósł rękę i przerzucił marynarkę przez bark.

– Potem? – zapytał sam siebie i trzymając dłoń nad głową w cezaryjskim geście pozdrowienia, oblany światłem wczesnego świtu, wykrzyknął triumfalnie: – Smołowałem z nimi dach!

* * *

Wyzwalał się z lepkiego, ciężkiego snu jak spod kołdry, gdy zarzucona na głowę przykrywa nas całych i by się spod niej wygrzebać, potrzebujemy czasu naznaczonego niezdefiniowanym lękiem.

Otworzył oczy, zobaczył zalany słońcem pokój i poczuł zapach miętowej pasty do zębów.

– Ależ spałeś, dawno tego nie pamiętam – głos małżonki dobiegł go z bardzo bliska.

– Która godzina – zapytał.

– Za kwadrans dziewiąta. Wstań, ubierz się, może zdążymy na śniadanie.

Opuścił stopy na podłogę i sapiąc przez nos, zaczął coś majstrować przy pidżamie. Podszedł do umywalki i odkręcił kran. Spojrzał w lustro. Miał rozczochrane, mokre od potu włosy. Przejechał palcem po twardym, choć niezbyt gęstym zaroście na policzku.

– Orzeźw się wodą, ubierz i idziemy. Ogolisz się po śniadaniu – zaproponowała żona.

Wyciągnął język i oglądnął go w lustrze. Splunął do umywalki gęstą, żółtą śliną. Dlaczego ona przypuszcza, że się po śniadaniu ogolę? Skąd ona wie, że ja się w ogóle ogolę? – pomyślał. Przeczesując zmoczoną pod kranem dłonią włosy, zadał jej to pytanie.

– Chyba nie masz zamiaru zapuszczać brody? – krzyknęła – Wyglądałbyś koszmarnie!

Wytarł twarz zmoczonym ręcznikiem, ubrał się i wpychając do kieszeni spodni papierosy, zapalniczkę, chustkę do nosa i papier toaletowy, mruknął ze złością:

– Jestem gotów, mniej więcej.

Żona zamknęła okno, a potem drzwi, jedno i drugie sprawdzając kilkoma mocnymi szarpnięciami. Jej włosy ułożyły się przez noc wdzięcznie. Pachniała lekko perfumami. Krok, jakim przeszła długi korytarz, z drzwiami po obydwu stronach, też był lekki. Na schodach minęli się z tymi, którzy ze śniadania wracali. Przed wejściem do stołówki mężczyzna zatrzymał się, by przepuścić żonę, i wtedy mruknął z taką samą złością, z jaką przed minutą informował, że jest gotów.

– Na pewno się nie ogolę.

– Coś ty powiedział? – zapytała żona.

– Miałem sen – szedł za nią krok w krok, do stołu na końcu sali, jedynego, który był jeszcze nakryty. – Sen albo nie sen – dodał, przyglądając się z niedowierzaniem mlecznej zupie.

Niedziela była siódmym dniem ich pobytu nad morzem.

Po śniadaniu poszli na mszę. W kościele było duszno, wszystkie miejsca w ławkach zajęto, ludzie wypełniali szczelnie barokowe wnętrze. Przez jakiś czas z zainteresowaniem obserwował chudego księdza, który, ze swą wilczą twarzą ściągniętą kostycznym grymasem, przypomniał mu któregoś z Wielkich Inkwizytorów oglądanych na szkolnych reprodukcjach.

Dźgając palcem powietrze, wykrzykiwał, wychylony niebezpiecznie z ambony, o wzgardliwym Dawidzie, który zlekceważył przestrogę niebios dotyczącą Batszeby, która była lub miała zostać jego kobietą.

– Opatrzność daje nam znaki – krzyczał – a Bóg dobre rady. Możemy z nich korzystać albo nie, bo otrzymaliśmy również wolną wolę.

Mężczyzna pomyślał, że efekt tego żarliwego kazania mógłby zostać zwielokrotniony, gdyby kapłan na samym jego końcu, zadzierając w górę sutannę, skoczył z ambony na wiernych, dając tym dowód swego natchnienia i pogardy do doczesnej marności, jaką są, na przykład, schody. Nic takiego jednak się nie stało. Ksiądz z drapieżną twarzą wilka zamienił swą egzaltację na rzeczową ocenę sytuacji bieżącej, przypominając wiernym o grzechu zaniechania i grzechu lęku wobec przemocy i uzurpacji, skądkolwiek by się one brały. Stała obecność Ducha Świętego ma nas uczynić mocniejszymi i tak też będzie, jeżeli w skupieniu wysłuchamy słów do nas skierowanych. Kościół zafalował. Ludzie oczekiwali pokrzepienia, które rozgrzeszyłoby ich ze słabości, niemożności, egoizmu, wskazując ich przyczynę poza nimi. To oczekiwanie, wręcz fizycznie rozpierające świątynię, wydało się mężczyźnie równie nędzne i równie nieprzyzwoite jak ułomności, z których miało wyzwolić. Poza tym miał wrażenie, że to wszystko, o czym mówi ksiądz, i to, na co czekają wierni, nie dotyczy go w najmniejszym stopniu, czyniąc go obcym wobec tej zbiorowości. Pomyślał tak, zerkając na podnieconą twarz żony i na jej oczy wbite w asteniczną sylwetkę wijącą się na dziwnie wysoko, niczym bociane gniazdo, zawieszonej ambonie.

Obcość, o której pomyślał, nie zmartwiła go wcale, przeciwnie, poczuł się nią wyróżniony.

Po mszy poszli się napić kawy do empiku. Tam, gdy bez zainteresowania przeglądał sobotnie wydanie miejscowego dziennika, uwagę jego zwróciła lakoniczna notatka. Przeczytał ją, zastanowił się i roześmiał głośno, tak, że kilka osób obróciło się w jego stronę i obrzuciło go zgorszonymi spojrzeniami. Ktoś tam nawet syknął.

– Co takiego? – zapytała żona, wychylając się znad żurnalu, który oglądała.

– Nic, nic – machnął ręką – nic zabawnego.

– Ale rozśmieszyło cię – powiedziała szeptem, odkładając żurnal.

– No, powiedzmy – mruknął niechętnie.

– Mógłbyś przeczytać.

– Właśnie to zrobiłem.

– Ale tak, żebym i ja słyszała.

– Po co?

– Może i mnie by rozśmieszyło.

– Wątpię, to w gruncie rzeczy nic zabawnego.

Pochylił się jednak nad stolikiem. Przez chwilę wyglądali jak dwa wróble w zimie, oboje niewielcy i szarzy. Po chwili wahania przeczytał informację: 22 bm. wydobyto z morza na wysokości mola ciało mężczyzny o nieustalonych personaliach. Jest to już drugi wypadek utonięcia w czerwcu w tym rejonie. Trzy podobne miały miejsce w roku ubiegłym. Zastanawiający jest fakt, że wyłowione ciała były zupełnie nagie, a wiek denatów ustalono na 40 – 50 lat. Jak nas poinformował oficer dyżurny Komendy Miejskiej MO, zobowiązano WOPR do ściślejszego nadzorowania kąpielisk.

Prokuratura Wojewódzka zarządziła w tej sprawie intensywne śledztwo.

– No i co? – zapytała żona, wzruszając ramionami.

– Nic – odpowiedział – bardzo smutne.

– Raczej odrażające.

– Nie, bardzo smutne, ale i śmieszne. Wyobrażasz sobie, wyciągają faceta, jak go Bóg stworzył. Po dwóch tygodniach następny, też goły, po miesiącu znowu to samo. Ludzie, którzy się tym zajmują, są już zupełnie wykończeni, namachali się jak jasny gwint, mieli kupę nieprzyjemności, niby plaża strzeżona, cywilizowana a tu takie numery. Tak im mówili wszyscy naokoło i to ich jeszcze bardziej wnerwiało. Mieli ochotę rzygnąć od tego. Parszywy sezon, mówili pewno do siebie przy końcu lata, zadowoleni, że mają to już za sobą. A tu następny się jeszcze dobrze nie zaczął i proszę bardzo, znowu utopieni, znowu nadzy, znowu jeden po drugim... – parsknął śmiechem. – Dużo bym dał, żeby zobaczyć gęby tych wszystkich posterunkowych i ratowników.

– Obrzydliwe – wyszeptała kobieta – myślisz, że nie mieli na sobie kąpielówek?

– Wiadoma sprawa, przecież piszą o tym wyraźnie. Topielców na ogół wyławia się rozebranych, ale rzadko kiedy zupełnie.

– Obrzydliwe – powtórzyła, wracając do żurnalu.

Mężczyzna przeczytał notatkę raz jeszcze, nie przestając chichotać.

Czas do obiadu spędzili na deptaku, biegnącym wzdłuż plaży. Kobieta podziwiała pięknie utrzymane gazony, mężczyzna jej wiedzę o krzewach i kwiatach. W pewnym momencie kobieta powiedziała, że przed wyjściem z empiku, kiedy mężczyzna był w toalecie, sięgnęła po gazetę i przejrzała ją od początku do końca, nie znajdując notatki o utopionych.

– To dziwne – odpowiedział mężczyzna, pochylając się nad gazonem wysadzonym białymi, omdlewającymi kwiatami.

– Też tak uważam – kobieta przewiesiła energicznie torebkę przez ramię.

– Jeżeli jej nie znalazłaś – rzekł mężczyzna, przyglądając się kwiatom – to znaczy, że jej tam nie było.

– Więc zmyśliłeś to. Po co?

– Niczego nie zmyśliłem. Po prostu przeczytałem coś, czego nie napisali. Wiesz dobrze, jakie są nasze gazety. Zamieszczają tylko to, co jest im wygodne. Wiadomość o serii utonięć nie byłaby dla nich teraz, na początku sezonu, wygodna.

Mężczyzna wyprostował się i rozglądnął wokół, jakby tknięty nagle czyjąś obecnością. Powiedział:

– To, że nie znalazłaś tego w gazecie, o niczym nie świadczy.

Opuścił dłonie wzdłuż tułowia i spojrzał za siebie.

– Kogo szukasz?

– Nikogo – odparł mężczyzna i wskazując gazon, zapytał o białe, omdlewające kwiaty.

Kwadrans później spotkali małżeństwo, z którym dzielili stół w domu wczasowym. On był dyspozytorem w hurcie mięsnym, ona, co bardzo podkreślała, przy mężu.

– Coś się szykuje – poinformowała konfidencjonalnie przy powitaniu.

Ruszyli we czwórkę z powrotem wypełniającym się tłumem deptakiem. Mężczyzna dwa, trzy kroki za nimi. Rozmawiali o kazaniu i artykule w lokalnej gazecie sprzed kilku dni, zastanawiając się, na ile jedno było przyczyną drugiego. Hurtownik mięsny wyraził opinię, że nie byłoby artykułu, gdyby nie było kazania, kobieta zgodziła się z tym, sugerując tylko odwrotną kolejność, a żona przy mężu powtórzyła, że nie byłoby kazania, gdyby się nic nie szykowało. Potem mówili o stołówkowych posiłkach, że z dnia na dzień marniejsze, co widocznie ma związek z brakami w zaopatrzeniu, i że jak tak dalej pójdzie, dożywiać się trzeba będzie na mieście.

– Tak czy owak – skonstatował hurtownik – to będzie gorące lato. A jego żona dodała, że nie byłoby takie, gdyby się nic nie szykowało.

Mężczyzna przysłuchiwał się rozmowie nieuważnie, gdyż myślami był przy topielcach. Od czasu do czasu chichotał cichutko. W pewnym momencie mignął mu przed oczami kudłaty piesek z fantazyjnym ogonem.

– Maka! – krzyknął, ale pies nie zwrócił na to uwagi i podbiegł do kamiennego murku, na którym siedziała dziewczynka, wpatrzona w morze. Przeprosił towarzystwo i podszedł do niej.

– Jak się masz? – zawołał.

– Dobrze, a pan?

– Boli mnie trochę głowa.

Popatrzyła na powrót w stronę morza. On oglądał jej kruche, podniesione ramiona i szyję z wyraźnie zaznaczonym, pionowym rowkiem w środku. Pomyślał sobie, że miał ogromną ochotę ją spotkać, że to być może było czymś więcej niż ochotą, czymś więcej niż pragnieniem. Kucnął i pogłaskał psa.

– Na co tak patrzysz? – zapytał, nie podnosząc się.

– Wydaje mi się, że tam jest jakieś światło, dwa światła, ciągle się palą.

– Gdzie?

– Na horyzoncie, obserwuję je.

Zbliżył się do dziewczynki. Stanął za nią tak, że poczuł jej zapach, który już odróżniał, zapach soli, wody, słońca i wiatru, zapach, którym przechodzą rzeczy suszone na powietrzu.

– Nic nie widzę – powiedział – może to reflektory jakichś statków.

– Może – odparła lakonicznie.

Rozpiął kołnierzyk przy koszuli, poluzował krawat, po czym przysunął się do jej ucha tak, że włosy musnęły mu twarz, i powiedział tonem, którego natychmiast pożałował:

– Moglibyśmy dzisiaj wieczorem pójść na dziką plażę popatrzeć na morze.

– Dobrze – odparła, jak gdyby była przygotowana na tę propozycję.

– Kolację mamy o ósmej. Godzinę potem, powiedzmy, o dziewiątej... Możesz tak późno?

– Mogę – odrzekła, jak gdyby wiedziała, że to będzie o dziewiątej.

– Gdzie? – zapytał, a w jego głosie wyczuwało się nutę samozadowolenia.

– Tutaj – powiedziała, nie patrząc na niego.

– Tutaj o dziewiątej – powtórzył i odszedł szybkim krokiem.

– Kilka dni temu pilnowałem jej na plaży psa – usprawiedliwił się wesoło, zwracając się z tą informacją raczej do zaprzyjaźnionego małżeństwa niż do żony.

Mimo że odeszli już kilkadziesiąt metrów od miejsca spotkania z dziewczynką, mężczyzna wciąż miał uczucie jej obecności. Było ono tak dojmujące, że obejrzał się, jakby licząc, że zobaczy ją dwa, trzy kroki za sobą, jak lekkim, prawie tanecznym krokiem, rozkołysana, postępuje z trochę wyniosłym spojrzeniem, którym zdaje się podkreślać przepaść dzielącą jej młodość od dojrzałości czterech postaci przed nią.

Małej nie było jednak ani z tyłu, ani z boku, nie było jej też chyba i na murku. Mimo to mężczyzna miał wrażenie, że ona mu towarzyszy, i odebrał je silniej niż trzy dni temu, gdy podobnie jak przed chwilą pochylony nad jej głową próbował wytłumaczyć, dlaczego nie popłyną na półwysep.

Ona widziała białe okręciki i nie mogła zrozumieć, dlaczego właśnie ten, na który mieli wsiąść, dotknięty został jakimś tam ograniczeniem paliwa, i mężczyzna, próbując jej to wytłumaczyć, użył wyrazu, którym zbagatelizował zawód, jaki ich spotkał. Ona jednak trwała w uporze i dąsach, a gdy wtłoczeni w kolejce elektrycznej między rozdokazywanych kibiców miejscowej drużyny futbolowej wracali z portu, jej upór przerodził się w nieuprzejmość. Po kilkunastu minutach, kiedy jazda z powodu wrzasku, ścisku i smrodu stała się udręką, ona, bardzo tymi warunkami utrudzona, pozwoliła się podtrzymywać kostropatemu żulowi, wyjątkowo agresywnemu w adoracji klubu, którego był fanem. Mężczyzna poczuł wtedy zazdrość. Jej przypływ był tak gwałtowny, że nie pamiętał, jak i kiedy wysiadł na stacji w mieście. Wtedy zaczął wypowiadać to słowo jak zaklęcie, a ono, krótkie, dosadne, obrazowe, wulgarne, nigdy wcześniej przez niego nieużywane, nabrało szczególnego znaczenia, czyniąc rzeczy i sprawy takimi, jakimi były w istocie.

Coś w tym jest, pomyślał teraz i wypowiedział je głośno, adresując w przestrzeń, ale to wystarczyło, by osadzić rozmowę o sytuacji bieżącej, prowadzonej przez kobiety i hurtownika mięsnego. W tej zawisłej między nimi ciszy pytanie żony zabrzmiało szczególnie obco.

– Co ty wyprawiasz?

Pomyślał sobie, że ta niebrzydka, niegłupia, oddana mu kobieta, pochylona w jego stronę, zamknięta w pytaniu, w pytaniu, miał wrażenie, nie tylko o słowo, ale o wszystko, nigdy nie była tak daleko.

– Mogę ci odpowiedzieć – rzekł, schlebiając samemu sobie, rozłożył szeroko dłonie i dodał: – Państwu również.

– Słucham? – powtórzyła żona.

Rozglądnął się wokół i nie znajdując już śladu po nikim i niczym, też powtórzył.

– Pilnowałem na plaży jej psa.

III

A na plaży było chłodno. Wiatr wyszarpywał czarne flagi z masztów. Morze nie wyglądało ani na płaskie, ani na przyjazne, a fale przy brzegu budziły respekt, waląc jedna za drugą o zbity piasek. W koszach tuliły się do siebie zakochane i niezakochane pary. Mewy, śmiglejsze niż podczas upalnych dni, wydawały się bardziej białe i żarłoczne.

W gruncie rzeczy ohydne ptaszyska, pomyślał mężczyzna. Miał na sobie szary sweter, zapinany z przodu na guziki. Owijał się nim coraz szczelniej.

Dziewczynka ubrana była nieodpowiednio, w cieniutki, popelinowy skafanderek z nieczynnym zamkiem błyskawicznym. Szli brzegiem. Minęli falochron i po kilkunastu minutach znaleźli się na dzikiej plaży. Sprawiała wrażenie niekończącego się wysypiska śmieci. Walały się tu butelki, szmaty, resztki jakichś kąpielowych łachów. Wiatr ciskał płachtami gazet. W oddali majaczyły rybackie łodzie, przycumowane do drewnianych pali. Dochodziła dziewiąta. Z powodu chmur było już prawie ciemno. Doszli do łodzi, rzucając kamykami o wodę. Niektórym udało się odbić raz lub dwa i wtedy kwitowali to zadowoleniem. Mężczyzna zaproponował, że dojdą do samotnej barki zacumowanej kilkadziesiąt metrów dalej i wrócą.

Wiatr wiał od strony mola i przynosił dźwięki muzyki granej w jakiejś knajpie. Barka była bardzo stara, nieużywana już na pewno od dawna.

Dziewczynka namawiała, by iść dalej, ale mężczyzna się sprzeciwił. Byli jedynymi spacerowiczami w tej przestrzeni, wywołującej wrażenie przygnębiającego opuszczenia. Szare niebo oświetlały nieliczne tylko gwiazdy, nie tak nawet, jak rzadkie latarnie oświetlają spowity nocą plac, one zaznaczały tylko swą obecność, tworząc niknący miejscami zarys Wielkiego Wozu. Na północy zbierała się granatowa chmura, obrzeżona paseczkiem światła. Dziewczynka uniosła w górę głowę, choć nie musiała tego robić, jak czynią to osóbki w jej wieku, kiedy chcą coś powiedzieć dorosłym, gdyż brak różnicy wzrostu jej do tego nie zmuszał, jednak czyniła tak zawsze, kiedy chciała coś mężczyźnie powiedzieć, będąc blisko niego. Ilekroć się to zdarzało, mężczyznę napełniało uczucie wdzięczności dla jej taktu.

– Jeśli nie chce pan iść dalej, to siądźmy na chwilę pod łodzią.

– Jest zimno – odpowiedział mężczyzna, oglądając się za siebie.

– Siądźmy z drugiej strony, to nas osłoni od wiatru, popatrzymy na molo.

Roześmiał się.

– Siedząc po drugiej stronie łodzi, nie będziemy widzieli mola. Molo przecież jest tam – wskazał ręką za siebie.

– No to popatrzymy na morze – skwitowała dziewczynka.

Piasek był wilgotny, burta łodzi chropawa, oblepiona muszelkami i zapieczonymi wodorostami. Mężczyzna złapał fruwającą gazetę i rozerwawszy ją na dwie części, położył na piasku. Usiedli na niej i popatrzyli na wodę. Fale biegły jedna za drugą, wszystkie do siebie podobne, i nie było to w gruncie rzeczy nic zajmującego. Zapytał, czy nie jest jej trochę zimno.

– Trochę – odpowiedziała, patrząc przed siebie.

Objął ją ramieniem i mocno odczuł jej kruche, wiotkie ciało.

– Tak cieplej? – zapytał czule, niezawstydzony własnym tonem.

Spojrzała mu w twarz. Zauważył, że w jej oczach, jak w dwóch lusterkach, odbiły się jakieś światła.

Mola? – pomyślał. Nie, to niemożliwe, przegradza ich barka, świateł miasta nie widać, a gwiazdy odbijają się inaczej, a poza tym prawie ich nie ma. Ale w jej oczach było światło, i było to światło odbite.

Od czasu do czasu jakaś mocniejsza fala podpływała im pod same nogi i wtedy machinalnie unosili stopy. Barka stanowiła doskonałą ochronę od wiatru, który tylko słyszeli. Spojrzał na zegarek. Dochodziła dziesiąta. Zastanawiało go, jak szybko umknęła im godzina.

– Pójdziemy już – rzekł z przekonaniem, ale nie podniósł się.

Dziewczynka nie zareagowała na propozycję. Patrzyła tylko na niego i jakby przez niego, a jej oczy stawały się w ciemności coraz większe, jak oczy kota, gdy patrzy uważnie, choć bezmyślnie, i przestaje się dostrzegać cokolwiek poza oczami, i wszystko w kocie staje się spojrzeniem.

Trwało to chyba dosyć długo i ciepło, które zaczął odczuwać, mimo chłodu powietrza, było nabierającym kształtu i charakteru podnieceniem, najczystszym, jakie kiedykolwiek odczuwał, bo nie spętanym lękiem ani niepewnością, tylko spokojnym, świadomym powodu, dla którego się zwielokrotnia, wypływającym nie z niego, ale z tego raczej, co go otacza.

– Ile ty masz lat, Inte? – zapytał, po raz pierwszy wymawiając jej imię.

– Nie wiem – odpowiedziała.

– Nie wiesz, Inte?

– Nie wiem.

Przesunął ręką po jej plecach, wyczuwając lekko odstające łopatki i giętki kręgosłup.

– Idziemy – powtórzył. Wyciągnął nogę w stronę wody, zawiesił ją nad falą.

– Idziemy? – zapytał cichutko sam siebie i sam sobie odpowiedział: – Jasne.

Nie zrobił jednak żadnego ruchu, za to ona przykryła mu dłonią usta, dotykając końcami włosów jego policzków. Odchylił gwałtownie głowę, rozglądnął się za przestrzenią, w którą mógłby umknąć, ale dziewczynka przegięta nad nim, opadającym powoli i coraz bezwolniej, pocałowała go w usta. Poczuł jej drobne zęby. Skulił się, wciskając plecy w chropawą burtę łodzi, ale dziewczynka była tuż-tuż. Jego dłonie trafiły na twarde pośladki, potem na smukłe, mocne uda, chłodne i wilgotne, jakby zanurzone w fali, potem na gładki, sprężysty brzuch. Mimo obezwładniającego przedsmaku rozkoszy, świadomy, że ciało, którego dotyka, nie ma jeszcze znamion kobiecości, uczynił ostatnią, desperacką próbę ucieczki, ale już wiedział, że nie zatrzyma zdarzenia, niosącego w swym jądrze coś ostatecznego, i jakkolwiek budziło ono jego ciekawość, to lękał się cierpienia, którym będzie zmuszony je okupić.

Westchnął głęboko i z warg wyleciało słowo znajome, lecz nierozpoznane, wyplute jak pestka od owocu, słowo szyfr, już, przy całej swojej dosadności, wulgarności, obrazowości, bez znaczenia. Zaciskając coraz mocniej dłoń na karku dziewczynki, mruknął tylko jeszcze – mała dziwka – ale było w tym więcej pieszczoty niż zdziwienia, podziwu niż nagany, radości niż zakłopotania.

Odbił się od łodzi i wsunął się jak nikczemny złodziej w jej młode, chłodne ciało. Leżał potem na piasku i czuł się lekki niczym pyłek, a gdy otworzył oczy, zobaczył małą stojącą kilka metrów od brzegu, wpatrzoną w coś na morzu. Jej nagie ciało zlewało się z tłem. Przymknął oczy na powrót. Wyciągnął rękę, ale nie potrafił dosięgnąć łodzi, choć czuł jej bliskość i cień, jaki mimo nocy rzucała na piasek.

Mewa zajęła falochron, wykrzykując coś w zimną pustkę. Chmura z północy nadciągała majestatycznie, wyprzedzał ją wąski pas światła. Z dalekiej szosy dobiegał warkot samochodów. Uniósł się na łokciu.

– Ej, ty, słuchaj! – zawołał, a w jego głosie pulsowała zawadiacka radość.

Dziewczynka odwróciła głowę i rzekła:

– Morze się uspokoiło.

Jak kot się zbliżyła i podała mu dłoń.

– Dokąd, gdzie?

– Chodźmy – rozkazała – woda jest ciepła, popływamy.

– Teraz? W nocy?

– Tak.

– Oszalałaś.

Położył się z powrotem na wznak. Dziewczynka roześmiała się głośno i ten śmiech zabrzmiał nieprzyjemnie, prawie wulgarnie.

– Nie pływał pan nigdy w nocy?

Zaprzeczył ruchem głowy.

– Woda jest teraz cudowna, ciepła i spokojna.

Uniósł się na ramieniu. Wpatrzył w morze. Rzekł, rozciągając słowa.

– Nie sądzę – opadł plecami na plażę. – Nie sądzę, żeby była cudowna, ciepła i spokojna.

Zamknął oczy i przez powieki spojrzał na bezmiar i pustkę świata.

Wzruszyło go własne osamotnienie, ale też zdał sobie sprawę, że nie jest to takie zwyczajne, ani banalne, ani ludzkie, tylko jest to osamotnienie wyjątkowe, jak wyjątkowe jest dzisiejsze doświadczenie, nawet jeżeli nie potwierdza niczego.

– To bez sensu – powiedział uroczyście.

Pochyliła się nad nim. Końce jej włosów musnęły mu policzki. Czuł jej oddech.

– Co jest bez sensu?

– Wszystko – odpowiedział i zaczął się powoli rozbierać.

* * *

Miał rację. Woda nie robiła wrażenia, przy pierwszym z nią zetknięciu, przyjaznej. Wszedł w nią jednak odważnie. Dziewczynka postępowała za nim. Po kilkunastu metrach zatrzymał się i wtedy mała go wyprzedziła. Spojrzał za siebie. Barka ciemniała już w pewnym oddaleniu, wydawała się wielka i pełna godności jak porzucona arka Noego. Morze sięgnęło mu piersi. Zanurzył się po szyję. Fale nie wznosiły się wysoko, ale trzeba było na nie uważać. Wiatr ucichł rzeczywiście, a chmura z północy objęła w swe posiadanie już większą część nieba. Dziewczynka wysforowała się na jakieś dziesięć metrów. Odwróciła głowę i kiwnęła mu ręką. Podpłynął do niej i powiedział:

– Jeszcze trochę i wracamy.

– Do boi! – krzyknęła.

– Których?

– Tych pierwszych.

– W porządku – zgodził się – ale potem wracamy.

Z prawej strony mieli molo w odległości kilkuset metrów, z dwoma rzędami latarń, które było widać, choć nie dawały na taki dystans światła. Wpłynęli w jakiś ciepły prąd. Morze miękło. Fale jak gdyby rozstępowały się przed nimi, naprowadzając w koleiny, które podawały ich ciała jedne drugim, a niewysokie i obłe garby wody przenosiły ich delikatnie na swych grzbietach. Dziewczynka płynęła po lewej stronie mężczyzny, bardzo pięknie i płynnie, bez wysiłku, nie angażując praktycznie rąk ani nóg. Okręcała się wzdłuż własnej osi, ukazując raz smagłe plecy, raz twarz z szeroko otwartymi oczami. Mężczyzna ocierał się o nią od czasu do czasu i było to bardzo rozkoszne. Przestrzeń wydała się mężczyźnie, jak nigdy, przewidywalna, a bliska obecność małej dawała mu poczucie bezpieczeństwa.

Ostatecznie, osamotniony, nie był w tym osamotnieniu sam.

– Proszę z wodą nie walczyć – odezwała się, gdy minęli boje. – Proszę się jej poddać, wtedy niesie sama.

– Robię to! – odkrzyknął zuchowato mężczyzna.

Istotnie płynęło mu się lekko, miał wrażenie, że to nie on wprawia swoje ciało w ruch, tak zwykle mu nieprzyjazne. Doszedł też do wniosku, że trzeba zdać się całkowicie na pływacki kunszt dziewczynki. Pozbył się z ulgą odpowiedzialności i był zadowolony, że nastąpiło to wystarczająco wcześnie, by nie zepsuć przyjemności kąpieli, a jego obawy sprzed chwili wydały mu się teraz wręcz śmieszne. No cóż, pomyślał, najwyżej dostaniemy kataru.

Gdzieś z oddali słychać było miarowy stukot kutra. Pamiętał, że równie beztrosko pływało mu się tylko w dzieciństwie, wiele już lat temu, na stawie koło domu dziadków, gdy w rozdygotanym od gorąca, lipcowym powietrzu dryfował na belce między białymi i szarymi gęsiami.

Dziewczynka, wciąż obecna obok, powiedziała coś, lecz nie zwrócił na jej słowa uwagi. Słuchał wprawdzie, ale nic z tego, co mówiła, nie dotarło do jego świadomości. Zauważył też kątem oka, że stała się blada, że słona woda jak gdyby zmyła smagłość jej skóry, że mówi jakby spod wody i że wynurza się coraz rzadziej, ale patrząc i słuchając, nic nie słyszał i nic nie widział, gdyż przed nim i w nim było coś dużo ważniejszego.

Oto leży na belce, obejmuje ją mocno ręką, a drugą wiosłuje leniwie, obserwując spod oka gęsi. Jest cicho i sennie. Przez pół godziny siedział w wodzie, więc teraz rozkoszuje się słońcem, wtapiającym w jego chłopięce ciało złote ciepło. Z podwórza dochodzi parskanie koni, które w szczycie dnia dostały trochę odpoczynku. Gniady nawalił już pewno kupę gdzie nie należy, i dziadek, przypominający Koszałka-Opałka, jak wróci z miasta, będzie się znowu gniewał. Słońce świeci mocno, powietrze przesycone jest zapachem lip, a niebo upstrzyły małe chmurki, zwane przez tutejszych barankami. Trzeba tylko uważać na muchę gnojówkę, która potrafi ni z tego, ni z owego nadlecieć z obór i ukąsić tak, że robi się bąbel, i trzeba poszukać bobkowego liścia, przykleić do bąbla śliną, a potem trzymać to wszystko przez jakiś czas w cieniu. Więc muchę gnojówkę trzeba mieć na oku, ale poza tym nie ma się czego obawiać, no i te gęsi takie śmieszne.

Pierwsze uderzenie chłodu poczuł, gdy byli już za linią drugich boi. Po prostu zrobiło mu się nagle zimno. Nic strasznego, ale to sygnał, że trzeba wracać. Płynie się dobrze, to dziwne, nigdy nie podejrzewałby się o taką kondycję. Bądź co bądź, udało mu się odwalić niezły kawałek na pełnym morzu, tyle tylko, że w jedną stronę.

Jest oczywiście człowiekiem rozsądnym i wie, że drugie tyle czeka go w drodze powrotnej, i choć czuje się zupełnie przyzwoicie, i nie wydaje mu się, by był zmęczony, to wie, że uczucia chłodu i lekkiego drętwienia kończyn nie należy lekceważyć, więc, powiedzmy, jeszcze pięć, dziesięć metrów i trzeba będzie wracać.

Właśnie to sobie pomyślał, kiedy zanurzył twarz w wodzie, jak się robi, gdy chce się orzeźwić. Zaszczypały go oczy, zatrzymał się, by je przetrzeć i wtedy jakaś krótka, silna fala uderzyła go w głowę. Prychnął i wypluł bardzo nieprzyjemną konsystencję. Zrobiło mu się nawet, przez moment, niedobrze. Spojrzał w lewo, ale dziewczynki nie było. Nie było jej też z drugiej strony. Musi być z przodu, pomyślał, pływa szybciej niż ja, więc nie mogła zostać z tyłu. Krzyknął niezbyt głośno: – Inte! – Nikt mu jednak nie odpowiedział, tylko od strony mola dolatywały dźwięki przesłodzonego tanga. Sól szczypała go w oczy, przetarł je raz jeszcze i zawołał ponownie. Cicho było jednak i ciemno. Chmury zasłoniły te kilka gwiazd sprzed godziny i zaczął padać deszcz.

– Inte! Inte! – wrzeszczał i wyskakiwał z wody, jak mógł

najwyżej, ale odpowiadały mu tylko uderzenia wzmagającego się z chwili na chwilę deszczu o ciemną i pustą powierzchnię morza. Przez głowę przeleciały mu jak błyskawica związane z tym możliwości. A więc ta najgorsza, że utonęła. Nie, to niemożliwe, pływa jak ryba. A jednak utonęła, skoro jej nie ma. Nic podobnego, nad wodą głos się nie niesie, a ona jest z przodu, być może daleko, i dlatego go nie słyszy. Nonsens, nad wodą głos niesie się w dwójnasób, a ileż ona mogła, do diabła, odpłynąć? Utonęła czy wróciła? Oczywiście, że wróciła. Poczuła się zmęczona, zrobiło jej się zimno, znudziła ją nocna kąpiel i wróciła.

Wróciła i czeka na brzegu.

Uczepił się tej myśli, młócąc morze niezdarnym crawlem. Posuwał się szybko, ale nie mogło to trwać długo, następna fala, równie złośliwa i przyczajona jak ta pierwsza, włoczyła mu w gardło wodę, której już nie miał siły wypluć. Po chwili znowu porcja, i jeszcze kolejna. Zaczął wymiotować. Nie zmniejszył jednak tempa. W połowie drogi między czerwonymi a żółtymi bojami dostał się w ciepły prąd i ujrzał zarys brzegu.

Rybackie łodzie stały na wprost, więc zniosło go kilkadziesiąt metrów w stronę mola. Czuł, że nogi odmawiają mu posłuszeństwa, że już od pewnego czasu ciągnie je raczej za sobą, niż one go pchają. W rękach miał ołów, za to uczucie zimna zaczęło ustępować, a mdłości stały się mniej przykre. Woda była ciepła, lepka, czarna...

Walczyć mi z nią nie wolno, powtórzył radę dziewczynki, wtedy poniesie mnie sama.

Nieuchronnie członki opadały mu w głąb. Kuter stukotał w oddali, a strzępy muzyki przytłumiał deszcz. Właściwie nie jest źle, pomyślał albo coś pomyślało w nim za niego, to coś, co już być może nim nie było, nie będąc też jeszcze nikim innym.

Powodów do paniki nie ma. Brzeg jest już niedaleko. Łodzie rysują się wyraźnie. Po prawej stronie barka, tuż obok porzucone w nieładzie ubrania i dziewczynka, wyprosto-wana jak struna, piękna kusicielka, bliska i już na zawsze własna.

Z ogromnym wysiłkiem podniósł głowę, by zobaczyć, że robi się coraz jaśniej i jaśniej, że z każdą chwilą zbliża się, a nie oddala, że raczej coś znajduje, niż gubi.

Już jest ostatecznie jasno. Fale niewielkie i łagodne. Zmę-czenie ogromne, lecz nie przykre. Przy samym brzegu olchy i wierzba, dalej wspaniały kasztan, dający tyle cienia w skwarne południe, i te zabawne gęsi, wyłażące właśnie z wody.

Cztery białe i trzy szare. Nie, na odwrót, trzy białe, resz-ta szara albo...

Dworski zapach

I

Młodość, uroda i zdrowie śniły mu się tej nocy po raz ostatni.

Obudził się jak zwykle późno, odurzony valium i gdy otworzył oczy, zobaczył drobinki kurzu tańczące w smugach zaciekłego słońca, przedzierającego się przez rolety. Usłyszał natarczywy i jakby zwielokrotniony dzwonek telefonu z hallu i po dobrej chwili zręczne kroki Nicole. Dzwonek zamilkł w tym samym momencie, w którym suchy trzask rozbitego szkła, jak kamień dziurawiący okno, wypełnił parter, nienaturalnie szybko wessany w górę i skwitowany jednym z tych soczystych, marsylskich przekleństw.

Podniósł głowę i obrócił ją ku drzwiom, ale nie usłyszał nic więcej, jak gdyby nagły gwałt zdusił rozjarzający się upał.

Zamknął oczy, wyciągnął się w łóżku i przywołał sen. Wrócił wypłukany z nierzeczywistości, poddany oczekiwaniu, banalnie reżyserowany przez wyobraźnię, wolny od niekonsekwencji i tajemnicy.

Przesunął koniec języka po suchych, spieczonych wargach. Położył dłoń na odkrytej piersi i kilkakrotnie głęboko odetchnął.

Zza ściany, w radiu France Sud przerwano muzykę, by nadać komunikat:

„Mimo wakacji niepokoje studenckie nie ustały, przenosząc się z Paryża i Nantes na południe kraju. W Marsyli watahy młodych ludzi zdemolowały Canabiere. W Antibes lewacy zablokowali port i zniszczyli kilkanaście jachtów. Mimo to prefekt de Frenac wyklucza możliwość wybuchu rewolucji. Przeczy temu jednak mobilizacja garnizonu paryskiego, przerzut jednostek spadochronowych z Nadrenii, alert orańskiego korpusu legii. Optymizmu prefekta nie podziela też socjolog René Boise, z którym za chwilę przeprowadzimy wywiad".

Ktoś wyłącza radio.

Bezwiednie omiótł wzrokiem gabinet. Wysokie okno z opuszczoną roletą, krzesło, fotel, politurowane biurko z fotografią chłopca w marynarskim mundurku. Obok otwarty brulion, zapisany rozchwianym, dziecinnym, ma się wrażenie, pismem i parker ze złotą stalówką.

Na ścianie biała broń.

W zasięgu ręki stolik wyłożony szachownicą, czeczotki z baterią fiolek, ampułek, buteleczek. Właśnie sięgnął po jedną z nich i ze zdziwieniem skonstatował, że ręka jest lekka jak ręka dziecka. Powtórzył gest, wrażenie lekkości nie ustąpiło. Z drugą ręką było to samo. Czuł się odurzony i rozkosznie lekki. Wciągnął powietrze. Wypełniło płuca niezauważalnie, jak niezauważalne były jego członki. Jednocześnie poczuł znany mu zapach choroby i starości, zmieszany, a może raczej podszyty powiewem czegoś egzotycznego i swojskiego, przeczutego i niespodziewanego, nieznanego i kiedyś doświadczonego.

W zastanawiającej ciszy, która nastąpiła po zwielokrotnionym dzwonku telefonu i nagłym trzasku rozbitego szkła, zaczął sobie przypominać ten trzeci zapach.

Na tym mu zszedł czas do południa.

***

Alkohol lubił, choć nigdy go nie używał. Oszroniony kieliszek z wódką. Lampka ciemnozłotego koniaku wypełniona w dwóch trzecich. Oleistość ballantine'a rozprowadzonego wodą sodową. Otchłanność burgunda w kruchym kieliszku na wysokiej nóżce czy lubieżna ociężałość piwa przelewającego się w kuflu przywoływały wspomnienia nigdy nieprzeżytych zdarzeń i sytuacji, zawieszonych wyłącznie w wyobraźni, tak jednak trwale, że ich intensywność i prawda daleko przewyższały to, co zdolny byłby przeżyć w rzeczywistości.

Toteż kiedy dziewczyna powiedziała mu, że jeden z dwóch graczy, w dole, na rozprażonym słońcem korcie jest gangsterem, uznał, że zdecydowany w formie i kolorze apéritif, jaki kazał sobie podać na tarasie kawiarni ocienionej wypłowiałą markizą, nie jest wyborem przypadkowym.

– Gangster? – zapytał, krzyżując dłonie na lasce.

– Marc Belon, najpiękniejszy gangster Francji – Eunice zadarła ładną, choć pospolitą twarz. – Miał okładkę w „Jour de France".

– Jest niesamowity – powiedział z nieco błazeńskim podziwem.

– Obydwaj są niesamowici – odpowiedziała poważnie dziewczyna, przypatrując się z góry krwistemu prostokątowi kortu.

Pokiwał głową i sięgnął do wewnętrznej kieszeni marynarki. Na białej, sztywnej od krochmalu serwecie położył płaskiego ronsona i pudełko gitane'ów.

Z papierosami było odwrotnie niż z alkoholem. Nigdy ich nie podziwiał, nie celebrował, tak naprawdę nie lubił, lecz palił jak smok. Podejrzewał, że ten nałóg brał się nie z potrzeby ciała czy psychiki głodnej wrażeń, ale z niechlujstwa, bezwładu, mimo wielu prób, niepokonanej nigdy bezsilności.

Wczesne popołudnie.

Raczej pustka. Bajkowy, transparentny, rzec by się chciało, celofanowy pejzaż w kleszczach upału. Jednak nie ma w tej przestrzeni żadnego znużenia, żadnej omdlałości, jest w niej impet, bigiel, nieustępująca ochota. Siedząc plecami do morza, przyglądał się szafirowemu zarysowi gór.

– Ale La Nunzio jest niesamowitszy – usłyszał po dobrej chwili dziewczynę.

– Nie uważam – odpowiedział jej po namyśle, który nie dotyczył żadnego z graczy.

– Jest wyższy – powiedziała dziewczyna.

– Nie sądzę.

– A w każdym razie szczuplejszy.

– Uważa to pani za zaletę?

– Na korcie. La Nunzio lepiej się rusza.

– Gangster jest jak kot.

– Nieco opasły. Jego ciało nosi w sobie zapowiedź opasłości.

– Mam wrażenie, że ta zapowiedź dotyczy obydwu.

– Ale La Nunzia dotknie później.

Dziewczyna powiedziała to imperatywnie tonem, jakim ucina się wątpliwości.

Sięgnął po wysoką szklankę, by, jak to miał w zwyczaju, zmoczyć usta w alkoholu, a następnie rozprowadzić go językiem po wargach. Płatek cytryny oderwał się od szkła i spadł na beton. Dziewczyna podniosła go i uczyniła taki gest, jakby zamierzyła nadziać go z powrotem na ostrą krawędź, ale dostrzegając w ostatniej chwili niestosowność tego pomysłu, schowała go w dłoni.

Prezentowała zwinność opalonego na złoty brąz ciała, ładnie kontrastującego z bielą skąpej sukienki i dzięki swej zwierzęcej harmonii wolnego od erotycznych skojarzeń i spodziewań. Zdziwił się, jak bardzo jej uroda nie wzbudza w nim żadnych tęsknot. Mówiono, że pociągały go ciała naznaczone jakąś niedoskonałością, dysfunkcją, zranione nierzucającym się w oczy kalectwem lub przetrawione wiekiem, nie mówiono jednak, by uroda młodości czyniła go aż tak obojętnym.

Ciało Eunice było nieme. Zupełnie go to nie martwiło. Odwrotnie, obojętność dawała mu poczucie przewagi, wyzwalając z jakiegokolwiek onieśmielenia. Podniósł się z krzesła i ostentacyjnie wspierając się na lasce, wyciągnął się na całą swoją niewysokość. Rzekł coś bardzo niepochlebnego o łacińskiej powierzchowności, odnosząc to zarówno do mężczyzn zapamiętałych w grze na rozpalonym słońcem korcie, jak i do własnych doświadczeń.

– Napatrzyłem się tego w życiu. W gruncie rzeczy nieprzyzwoite.

Dziewczyna odpowiedziała mu natychmiast, jakby przygotowana na tę uwagę, że rozsądek podpowiadałby wybór czegoś mniej oczywistego i dosadnego, czegoś mniej histerycznego i ekstatycznego, w lepszym tonie i gatunku, ona jednak postawiona przed wyborem takich i takich, wybiera jednak takich jak La Nunzio, zdając sobie sprawę z całego ryzyka, jakie ten wybór niesie.

– Czemu powtarza pani ciągle: La Nunzio? – zapytał, spacerując wokół stolika.

– Bo tak się nazywa – odpowiedziała dziewczyna, wodząc za nim wzrokiem.

– Ale pani jest jego żoną.

Dziewczyna informuje, że Simone nigdy nie mówi: mój mąż. Mówi: Sartre. Sartre zszedł do kawiarni po papierosy.

– Czyżby? – zapytał, zatrzymując się za plecami dziewczyny i ponad jej głową obserwując wygładzające się morze.

– Jesienią ubiegłego roku, w tydzień po ślubie, poszliśmy na Bonaparte, Montparnasse czy gdzie tam... – powiedziała dziewczyna, ożywiając się. – La Nunzio chciał mnie przedstawić czy co tam... Drzwi otwiera Simone. La Nunzio wchodzi, rozgląda się i pyta: „A gdzież jest pani mąż?". A Simone odpowiada: „Sartre zszedł do kawiarni po papierosy. Musieliście się spotkać przy windzie". A La Nunzio na to: „W takim razie nie rozpoznałem go". Pytam: „Kto to jest Sartre?", a Simone do La Nunzia: „Ta mała jest niezła".

Młodzieńczo się roześmiali. Ani przez moment nie przychodzi mu do głowy, że dziewczyna mogła to wymyślić, tak sobie, na poczekaniu. Bawi go to naprawdę i żywiołowo daje temu wyraz. Tak zastaje ich Nicole.

– Jak kąpiel? – zapytał, otrząsając się ze śmiechu.

– Wspaniała – odpowiedziała Nicole.

– Woda?

– Słona i orzeźwiająca.

– Mój Boże! – wykwintnie oparł się o laskę. – Jak wiele mi z życia umyka.

– Pijecie coś? – zapytała Nicole, przyglądając się z niekrytą niechęcią dziewczynie.

Dzieli ich jakie dwadzieścia lat, ale tego nie widać, i Nicole o tym nie wie.

– Rozmawiamy.

– O czym? – zapytała sucho Nicole.

– Jak zwykle.

Podeszła do stolika i podniosła do ust szklankę, z której przed chwilą ześlizgnęła się cytryna.

– Mówisz tak, jakbyście znali się od dawna.

Odpowiedział, że w istocie takie ma wrażenie.

– Jakie? – zapytała agresywnie Nicole, odstawiając na stolik opróżnioną szklankę.

Powtórzył, że właśnie takie. Jakby znał Eunice z czasów, w których nie mógł jej znać, jakby znał ją od zawsze, co nie oznacza nic innego, jak tylko to, że...

Nicole przerwała mu obcesowo, nie patrząc na dziewczynę.

– Ile pani ma lat, Eunice?

– Dwadzieścia – odpowiedziała dziewczyna.

Nicole omiotła go kpiącym spojrzeniem.

Jest efektowna. Wysoka, mocno zbudowana, wygimnastykowana, drapieżna, o ruchach szybkich i celnych. Profil ma grecki, a dłonie wąskie i długie. Wróciła z kąpieli morskiej, okryta równie skąpo jak Eunice, ale ma się wrażenie, że mniej od niej ubrana. Bije od niej nagość, nie bezwiedna i na swój sposób niewinna, jak nagość dziewczyny, ale prowokacyjna i uświadomiona, choć należy to powtórzyć, tej nagości nie ma w niej ani o centymetr więcej, niż jest nagości dziewczyny.

Ale to są zupełnie dwie różne nagości i on, ciągle wykwintnie oparty na lasce, przygląda się z uwagą tej dyferencji.

Nicole przeniosła spojrzenie na kort. Ostentacyjnie zapytała:

– Czy młody człowiek po lewej to nie jest przypadkiem pan Belon?

Eunice odpowiedziała jej skwapliwie, z odcieniem nieusprawiedliwionej, a więc nieco zabawnej dumy.

– Tak, to Marc Belon.

– Najpiękniejszy gangster Francji – dodał on, równie skwapliwie co dziewczyna. – Swoją drogą, skąd wiesz, że to Belon?

– Bo przeglądam gazety – odpowiedziała Nicole.

– W „Le Nouvel Observateur" nic o nim nie pisali.

– Ale w „Le Matin" tak. I w „Vogue", i w „Cinema", i w...

– W czym?

– Wszędzie! – w kosych oczach Nicole zapaliły się ognie złości.

– Pan Belon i pan La Nunzio przyjaźnią się ze sobą.

– Raczej rywalizują – poprawiła go Eunice. – Obydwaj są młodzi, piękni, utalentowani i sławni.

– Pani mąż, Eunice – wtrąciła Nicole, nie patrząc na dziewczynę – jest dopiero na drodze do tego, co osiągnął już pan Belon. Pani mąż więc...

– Nieprawda! – wykrzyknęła Eunice. Zaperzyła się. Wygląda na dotkniętą uwagą Nicole i protekcjonalnym tonem, z jakim ta efektowna i na swój sposób piękna kobieta z nią rozmawia.

– To raczej pan Belon...

– Pani mąż... – głos Nicole podszył nieukrywany jad zazdrości.

Poczuł się pochlebiony. Lubił takie spięcia. Chętnie się im przyglądał, jeszcze chętniej prowokował, ale teraz każe kobietom zamilknąć, i one godzą się z tym, i milkną, co pochlebiło mu jeszcze bardziej.

Kobiety przypatrywały się tenisistom i mimo że stały obok siebie, bark w bark, biodro w biodro, przyglądały im się osobno i każda inaczej. A gdy młodzi mężczyźni zmęczeni grą, upałem i zapamiętaniem, urwali mecz nagle, ma się wrażenie w pół gema i nie podchodząc do siebie, zignorowali rytuał, schodząc z kortu jak z ringu, dziewczyna zawiadomiła go, że wreszcie skończyli i że zejdzie na dół. On skinieniem głowy pozwolił jej na to, mając przez moment wrażenie, że gdyby się nie zgodził, dziewczyna by pozostała.

W tym rozkosznym podejrzeniu utwierdziła go jeszcze Nicole, rozdając obojgu złe spojrzenia.

Długo przypatrywał się rozkołysanej sylwetce Eunice, zbiegającej kamiennymi schodami ku kortom i patrzył za nią nawet wtedy, gdy zwinna postać dziewczyny znikła mu z pola widzenia.

Droga do domu wspinała się stromo. Pokonywał ją wolno, z namysłem, szukając cienia. Poszarzał, zgarbił się, zmniejszył, jakby powietrze z niego uszło. Mimo niemocy wynikającej z wieku i choroby, miało się wrażenie prowokującej demonstracji, teatralnej celebry, kiedy kilkakrotnie powtarzał: jestem gorzej, i niezmuszony reakcją Nicole, opowiedział z masochistyczną przyjemnością o truciźnie degeneracji wlanej w jego trzewia przez biedną matkę, degeneracji, której nikczemne jady odczuwał mocniej lub słabiej, słabiej lub mocniej, ale zawsze.

– Dzisiaj czujesz to mocniej czy słabiej? – zapytała Nicole obojętnie.

– Od pewnego czasu czuję się gorzej i coraz gorzej – odpowiedział cicho. – Znaczy to, że dzisiaj czuję się gorzej niż wczoraj, a jutro będę się czuł gorzej niż dzisiaj.

– Jak ci mogę pomóc? – zapytała obojętnie Nicole.

– Pytając o moje zdrowie. Rozmowa o bólu, lęku, cierpieniu przynosi mi ulgę.

– Często rozmawiamy o twoim zdrowiu.

– Życzę sobie nieprzerwanej rozmowy na ten temat. Nie dlatego, by sam w sobie był interesujący, ale dlatego że poza bólem, cierpieniem i lękiem nic nie jest w stanie naprawdę mnie obejść. Wobec tych doznań wszystko inne traci znaczenie. Dokąd dzisiaj dopłynęłaś?

Nicole podeszła do akacji zawieszonej nad kamiennym, rozgrzanym jak piec murem i wyciągając szyję, chłonęła jej zapach, choć drzewo już przekwitło. Na tle wapiennego muru odbiła się jej sylwetka, może nieco zbyt smagła, zbyt ostra, męska, a może raczej młodzieńcza czy wręcz chłopięca. Irytująco wolna od jakiejkolwiek zapowiedzi starości czy przejrzałości, choć znużenie przyczajone w kosych oczach, niezależne od ironii, złości, zawodu, niezależne, a więc niezmienne i nieustępujące, zaprzeczałoby tej odporności.

– Do cypla – odpowiedziała cicho.

– I z powrotem?

– Z powrotem wróciłam plażą.

– Sądziłem, że pływasz w obydwie strony.

– Kiedy czuję się dobrze.

– Nie chcesz chyba powiedzieć, że czujesz się źle – zaniepokojony wyszedł z cienia.

– Nie chcę, ale tak właśnie się czuję.

– Do diabła, Nicole... Jak?

Nicole przesunęła palce po fakturze muru, w tę i tamtą. Miało się wrażenie, że ten wiotki gest nie znaczy nic ponad to, co znaczy, a nie znaczy nic. Jej długie palce wędrują jednak po powierzchni muru, jakby odnajdywały przyjemność w kontakcie z jego rozgrzaną chropowatością.

– Źle – odpowiedziała Nicole. – Jestem chora.

– Nie możesz być chora! – wykrzyknął, zrywając kapelusz z głowy. Laska mu przeszkadza i nie wiedząc, co z nią począć, zaczął nią wywijać na wszystkie strony. – To ja jestem chory! – wykrzykiwał – jestem stary, niedołężny i chory! Ty natomiast jesteś zdrowa, mocna i piękna! Nasz związek, nasza umowa na tym polega.

– Umowa? – Nicole oderwała palce od muru, otrzepując je z wapiennego pyłu. – Och, mężu mój, mój mężu...

– Nie chcesz chyba tego zepsuć?

Nicole popatrzyła na niego, mrużąc oczy przed słońcem, a potem powoli odwróciła głowę i zawiesiła wzrok gdzieś na mgiełce spowijającej nad wodami horyzont. Odpowiedziała po dobrej chwili:

– Nie bój się. Mam po prostu okres.

Grymas z trudem ukrytego zażenowania, a może nawet obrzydzenia, naznaczył jego spopieloną twarz. Musiała to zauważyć, kiedy dodała nonszalancko:

– I kaca. W ogóle nie powinnam pływać.

Nie pomagając sobie laską, wlokąc ją za sobą, wspinał się rozjarzoną światłem uliczką. Powietrze stężało w upale.

– Był do ciebie telefon – powiedziała zza jego pleców Nicole.

– Jul?

– Nie. Madonach.

Zatrzymał się. Laska wypadła mu z ręki.

– Madonach?

– Tak właśnie się przedstawił. Tu Madonach. Z Polski.

Popatrzył niemo w twarz żony.

– Prosił, by cię obudzić. Powiedziałam mu, że to nie jest możliwe.

– I co? – zapytał szeptem.

– Zapowiedział się na dziś wieczór. W jakiejś misji – Nicole przysunęła twarz do twarzy męża i dodała też szeptem:

– Bardzo ważnej misji.

Do kolacji zasiedli przed ósmą.

Wieczór był taki jak zwykle u początku lata: łagodny, bezwietrzny, zacierający kontury, zapowiadający noc i pełen jeszcze dnia. Nie jest jego końcem czy zwieńczeniem, lecz początkiem. Teraz zaczyna się jeść, pić, rozmawiać, flirtować, tańczyć, teraz jest światło, w którym opalenizna wygląda najkorzystniej, a twarze kobiet rozświetla nadzieja.

Lubił tę porę. Warto przemęczyć świt, przebrnąć przez ranek, zaciskając zęby, przeżyć południe i popołudnie, by dotrwać do wieczora.

Taras jest wysoki i równy powierzchni domu, powiększony jeszcze o salon z rozsuniętymi drzwiami.

Usiadł tak jak mu najwygodniej, tyłem do morza, z twarzą zwróconą w głąb salonu, mając przed sobą Nicole, po lewej La Nunzia, a po prawej jego młodziutką żonę, Eunice.

Przybysz, mężczyzna bez wieku i bez właściwości, jest, jakby go nie było, siedząc za stołem, jakby za nim nie siedział, odzywając się od czasu do czasu, jakby się nie odzywał. Ta dyskrecja na początku nieco upozowana, w miarę upływu czasu staje się coraz oczywistsza.

Jest to niewątpliwie człowiek dobrze wychowany.

Mimo tej dyskrecji, czy wręcz nieobecności, poczuł się przez Przybysza bacznie obserwowany.

Może dlatego rozmowa o kpinie, którą prowadzi z La Nunziem, nie biegnie po jego myśli. Zwykle prowokował starcia słowne i je wygrywał, dzisiaj wydało mu się po raz pierwszy, że tak nie jest. Argument La Nunzia, że kpina jest łatwa, zawsze łatwa, bez względu na intencję, w jakiej została użyta, wywołał jego protest, tyleż gwałtowny, co bezsilny. Jego absolutna obojętność wobec znaczenia spraw, jakie poruszał, po raz pierwszy została podważona. Podejrzewał, że młody mężczyzna dlatego jest górą, że po prostu ma rację, i to go tym bardziej gniewa, że taka kategoria jak racja w jego hierarchii nigdy na dłużej nie zagościła. Fakt, że dzieje się tak przy świadku, dla którego ten cały popis został rozpoczęty, nie poprawiał mu nastroju. Przyszło mu też do głowy, że gdyby nie obecność Przybysza, nie czułby się wobec argumentów La Nunzia tak podejrzanie bezbronny.

Rozzłoszczony, zadał pytanie w przestrzeń:

– Nigdy nie miał pan na nią ochoty?

– Na kpinę? – zapytał La Nunzio, odczekawszy chwilę.

– A o czym rozmawiamy, do diabła? – zawołał.

– Jak na kobietę?

– Chociażby.

– Oczywiście, że miałem – La Nunzio roześmiał się śmiało – kto by nie miał?

– Co pana powstrzymywało?

– Dramat istnienia.

– Draaamat istnienia! Mon Dieu! – przedrzeźniał młodego mężczyznę, ale mu nie wyszło, więc tylko zatoczył dłonią wokół, przywołując na świadka tej niedorzeczności całą prowansalską urodę zmierzchu.

A potem powiedział, co miał do powiedzenia nie od dzisiaj, że wytrzymuje z innym pisarzem przy jednym stole tylko wtedy, gdy w niego nie wierzy i że właśnie La Nunzia spotkał ten zaszczyt.

– Aha – skwitował to młody mężczyzna i wyciągnął się na całą swoją atletyczną długość w trzcinowym foteliku.

– Jesteście odrażający! – pofolgował on sobie, wietrząc w tej foldze zwycięstwo – a właściwie nie. Słowo „odrażający" zachowam dla poważniejszych okoliczności. Wy natomiast jesteście nieprzyzwoici. Tylko nieprzyzwoici.

Kątem oka dostrzegł w niemym, jakby wypalonym spojrzeniu Przybysza błysk emocji. To go utwierdziło w przekonaniu, że nic straconego. Zaczął wyliczać, stawiając palce z zaciśniętej dłoni.

– Nieprzyzwoicie otchłanni, nieprzyzwoicie wyrafinowani, nieprzyzwoicie dramatyczni i nieprzyzwoicie nieprawdziwi. Ta wasza infantylna skłonność do wiary w idee, połączona z niekończącymi się depresjami, neurasteniami, pesymizmami. Ten wasz, zakotwiczony w niedojrzałym uporze, katastrofizm. Jakby życie nie składało się...

– A śmierć?

Młody, piękny mężczyzna uśmiechnął się, błyskając drapieżnymi zębami, i powtarzał cicho, choć wyraźnie, wyciągnięty jak struna na trzcinowym foteliku, który na moment przestał trzeszczeć pod jego ciężarem.

– Śmierć.

Bardzo wyraźny i spontaniczny gest sprzeciwu Przybysza. Zreflektował się prawie natychmiast, ale Eunice zdążyła to zauważyć. Poza nią chyba nikt, zresztą, któż miałby to zauważyć i po co?

On odchylił się od stołu i znieruchomiał, jakby ugodzony nie tyle pytaniem, co wyrokiem. Wzrok Przybysza podążył za powiewem śmierci, który przeszedł przez taras. Eunice starała się zgasić bezczelnie młode, piękne i niedojrzałe spojrzenie męża godzące w starzejącego się mężczyznę, lecz sama młoda i niedojrzała zrobiła to bez powodzenia.

Rozległy taras wyłożony marmurowymi prostokątami. Białe barierki. W rogach zręczne imitacje greckich amfor. Za plecami siedzących światła jachtowej przystani i uspokojone morze. Przed nimi zarys Alpes Maritimes. Nad wszystkim rozgwieżdżające się niebo. Zapach róż i glicynii.

Uroda i życie.

Dziewczyna pochyliła się do Przybysza i jakby chciała uratować sytuację, zapytała głośno:

– Monsieur est venu de Pologne? (Przybył pan z Polski?).

– Oui, madame – odpowiada Przybysz.

– La Pologne communiste? (Z komunistycznej Polski?).

– Il n'y a pas d'autre. (Innej nie ma).

Przybysz nie spuścił wzroku ze starzejącego się mężczyzny, do którego przyjechał.

– Niechże pani nie zadaje niemądrych pytań, Eunice.

Nicole strofuje dziewczynę, a ta odpowiada, że właśnie chciała się popisać. I wybucha żywiołowym śmiechem.

To zirytowało Nicole nia na żarty, tak, że on prosi ją, by się uspokoiła, a potem z tym samym zwrócił się do dziewczyny.

Kobiety przystały na jego propozycję nie od razu. Trochę trwało, nim spięcie rozeszło się po kościach. W chwili niezręcznej ciszy, jaka zawisła nad zebranymi, złożył dłonie i przysuwając je wyprostowanymi palcami do warg, rzekł głucho:

– Kpina uczyniła mnie niepodległym, a niepodległość wielkim – rozejrzał się wokół, zatrzymał na Przybyszu i dodał szeptem: – Ale nie za to ją cenię.

Podniósł się zza stołu. Zawrót głowy powoduje, że traci równowagę. Eunice, czujna jak zwierzę, schwyciła go za ramię, chroniąc przed upadkiem.

– Nie upokarzaj mnie, Eunice – odezwał się twardo.

– Przepraszam – odpowiedziała dziewczyna.

– I nie przepraszaj.

Omiótł spojrzeniem obecnych, inteligentnych, dowcipnych, cywilizowanych, mniej lub bardziej obcych mu ludzi i zatrzymując wzrok na twarzy Przybysza, rzekł konfidencjonalnie:

– Podejdźmy do krawędzi, Madonachu.

* * *

Krawędź tarasu nad urwiskiem. Znieruchomiałe morze. W oddali światło sflaczałego żagla na dryfującym jachcie. Starzec przypatruje się z uwagą bezwolności łodzi, a Przybysz starcowi, na ile pozwala na to dobre wychowanie. Za ich plecami Nicole szeptem opowiada coś zabawnego. Niewykluczone, że komentuje wygląd obu mężczyzn stojących przy barierze, twarzami ku morzu, w jakiś sposób podobnych do siebie, choć jednocześnie zupełnie różnych, ale i w różnicy, i podobieństwie zbliżonych do siebie.

Jakby jeden wynikał z drugiego.

Eunice rży jak klacz.

– Madonach. Hrabia Madonach. Fałszywy hrabia Madonach – powiedział do siebie starzec, po czym dodał głośniej:

– A wie pan, że skoro uparł się pan, by się pod kogoś podszyć, to bez obrazy, ale bardziej przypomina pan Elegantiego.

– To mi pochlebia, mistrzu – odpowiada z atencją Przybysz.

– Doprawdy? A to czemu?

– Długo by o tym mówić.

– Skoro długo – stwierdził starzec, skonfundowany wybuchami śmiechu w głębi tarasu – to nie warto.

Przybysz godzi się z tym skwapliwie, ale jak z każdą

skwapliwością bywa, jest w niej nie do końca zakamuflowany ślad zawodu. Więc gdy starzec pyta go o Sur Droix, Przybysz odpowiada, że jest tu pierwszy raz w życiu, że nie miał nigdy okazji widzieć czegoś równie efektownego, ale uroda tego świata, pozostawia go obojętnym.

– To możliwe? – zapytał starzec, przenosząc wzrok z ciemniejącej linii horyzontu na twarz Przybysza. – Czego panu tu brakuje?

– Połowy drogi – odpowiedział uprzejmie Przybysz.

– Połowy drogi? – starzec nie ukrył swojej ciekawości. – A cóż to znaczy?

– Że lubię rzeczy, które zatrzymują się w połowie drogi. I lubię wynikający stąd umiar. Tu wszystko jest kategoryczne. Niebo, morze, góry, światło. Myślę, że i uczucia, charaktery...

– Bo to południe.

– W takim razie wolę północ.

Przybysz oderwał dłonie od bariery otaczającej taras i rozglądnął się po całej tej śródziemnomorskiej urodzie, sam pozbawiony jakiejkolwiek właściwości.

– Ruszył! – wykrzyknął starzec, wbijając wzrok w szarzejące morze.

Istotnie, wiatr podniósł żagiel łodzi i napełnił go powietrzem.

– I o tym chciałbym z panem porozmawiać, mistrzu – rzekł nieśmiało Przybysz.

Starzec zawiesił dłoń nad barierą:

– O jachcie?

– Nie – odpowiedział nieśmiało Przybysz – o północy.

Ale starzec nie usłyszał już tego, gdyż gorący podmuch od pustyni uderzył niespodzianie w taras, przewracając jeden z lichtarzy, w pozostałych gasząc świece, roztrzaskując o posadzkę grecką amforę i unosząc bawełnianą suknię Nicole ponad uda.

W oczach starca pojawił się ślad silnego i daremnego zarazem podniecenia i nim wypłoszyła go owa nadaremność, dziewczyna zdążyła to zauważyć i zapamiętać.

– Na miłość boską! Co się stało? – krzyknęła Nicole, powstrzymując suknię.

Starzec bezradnie rozłożył ręce.

Przybysz obrócił twarz ku morzu. Jacht pruł ku brzegowi. Podmuch, jak nagle uderzył, tak nagle odskoczył, tylko metalowa podstawka z przewróconego lichtarza trzepotała się jeszcze przez chwilę na posadzce niczym postrzelony ptak.

* * *

Inwokacja długa była, barokowa, spowita płaszczem konfidencji.

Ale starzec ani przez moment nie miał wrażenia, by Przybysz kogoś udawał. Nawet niepokój, powściągany na ile to możliwe, i nieukrywana nuta żalu, kiedy opowiadał o brudnym oparze nieokreśloności, zasnuwającym wszystko, włącznie z jakimikolwiek punktami odniesienia, wydawały się prawdziwe. Więc kiedy starzec, moszcząc się w fotelu i przyjmując nieco błazeńsko ton wtajemniczenia, zapytał, czego im brakło, Przybysz odpowiedział najzupełniej serio:

– Zasad, porządku, hierarchii.

Powtórzył to jeszcze kilkakrotnie, stąpając cicho po nieoświetlonym gabinecie, tak by skrywać się w jego mroku.

Pora między zmierzchem a nocą. Zapach morza. Dźwięki cykad i odległe światła Antibes za otwartym na oścież oknem.

– Na urzędach wysubtelnieliśmy – cicho odezwał się Przybysz – złagodnieli, zmiękli. Członki nasze stały się dłuższe i kształtniejsze. Twarze bledsze. Spojrzenia przesłonięte mgłą dystansu, a zapach mniej razowy. Myśli nasze odrywają się od ziemi i jedna po drugiej ulatują w górę, a nie znajdując tam celu ni przeznaczenia, zawisają w powietrzu, snując się melancholijnie, to tu, to tam. Dusze natomiast krępuje nić niedefiniowalnej tęsknoty, paraliżującej jakąkolwiek ochotę do działania, pracy, ekspansji. Lud, w imieniu którego podnieśliśmy bunt, okazał się obojętny lub wręcz wrogi, nie wyzwalając się z przyrodzonego mu zabobonu i głupoty. Krótko mówiąc...

Suchy trzask za oknem. Jakby obcas zgruchotał gałązkę. Przybysz jak wryty zatrzymał się pod ścianą. Wyciągając szyję, ostrożnie spojrzał w światło okna.

– Krótko mówiąc – skonstatował starzec – potrzebujecie wyższości.

– Słucham? – chwila lęku wytrąca Przybysza z gorsetu skupienia, uwagi i grzeczności. Chwila minęła, trzask się powtórzył. Przybysz odpowiedział szybko i cicho:

– Elity bez idei i lud bez elity. Miazga, mistrzu, miazga.

Na pytanie czcigodnego starca, czy możliwe, by tak szybko, tak nieodwołalnie i tak bezwładnie to poszło, Przybysz odpowiedział, że sami są tym zdziwieni i że jedynym wytłumaczeniem procesu, jakiemu zostali w tak niespodziewany dla nich sposób poddani, jest podejrzenie, że bakteria niemocy tkwiła w nich już wtedy, gdy istotą ich natury był impet i twardość.

– Krótko mówiąc, mistrzu – Przybysz przesunął się pod ścianą w tę i tamtą – Eleganti był w Madonachu.

– Czyżbym się aż tak pomylił? – pyta po dobrej chwili starzec.

– Gdyby się pan pomylił – odpowiedział, też po dobrej chwili, Przybysz – mnie by tu nie było.

O co posądza go ten miły, niezręczny, safandułowaty człowiek? O jaką rację i jaką możliwość? Jaka racja lub możliwość, czymkolwiek by była, może wyjść naprzeciw oczekiwaniom tego posłańca z brzegu mu nieznanego, niepojętego, raz na zawsze pozostawionego za sobą.

Zapytał wbrew sobie:

– Czego pan po mnie oczekuje?

Przybysz wyskandował odpowiedź, a starzec bezwiednie ją powtórzył:

– Ziemiańskość, szlacheckość, dwór. Polskość.

Przybysz potwierdził skinieniem głowy.

Starzec zanurzony w fotelu, profilem do otwartego na oścież okna, zwrócił twarz ku łagodnej, wypełnionej życiem nocy, z zapachem morza, gór, miasta, z odgłosem cykad i tej nieustępującej werwy Południa, której tak lubi się przysłuchiwać. Miał wrażenie, że znów czuje ten inny zapach, którego nie potrafił sobie przypomnieć, ale który niewątpliwie tkwi gdzieś w odmętach jego pamięci. Rzekł cicho.

– Źle pan trafił.

– Nie sądzę – odpowiedział natychmiast Przybysz.

– Całe moje życie było kpiną z ziemiańskości, szlacheckości, dworu, polskości. Źle pan trafił, Madonachu.

Przybysz zauważył, że zdarza się, iż człowiek wykpiwa, upokarza, operetkuje to, co mu najbliższe. Że dla żartu, efektu, prowokacji skłonny jest poświęcić każdą prawdę. A bywa tak wtedy, gdy dajemy się uwieść własnej niepohamowanej inteligencji, której nie potrafimy lub nie chcemy założyć wędzidła moralnej dyscypliny. Że, mówiąc najoględniej, czasami nas ponosi.

– Nonsens! – przerwał mu starzec.

– A dzieje się tak, najczęściej – przybysz pochylił się nad fotelem, tak by nie być widocznym z zewnątrz – gdy nie jesteśmy w stanie sprostać temu, co ośmieszamy, lub gdy mamy takie podejrzenie. Lub gdy mamy takie podejrzenie – powtórzył i uśmiechnął się blado. – Wtedy też tego żałujemy.

– Nonsens! – wykrzyknął starzec – a jeżeli nawet, to jest pan naiwny, myśląc, że znajdziemy w sobie pokorę, by się do tego przyznać.

– Nadzieja moich przełożonych polega na przekonaniu, że jej pan w sobie nie znajdzie.

– Ma pan inteligentnych przełożonych.

– Do czasu – odpowiedział Przybysz z naciskiem – niech-że mi pan wierzy, do czasu. Kroki...

– Słucham?

– Za oknem, na dole.

Starzec wzruszył ramionami. Przybysz spojrzał na niewielkie patio, tak by samemu być z dołu niewidocznym. Usprawiedliwił się po chwili.

– Przepraszam, ale nigdy dosyć ostrożności. Oczywiście to, co panu powiedziałem, nie jest bezpośrednim celem mojej wizyty. Jej celem są fakty.

– Pech pana nie opuszcza, Madonachu.

– Czemu pan tak myśli?

– Bo w moim życiu nie było faktów. Były doznania, olśnienia, iluminacje. Były też klęski i smutki. Ale faktów nie było.

– Chcę porozmawiać o tych czasach, kiedy jeszcze były.

Przybysz wyprostował się, upewnił, zurzędniczał. Jego safandułowatą, trudną do zapamiętania twarz ożywiła nadzieja. Siadł okrakiem na odwróconym krześle, splatając dłonie na jego oparciu i zapytał o ton za głośno, jak na tajemniczość, i ton za ostro, jak na uprzejmość.

– Miał pan przyjaciół, tam, w Ameryce, którzy administrowali ranchem w prowincji La Rioja?

– Zgadza się. – Starzec sięgnął po papierosa, lecz go nie zapalił. – To była duża hacjenda przed... – rozglądnął się za zapalniczką.

– Przed czym? – zapytał Przybysz wręcz natarczywie, podając swoje zapałki.

– Przed Gran Chaco.

– Nazywali się Hoszowscy?

– Tak, tak. To nawet moi dalecy krewni. Jul Hoszowski był stryjecznym...

– Od czasu do czasu zapraszali pana do siebie – naparł z ochotą Przybysz. A im więcej naparł, tym więcej urósł.

– Ratując mnie prawdopodobnie od głodowej śmierci – odpowiedział starzec, nie wiedząc dlaczego to uczynił.

– Pamięta pan chłodną, czerwcową noc, w czterdziestym drugim?

– Nie pojmuję, do czego pan zmierza?

– Tylko pytam.

– O co? – w pytaniu starca był niepokój. Taki, co do którego nie wiadomo, zmieni się w strach czy w gniew.

Głos Przybysza wyostrzyła emocja, a rysy twarzy wyładniały od przyjemności. Jak przy masturbacji.

– O chłodną czerwcową noc tysiąc dziewięćset czterdziestego drugiego.

Starzec spróbował podnieść się z fotela.

– Tę noc, w której dziewczyna przyniosła panu do pokoju dodatkowy pled.

– Dziewczyna?

– Owszem. Jak się nazywała?

– Nie mam pojęcia. Nie pamiętam ani dziewczyny, ani nocy. I właściwie jakim prawem...

– Jak miała na imię?

– Pan sobie stanowczo na zbyt wiele pozwala, Madonachu – wrzasnął czcigodny starzec, tłukąc otwartą dłonią o gryf fotela.

– Imię! – odwrzasnął Przybysz.

– Huanita!

– Huanita? – Przybysz podskoczył na krześle, nie mogąc zapanować nad przyjemnością.

– Rozalia, Dolores, Ilahenia... one wszystkie się tak jakoś nazywały – odpowiedział starzec i dodał nagle zrezygnowany – ale nie pamiętam ani jej, ani nocy.

– A jednak! – skwitował sytuację Przybysz i tak jak niepostrzeżenie naparł się, i zwiększył, tak zmniejszył się i cofnął, wracając do swojej grzeczności, by nie powiedzieć, uniżoności, kiedy dodał półszeptem: – Kroki.

Starzec przyjrzał się, jak Przybysz na ugiętych kolanach uciekł z ewentualnego pola widzenia. Powiedział sucho:

– Może.

– Pan słyszy morze, ja kroki.

– Chodzi mi o to, że może ktoś spacerować pod oknami. Mamy gości.

– Niechże pan nie żartuje – obruszył się Przybysz. – To nie są kroki żadnego z pana gości. Za ciężkie.

Podszedł do drzwi. Rzekł z nieukrywanym zawodem:

– Zmuszony jestem się pożegnać. Naszą rozmowę dokończymy jutro.

– Ona nie jest konieczna – odrzekł starzec i zrobił to wbrew sobie.

– Nalegam – Przybysz oparł dłoń o klamkę.

– Więc proszę próbować – starzec powrócił do nonszalanckiego tonu, który, złapał się na tym, wyniknął bardziej z przyzwyczajenia niż intencji.

Przybysz bezszelestnie wyszedł.

Starzec rozsiadł się na powrót, twarzą do otwartego okna. Od morza ciągnęło wilgotną bryzą. Żadnych kroków. Noc, jakby nagle, głucha.

Przybysz bezszelestnie wrócił.

– Zapałki, mistrzu.

Starzec obrócił głową przez bark.

– Nie rozumiem?

– Kiedy bezskutecznie rozglądał się pan za zapalniczką

– wyjaśnił szeptem Przybysz – podałem panu zapałki. Nie odebrałem ich.

Starzec obmacał kieszenie marynarki. W jednej z nich znalazł pudełko z czarnym konturem jakiejś fabryki, korzystając z okazji, zechciał zapalić trzymanego cały czas między palcami papierosa, lecz zapałka nie zapłonęła.

– Nie zapalają się – rzekł, oddając pudełko.

– Otóż to – usprawiedliwił się Przybysz – nie byłyby panu, mistrzu, do niczego potrzebne.

Wyszedł na dobre.

II

Świt. Bryza się wywiała. Morze gładkie i ciche. Zapowiedź upału.

Starzec w otwartym oknie przeniósł spojrzenie z dali na położone niżej, niewielkie patio obrośnięte glicyniami.

La Nunzio i Eunice, półnadzy i mokrzy, jakby przed chwilą wrócili z morskiej kąpieli, obłapiają się wzajemnie sprośnymi gestami, wydalając z siebie chichoty, pomruki, westchnienia, świadczące o zadowoleniu z własnej młodości i krzepy.

W pewnym momencie, gdy zwarci ze sobą w miłosnym uścisku zdali się zatracać w przyjemności, dziewczyna podniosła głowę, jakby świadoma niedyskrecji obserwatora.

Ten cofnął się w głąb gabinetu, powiadając do siebie:

– Nie podglądaj mnie, Eunice.

Miał na sobie lniany garnitur, ciemną koszulę i bordowy fular. Wyglądało na to, że nie rozebrał się do snu, a krótką, letnią noc spędził w fotelu.

Zbliżył się do lustra i spojrzał w odbicie swej męskiej twarzy.

W ostrych jak brzytwa, a jednocześnie zgaszonych oczach pojawiły się wiara i oczekiwanie. Zaglądnął w nie z niedowierzaniem.

O co chodzi, zapytał siebie w duchu, w jakiej sprawie ta nadzieja?

W jakiej sprawie?

Przedpołudnie i miły chłód łazienki. Starzec golił się, pochylony ku tafli lustra wmurowanego w seledynową glazurę. Aparat Wilkinsona drżał w jego palcach. Obecność żony za plecami krępowała go. Zapytał ostro:

– Kiedy?

– Wyobraź sobie, że jutro – odpowiedziała Nicole. – Jutro wieczorem.

– Gdzie?

– W Antibes.

– W Antibes?

– Willa „Pornografia". Musisz ją pamiętać. Będą tam absolutnie wszyscy.

– Oho...

– Absolutnie wszyscy, którzy się liczą. Cały monde.

– Oho...

– Ale jemu zależy szczególnie na twojej obecności.

– Dlaczego na mojej?

– Pewno ci to powie. To chyba dla niego ważne.

– Co?

Nicole odpowiedziała zniecierpliwiona, zaglądając mu w twarz przez ramię.

– Przyjęcie, na które nas zaprasza!

Ostrze aparatu zachłysnęło się, raniąc wiotką skórę. Kropla krwi spęczniała i spłynęła po policzku. Starzec zatamował ją rękawem białego płaszcza kąpielowego.

– Co ty wyprawiasz! – wykrzyknęła Nicole.

Rozejrzała się za ałunem.

– Zostaw! – starzec gniewnie odtrącił pomoc. – Nie interesuje mnie.

– Poplamisz się. Krew się nie spiera.

– Nie interesuje mnie przyjęcie w Antibes.

– Jak to? – zapytała Nicole, obracając ałun w palcach.

– Po prostu – odpowiedział starzec, opierając się dłońmi o umywalkę.

– Takich zaproszeń się nie ignoruje. Będą tam...

– Nie interesuje mnie!

Nicole cofnęła się o krok, stając w drzwiach łazienki, jakby podejrzewała, że jej mąż ma ochotę czmychnąć.

Rzekła zachęcająco:

– Piękny mężczyzna.

– Garkuchnia – przez zęby wycedził starzec – Marc Belon to marsylska garkuchnia, szemrana kawiarnia, zadymiony bilard, cuchnący występkiem burdel. Przedmieście. Przy całej jego urodzie i przy wszystkich powabach, to garkuchnia. Nie nabieraj się na nią. Wiesz, jaki jest problem z tym rzezimieszkiem? Że jest źle napisany. Wszyscy jesteśmy jakoś napisani, lepiej lub gorzej. On napisany jest najgorzej. Belon to grafomania.

– Nie znasz go.

– Grafomania!

W możliwości, którą podsunęła mu Nicole, przypominając, że grafomania i garkuchnia zawsze go pociągały, nie ma tonu pojednania.

– Ale już nie pociągają! – uciął starzec, nie zastanawiając się, czy jest w tym więcej prawdy, czy przekory. Lecz kiedy poprosił żonę, by zostawiła go w łazience samego, i wrócił do mozołu porannych ablucji, pomyślał, że nawet jeżeli jego demonstracyjna niechęć do przedmieścia jest nieco upozowana, to to, co go dotychczas w tej pospolitości pociągało, wydaje się kaprysem. Przemija w nas ochota na jedno, przychodzi na drugie. Czym, wszakże, jest to drugie?

W lustrzanym odbiciu swych źrenic dostrzegł starzec uporczywy ślad nadziei, który tak bardzo zaskoczył go dzisiaj o świcie.

* * *

Dochodziło południe. Agresywne słońce. Metalowy parkan od uliczki rzucił krótki cień na chodnik, którym szła Nicole z plażową torbą na ramieniu. Eunice jej nie zauważyła i została przyłapana.

Na pytanie Nicole, co tu robi, odpowiedziała bez wstydu, że podgląda mistrza. Zeskoczyła z podmurówki i otrzepując dłonie z rdzy, pokrywającej pręty żeliwnego ogrodzenia, dodała, że mistrz ją pociąga. Zawiesza głos, nie jak wtedy, gdy się zastanawiamy, ale kiedy bezwiednie czasami prowokujemy.

– I co? – zapytała Nicole.

– I podnieca – odpowiedziała Eunice.

Nicole wspięła się na podmurówkę i spojrzała przez ogrodzenie.

Starzec i La Nunzio w trakcie rozmowy, ściślej La Nunzio mówił, starzec zdawał się zupełnie tego nie słuchać, skurczony jak embrion na leżaku.

– Wie pani, kim jestem? – zapytała Nicole, nie patrząc na dziewczynę, z twarzą między żeliwnymi prętami.

Dziewczyna odpowiedziała, że wie i że to jest powodem jej zazdrości, i że byłaby ona trudna do zniesienia, gdyby nie łagodziło jej przekonanie, że taką samą zazdrość odczuwa pani Nicole wobec niej.

– W takim razie obydwie jesteśmy szczęściarami – skonstatowała Nicole.

– Ale ja większą. – Eunice stanęła na murku obok. – Tak sobie pani myśli, prawda?

– Bo pani jest młodsza – odpowiedziała Nicole – różnica między pani szczęściem a moim polega na różnicy wieku.

– Na pewno? Czy mistrz był tak piękny, jak La Nunzio, gdy miał dwadzieścia dziewięć lat?

– Nie wiem. Nie znałam go wtedy. Ale wiem, że mając lat dwadzieścia, byłam ładniejsza od pani.

– Czy to możliwe?

– Owszem. Miałam ładniej osadzoną głowę i lepiej ją nosiłam. Moje uda i pośladki były jędrniejsze, jak pamiętam, i mocniej zarysowane. Miałam też ten rodzaj dystynkcji, której pani, Eunice, jest zupełnie pozbawiona.

– Co to za dystynkcja?

– Biorąca swój początek z uprzejmego chłodu. Ta zaleta czyni z kobiety damę. Pani nie jest damą.

– Mistrzowi by to chyba nie przeszkadzało.

Dziewczyna roześmiała się żywiołowo.

Nicole zdobyła się nie tyle na grzeczność, co ostrożność, kiedy odpowiedziała cicho:

– Zgoda, mój mąż lubi w pani młodość.

– I coo? – przeciągnęła Eunice.

– I nagość – Nicole jakby chciała już odejść. – À propos, czy nigdy nie nosi pani majtek?

– Zawsze je noszę – odpowiedziała dziewczyna tonem, którym nie mówi się prawdy i się tego nie ukrywa.

– Proszę nie kłamać.

– No... niech będzie. Nie mam ich na sobie.

– Czemu?

– Nie wiem.

Eunice nie zrobiła wrażenia zakłopotanej. Przyciśnięta przez Nicole, odpowiedziała po dobrej chwili, która nie była chwilą zastanowienia, że być może strój ją ogranicza, krępuje, osacza, że pragnie się z niego wyzwolić, że pragnie być naga, że tej ochoty doświadcza po raz pierwszy w życiu, ale ani ona ją zawstydza, ani krępuje. Ale...

– Ale co? – w oczach Nicole zapalają się te ognie złości, które dziewczyna zauważyła wczoraj, w kawiarni, nad kortem, kiedy Nicole zapytała męża, o czym rozmawiał z dziewczyną, a ten odpowiedział bez namysłu, że o tym co zawsze.

– Ale dzieje się tak tylko wtedy, gdy jestem obok niego – odpowiedziała dziewczyna poważnie – lub z nim.

Stadko wróbli wzniosło się nad nimi z pierzastym furkotem. Nicole poprawiła plażową torbę na ramieniu i kryjąc twarz rondem słomkowego kapelusza, weszła w bramę. Zatrzasnęła ją za sobą przed twarzą dziewczyny.

– Zadbam o to – powiedziała nieustępliwie – by sytuacja nie stwarzała pani takich okazji.

Eunice odeszła w stronę morza. Nicole patrzyła ze smutkiem na jej wiotką, oddalającą się postać.

Potem przeniosła spojrzenie na trawnik. Nie było na nim już starca. La Nunzio wyciągnięty w leżaku obnażył spaloną słońcem, muskularną pierś. Połechtał ją końcami długich, rasowych palców. Obrócił się w stronę parkanu i spojrzał na Nicole, rozchylając zmysłowe wargi. Uśmiech zawisnął między zachętą a ostrzeżeniem.

Słońce w zenicie. Wszystko w upale. Cienie krótkie i ostre. Na werandzie nakrytej markizą, w wiklinowym fotelu drzemał starzec. Na posadzce, grzbietem do góry, rozwarty brulion i parker ze złotą stalówką. Okna domów zasłonięte żaluzjami. Znieruchomiała cisza.

Sjesta.

Przez wysoką szklankę z sokiem pomarańczowym przeszły promienie słońca, rozpuszczając w niej kolor. Sok rozjarzył się do białości.

Starzec uniósł powieki, cofnął się w głąb werandy, poszukując cienia. Przez dobrą chwilę obserwował granicę między światłem a półmrokiem, urzeczony kategorycznością tej dyferencji.

Jak to wyglądało lub mogłoby wyglądać, myśli sobie, pokonując opór wiotczejącej pamięci, albo raczej jak mogłoby wyglądać, więc wyglądało:

Był przygotowany na to, że zaraz wejdą i przedłużająca się chwila, w której nie wchodzili, była coraz przykrzejsza. Chciał mieć to już za sobą. Stanowczo chciał mieć to już za sobą. Siedział na odkrytej werandzie, pochmurnego, ciężkiego dnia u schyłku lata. Stół rozległy jak pole. Służba zdołała już prawie wszystko uprzątnąć, pozostawiając mu tylko jeszcze dzbanek z kawą, jajko, żytni chleb, masło w kamiennej czarce i miód zaciekle atakowany przez osy. Od rana zanosiło się na deszcz i w tym oczekiwaniu dzień dobiegł już prawie południa...

Pochylił się nad brulionem, jakby chciał go podnieść z posadzki, ale uczucie obezwładniającego zmęczenia zmieniło ten zamiar.

Nie chciało mu się ani wspominać, ani zapisywać, ani myśleć i przyjemność myślenia o niemyśleniu spłynęła nań wraz z nieruchomą, starczą drzemką. W przejściu między jednym a drugim usłyszał, miał wrażenie z głębi domu, sceniczny szept:

– Liguryjczyk, okolice Veronese. Chłopski, ciężki, pracowity, na swój sposób uczciwy. Posunięty w latach. Od dłuższego czasu nosił się z zamiarem powrotu do Włoch.

– Tego człowieka też nie pamiętam – w duchu odpowiedział starzec. Nabrzmiała powieka znów opadła.

– Bo go pan nigdy nie znał. Nigdy się pan z nim nie zetknął. Nazywał się Beloni. To częste nazwisko. Co drugi wieśniak z okolic Veronese nazywa się Beloni.

Starzec śnił, że uniósł dłoń i familiarnym gestem przywołał głos, wyprowadzając go z głębi domu, a gdy się na chwilę ocknął, usłyszał głos, który się zbliżył, choć nie podniósł.

– Chłopak urodził się w drodze z Ameryki do Europy. Na transatlantyku. To go chyba określiło. Bez korzeni, bez tożsamości, bez historii. Taki chłopiec z podróży. Były z nim same kłopoty. W miarę jak rósł, zamieniły się w udrękę, szczególnie dla ojczyma, który nie mógł zrozumieć łacińskiej gwałtowności i sarmackiej fantazji tego efeba.

– Co było dalej? – zapytał starzec, posuwając się tą wiotką ścieżką, meandrującą między jawą a snem.

– Pierwszy wyrok odsiedział w San Clemente, w Fossano, za jakieś głupstwo – odpowiedział mu głos – kradzież skutera lub tylko taki zamiar. Wyrok był bagatelny. Dołożyli mu już w więzieniu, za hardość. Wyszedł po czterech latach. Bez pomysłu na życie. Wtedy zajęliśmy się nim. Rozumie pan, jaka to była dla nas gratka. Marco Beloni, chłopiec z podróży. Tak go zakonspirowaliśmy. Ale tak jak Marco nie miał pomysłu na życie po wyjściu z San Clemente, tak my, w dziesięć lat później, nie mamy pomysłu na niego. A wie pan, co to dla niego oznacza?

Silny niepokój, wręcz trwoga, wytrącają starca z rozpalonego popołudniem i rozleniwionego sjestą odrętwienia. Wysuszona wiklina zatrzeszczała w konwulsyjnym uścisku artretycznych palców. Wstał z fotela i spojrzał za siebie. Cień sylwetki zniknął w zaciemnionym salonie i ten cień, nie ma co do tego wątpliwości, był Przybyszem.

– Madonach! – starzec zawołał za znikającą postacią, ale nie usłyszał odpowiedzi, jakby to stężałe w upale popołudnie wymiotło z domu wszelkie życie.

* * *

W trzy godziny później mniej więcej, przed wieczorem, wsparty na lasce starzec obserwował z zainteresowaniem skrępowanie Przybysza, usadowionego jednym pośladkiem na krawędzi ogrodowego krzesła, jak to się dzieje, gdy zawstydzeni sytuacją dajemy wyraz swej niechęci do jakiegokolwiek zadomowienia.

Z takim samym zainteresowaniem Nicole przypatrywała się przyczynie tej niepewności i tego wstydu. A jest nią ostrzyżony na junkra czterdziestokilkulatek o konsystencji i wadze ołowiu. Ma niebezpieczne ciało, które nosi zadziwiająco lekko.

Nabite, krępe, tęgie, kwadratowe, rozsadzane od wewnątrz agresją, skłonne nie tyle do wyspekulowanego okrucieństwa, co bezwładnego gwałtu, wcale przez to nie mniej groźnego.

Początek postaci stanowiły krótkie, grubo podbite, wyszywane szarą dratwą buty, które ich twórca wytrzebił z jakiejkolwiek wygody i wdzięku, a zakończenie to była głowa wielkości kubła na pomyje, osadzona na byczym karku. Przestrzeń między butami a głową wypełnił szary garnitur z jakiegoś nylonu, akrylu, jakiejś wiskozy, sztywny niczym zbroja, trzeszczący przy każdym ruchu i niczym zbroja zakuty.

Cisza spowijała tę substancję, mimo że mężczyzna nie milczał. Zachęcony przez Nicole do poczęstowania się ciasteczkiem, odpowiedział, że dziękuje, ale jest syty z domu. Powtórzył to dwukrotnie, dając do zrozumienia, że psu spod ogona nie wypadł.

Przedstawiony panu La Nunzio i jego żonie Eunice, kiedy weseli i wyluzowani pojawili się na tarasie, i poinformowany, że młody, piękny człowiek jest nadzieją francuskiej literatury, odpowiedział obojętnie: a mnie co do tego? Poproszony o skomentowanie swej niechęci do galaretki owocowej z kostkami gruinchy i sorbetu z mango, odrzekł po chwili zastanowienia, że właściwie to nie lubi Europy.

A więc mimo że nie milczał, że nie chciał lub nie mógł sprostać wymogowi dyskrecji, nie miało się wrażenia, by ten mężczyzna cokolwiek mówił, jak nie miało się wrażenia, by spłoszony, gotów do ucieczki, Przybysz siedział cicho.

Starzec, jak bywa z ludźmi wyższymi, przyglądał się z rezerwą swojactwu ołowianego mężczyzny, ale im ono bardziej swojskie, tym rezerwa większa. W pewnej chwili pochylił się nad Przybyszem i nie kamuflując odrazy, zapytał:

– Kto to jest?

– Łotrzyk – odpowiedział szeptem Przybysz, jakby gotowy na to pytanie.

– Co za łotrzyk?

– Pan nie pamięta? – przybysz stęknął na krześle – jeden z tych dwóch.

– Jakich dwóch?

– Od barona Eleganciego. Trochę się spasł. Ale to jeden z nich. Zapewniam pana.

Starzec nachylił się nad Przybyszem, by usłyszeć jego słaby głos i ich twarze natrafiły na siebie. Po chwili twarz Przybysza pod wpływem twarzy starca straciła wyraz zakłopotania, stała się neutralna wobec emocji, tak że zostały w niej tylko uprzejmość i atencja.

– Łotrzykowie, których stworzyłem – wytłumaczył się starzec – to ludzie młodzi, na swój sposób piękni, wolni... Ten natomiast...

– Niewątpliwie, mistrzu. Ale można się było tego spodziewać.

– Czego?

– Zuchwalstwa. Dowartościowana niższość rozdęła się w tym samym stopniu, w jakim skurczyła się upokorzona wyższość. To można było przewidzieć. I ja, fałszywy hrabia, rewolucjonista Madonach, i on, łotrzyk, jesteśmy produktami pańskiej wyobraźni w tym samym stopniu, co rzeczywistości. Rzeczywistość jest ślepa. Nikt nad nią nie panuje, nikt nią nie rozporządza. Z wyobraźnią jest inaczej.

– Niech mi pan powie o rzeczywistości.

– Szczerze?

– Na ile to możliwe.

– Zdarzyło się nieszczęście. Kierując się najszlachetniejszymi intencjami, wyhodowaliśmy zwierza, który nam się urwał z łańcucha. Nie jesteśmy go już w stanie okiełznać.

Starzec obejrzał się za siebie, trafił na ołowianego mężczyznę, zabawianego przez Nicole, obojętnego wobec jej trudu, w istocie rzeczy protekcjonalnego wobec niej i całej reszty. Zwrócił się do Przybysza poważniej, niż miał zamiar:

– Jakże temu zaradzić?

– Okazać pogardę – odpowiedział Przybysz grzecznie – którą on uzna za usprawiedliwioną.

– Czy to możliwe?

Słychać było odległą zrazu frazę argentyńskiego tanga, gdy Przybysz stwierdził z przekonaniem:

– Nie dla nas.

Muzyka zagrała równocześnie na zewnątrz starca i wewnątrz. Jak bardzo lubi nastrój tej muzyki, jak bardzo ona w nim nie przemija.

Nicole ruszyła do tańca z La Nunziem. Eunice z ołowianym mężczyzną, który w tańcu, mimo ruchu, równie był nieruchomy, co przy stole. Czuje się w nim tylko potencjalną możliwość ruchu, której on nie uruchamia. Przybysz i starzec obserwowali tańczących, a właściwie robił to tylko starzec, gdyż ten pierwszy zajęty był swoją misją.

– Chodzi o gest. Najmniejszy gest.

Starzec odpowiedział bez śladu ciekawości:

– Ciekaw jestem.

– Jesteśmy w stanie uznać wyższość, koncesjonując ją tylko w najniezbędniejszym zakresie, i dać jej pierwszeństwo przed niższością – Przybysz podniecał się – z wszelkimi wynikającymi stąd konsekwencjami. A więc jesteśmy w stanie dać więcej, niż jesteśmy. Niechże pan to doceni.

– Ale wcześniej mój gest?

– Nic w praktyce nieznaczący.

– Ejże...

– Pan nie musi zadawać gwałtu swej naturze. Pan nie musi wchodzić w żadną rolę. Pan w niej jest. Pan jest Polakiem, szlachcicem, właścicielem.

Tango się skończyło i nim zaczęło się następne, La Nunzio porzucił Nicole, ołowiany mężczyzna Eunice, a starzec Przybysza, nim jednak chropawy głos pieśniarza wniósł całą swoją skargę, Przybysz przyskoczył do swego rozmówcy, jakby go chciał porwać do tańca. Ochoty takiej nie okazał ani La Nunzio, zwrócony twarzą do morza, z papierosem między zmysłowymi wargami, ani ołowiany mężczyzna, do morza odwrócony tyłem, z rękoma w kieszeniach workowatych spodni, ze wzrokiem tępo wbitym w szarzejące wnętrze salonu.

Kobiety zostały pozostawione same sobie, wobec muzyki.

Otarły się o siebie, jakby przypadkiem, od niechcenia, bez widocznej intencji, dla kaprysu, żartu. Ich dłonie spotkały się ze sobą, umknęły od siebie, znów się połączyły. Zacisnęły się palce na palcach. Sylwetki sprowokowane głosem pieśniarza, napięte zmysłową frazą, zbliżyły się do siebie i znieruchomiały. Dziewczyna przez ramię Nicole spojrzała na starca. Nicole przygarnęła ją do siebie, Eunice parsknęła śmiechem i ruszyła. Zaczęły się rozpędzać, zmysłowieć, ulegać rytmowi, a jednocześnie stawały się coraz delikatniejsze i niewyzywające.

Nikt nie mógł przejść obojętnie obok urody tańca

w wykonaniu upodobniających się do siebie kobiet. Nikt oprócz Przybysza. On właśnie zza pleców starca, przekrzykując płytę, wykładał:

– Naród zmęczony pouczeniami, mentorstwem, wieszczeniem, nie zapomni panu obojętności i pogardy, z jaką go pan traktuje, i odpowie przywiązaniem i hołdem.

Starzec, coraz mocniej ulegający tancerkom, wzruszył obcesowo ramionami.

– Za inność – szacunek! – wykrzyknął Przybysz. – Za obojętność – hołd! Za kpinę – dozgonna wierność!

– Nudzisz mnie, Madonachu – starzec przeszedł z rogu w róg tarasu – i przeszkadzasz.

Przybysz podążył za nim.

Kobiety zbliżyły się do siebie na długość oddechu i odwracając twarz od twarzy, zastygły na moment w ciszy, co nie znaczy w bezruchu, przeciwnie, ich unieruchomione ciała pulsowały energią. Tak zaczęło też pulsować i młodnieć ciało starca, niespętane, w tej chwili, żadną myślą.

Z ekstatycznego nastroju wytrącił go Przybysz, który zawrzasnął mu nad uchem:

– Za pogardę – miłość!

– Idź do diabła! – odwrzasnął mu odmłodzony starzec.

Przybysz nie posłuchał i naraził się na przykrość. Nie ze strony starca, ale ołowianego mężczyzny, który z leniwą pewnością siebie, chamstwem chama, z nieoczekiwaną, niebezpieczną usłużnością, z wynaturzoną grandezzą i na swój sposób pięknym pokazem tęgości, chwycił Przybysza za kołnierz i wyrzucił przez barierkę tarasu, pół piętra w dół, na stromą skarpę, zroszoną kamykami o ostrych krawędziach. Zduszony krzyk zdziwienia, a potem bólu, wchłonęła nadciągająca właśnie noc.

Ale nie wchłonęła zaskoczenia i niemocy wobec nieoczekiwanego przez nikogo gwałtu, włącznie, a może przede wszystkim, z tym, na rzecz kogo ten akt został uczyniony.

Tancerki siłą bezwładu okręciły się jeszcze kilkakrotnie w tę i tamtą, a ich sylwetki nie zamarły nawet wtedy, gdy La Nunzio wyłączył gramofon.

Ołowiany mężczyzna, nie czekając na reakcję obecnych, otrzepał ręce, jak to po robocie, ukłonił się i wyszedł, ani szybko, ani wolno, ani dumny, ani zawstydzony, obojętny wobec dezaprobaty starca, który krzyknął mu w plecy: Drogi panie, jakżeż tak można.

La Nunzio kocim skokiem przesadził barierę. Wrócił po chwili, stwierdzając, że po Przybyszu nie ma śladu. Jakby w ogóle nie wyleciał.

– Ale wyleciał – rzekł starzec i zakłopotany zwrócił się do kobiet: – A to ci historia.

Eunice zachichotała nerwowo. Nicole objęła ją ramieniem i zaprowadziła w głąb domu. Starzec zaproponował młodemu pisarzowi, by spróbować razem poszukać Przybysza na skarpie, ale taras był już pusty.

Z niechęcią pomyślał o powrocie do gabinetu i czekającej go nocy. Póki co podszedł do krawędzi, oparł się łokciem o jedną z amfor, przebił się przez bliski mrok ku odległej poświacie i zastygł.

Noc.

Wysokie lustro w rzeźbionych ramach, wsparte o ścianę hallu, odbiło nagie plecy Nicole i spłoszoną twarz dziewczyny.

Bo tak, jak starzec zastygł, Nicole się ożywiła, rozsnuwając między sobą a Eunice nić napięcia, którego nie można rozładować, uciekając w żart czy kpinę. Temu napięciu trzeba sprostać, przeciwstawiając mu własne skupienie, własną mobilizację, a tego dziewczyna ani chce, ani może. Dlatego tkwi w milczeniu, nie odpowiadając na natarczywe pytanie Nicole. Przypatruje się bezwiednie fragmentowi sypialni, oświetlonej stojącą lampą i lustru, wspartemu o ścianę hallu, które odbija kwartę tarasu z rozmytą, nieruchomą sylwetką starca zapatrzonego w morze.

Eunice wspierała podbródek na szerokim, prawie męskim barku Nicole, a jej ręka zwisała martwo z poręczy łóżka.

– Komu chcemy się tak podobać? Dla kogo jesteśmy takie kobiece? Dla kogo jest twoja młodość i moja dojrzałość? Komu to wszystko niesiemy?

– Im – wyszeptała po długiej chwili Eunice.

– Komu?

– Mężczyznom – odpowiedziała głośniej dziewczyna, lecz równie głucho i równie tępo jak wtedy, gdy odpowiedziała ciszej.

Nicole dłonią zamknęła jej usta. Dziewczyna odchyliła głowę i obraz odbity w wysokim lustrze zniknął z jej pola widzenia.

– La Nunzio – wyszeptała przez palce Eunice.

– La Nunzio? – Nicole przystawiła policzek do policzka Eunice. – La Nunzio jest równie młody i piękny jak ty. Jego uroda mu wystarcza. Nie potrzebuje twojej. Dla Belona? Urządza wielkie przyjęcie w Antibes. Wiesz, kogo oczekuje? Mego męża. Jesteśmy oczywiście na nie zaproszone, ale on czeka na niego.

Eunice odpowiada martwo, jak przed starością.

– Właśnie o nim myślałam.

– O Belonie?

– Nie, o pani mężu.

Nicole parsknęła śmiechem, opierając plecy o masywną ramę łóżka.

– Daj spokój, Eunice. Daj spokój. On nic z tego nie rozumie. Jest głuchy jak pień, ślepy jak kret, żywy jak kamień. Wieczór, noc, świt. Woda, piasek. Nastrój, zapach, smak. To są tylko słowa. Zapewniam cię, że nic za nimi nie stoi. Ty też jesteś tylko słowem... Więc dla kogo? Powiedz!

Dziewczyna milczy. Znów widzi odbicie tarasu w lustrze, ale w tym odbiciu brakuje starca, jakby opinia Nicole zmiotła go lub rozpuściła w szarości nocy.

– Powiedz mi, Eunice – zapytała strapiona Nicole – czy spotkałaś wśród nich kogokolwiek, dla kogo warto być tak młodą i ładną, jak jesteś? Czy to nie trafia w jakąś cholerną, pustą obojętność, by w mgnieniu oka przeminąć?

Dziewczyna skostniała w milczeniu, które ma niewiele wspólnego z namysłem, nic z uporem, a wiele z bezsilnością. Odpowiedziała tak cicho, że Nicole prosi ją, by powtórzyła.

– Więc wiesz – konstatuje Nicole, gdy dziewczyna powtarza, że nie wie.

Nie podnosząc głowy, Eunice dostrzegła kątem oka lustrzane odbicie zawstydzonej i odmłodzonej twarzy starca, odwróconego teraz plecami do morza i w przypływie zwierzęcej mocy umyka półnaga w cień sypialni, a potem, przez werandę, w cień nocy.

Jest jak gazela, przestraszona tym, że przestraszona.

Nie niepokoi jej to prawdopodobnie, ale ją usposabia.

III

Znowu świt.

Przejrzystość powietrza, wytracającego z chwili na chwilę nocną wilgoć, już skrystalizowana. Zapach morza w odwrocie.

Starzec w fotelu, przy otwartym oknie, nie robił wrażenia człowieka, który wstał właśnie, ale raczej takiego, który się jeszcze nie położył.

Satynowy fular rozkwitł mu już zupełnie pod nieogolonym podbródkiem. Doprawdy zdziwił się samym sobą, gdy wczoraj, tuż przed północą, zacisnął artretyczne palce na karku żony, wduszając jej twarz w poduszkę. Zdziwił się i zachwycił. To pierwsze z przyczyny pokory, hardej zwykle, nieskorej do uległości żony, to drugie z powodu własnego męstwa, gdy dwukrotnie wyskandował: Zabraniam! Zabraniam!

I gdy po dobrej, naprawdę dobrej chwili zwolnił uścisk, pozwalając żonie obrócić się na plecy, i gdy ona rozłożyła długie, zgięte w kolanach nogi, a jej odkryte piersi uniosły się i opadły w rytm, nie będzie tego przed sobą ukrywał, nieco błazeńskiego podniecenia, a on wszedł w drzwi, nie odwracając głowy, jego podejrzenie, że nie osiągnął jednak przewagi, jakiej oczekiwałby po początku tej sceny, rozwiał przegrany ton, jakim Nicole zadała mu pytanie:

– Co traci znaczenie wobec choroby, cierpienia, starości?

Jeszcze dwa dni temu, ba, nawet dzień, odpowiedziałby, że wszystko.

A dzisiaj... pokój gościnny na parterze z wyjściem na patio. Przez uchylone skrzydło szklanych, dymnych drzwi wchodzi ranne powietrze z zapowiedzią upału.

La Nunzio obejmuje muskularnym ramieniem nagie ciało Eunice, biorąc je pod siebie władczym, samczym gestem. Dziewczyna, zawieszona między snem a jawą, obraca się na bok, wymykając się młodemu mężczyźnie. Potęguje to jego ochotę, ale opór dziewczyny jest bardzo wyraźny.

Ulega sztywna, milcząca, nieobecna.

La Nunzio wstaje z łóżka, opasuje biodra ręcznikiem i wybiega na patio. Wskakuje do sadzawki. Chłodzi się wodą, robiąc przy tym sporo rabanu. Kilkakrotnie okrążą patio tanecznym krokiem, po czym staje przed szklanym skrzydłem drzwi, przypatrując się odbiciu swej apolińskiej sylwetki. Napawa się sobą. Moc młodości dominująca wszystko.

Zazdrość, z jaką starzec obserwowałby z okna gabinetu, piętro wyżej, ten popis, byłaby proporcjonalna do własnej niemocy. Młody pisarz, ugodzony jadem zawiści, zwinąłby się i podnosząc wzrok, spojrzałby z zawstydzeniem na świadka swej usprawiedliwionej, ale gówniarskiej radości.

Tak byłoby jeszcze wczoraj. Dzisiaj natomiast młody pisarz parsknął śmiechem, kiedy unosząc wzrok, zobaczył starego pisarza, przeciągającego się i napawającego sobą, przed otwartym skrzydłem okna w gabinecie, a potem zaraz spoważniał, jak gdyby pomyślał, że apolińskie odbicie jest złudzeniem, a prawdą jest to, co zobaczył w swojej szybie stary pisarz, w jego, młodego pisarza, imieniu. Być może tak sobie La Nunzio pomyślał, kiedy spoważniał.

Diabli wiedzą natomiast, co starzec ujrzał w odbiciu swego okna, może młodość, urodę i zdrowie, śniące mu się dwa dni temu po raz ostatni. Ale mina, z jaką nie odstępował od ciemnej szyby, nasuwa podejrzenie, że nie przypatrywał się czemuś, czego mógłby się spodziewać.

Przedpołudnie, znowu.

Taras kawiarni nad pustym kortem.

Starzec z heroizmem podtrzymywał w sobie elegancję, wytworność, noblesse. Jeden nieopatrzny gest, niedogolony policzek, zmarszczka na spodniach, smużka brudu na koszuli i cała wysilona elegancja obsuwa się w zaniedbaną starość. Trzeba mieć ją nieustannie na oku. Męczy to, ale i zaprawia.

Przepasany kitlem kelner podał gin z tonikiem.

– Dziękuję, Simon – rzekł starzec. Chciał dodać coś jeszcze, ale uwagę jego zwróciło trzech mężczyzn, zajmujących sąsiedni stolik. W jednym z nich rozpoznał Belona. Mężczyźni zamówili piwo i kanapki.

Kelner postawił deskę, ciemny chleb, oliwę, obłuskane ząbki czosnku, grubą sól i garść orzechów w fajansowej czarce.

Starzec przypatrywał się wprawie, z jaką mężczyźni nasączają miąższ chleba oliwą, jak drobią czosnek, rozsypując go po kromkach, jak miażdżą orzechy w palcach, wyłuskując je z łupin, i dekorują nimi kanapki, by posypać to jeszcze grubą warstwą szarej soli, i jak milcząc, delektują się smakiem tego plebejskiego jedzenia.

Marc Belon wyróżnia się nie tyle wyglądem, wszyscy są młodzi, ciemni i posępni, ile szczególnym apetytem, wolnym jednak od zachłanności.

To godny i poważny apetyt.

Starzec nie mógł oderwać od niego wzroku. Jego uwagę przykuły ręce gangstera, kształtne, zręczne, kruche, jakby z innego ciała, z podkówkami brudu pod paznokciami.

W pewnym momencie Belon przerwał jedzenie w pół kęsa, odwrócił się do starca i wskazując deskę z okruchami chleba i plamami oliwy, zachęcił:

– Monsieur...

Zawstydzony swoim wścibstwem starzec zaprzeczył gestem dłoni.

Pochylił się nad swoją wysoką szklanką, udekorowaną, czego by nie zamówił, płatkiem cytryny, wbitym w jej krawędź.

Po kwadransie trzej mężczyźni zostawili na stoliku plik zmiętych banknotów i wyszli.

Kryjąc się w cieniu markizy, gangster odwrócił się i przeczuwając, że stary człowiek ogląda się za nim, zasalutował do marynarskiej czapki, zsuniętej łobuzersko na czoło.

Starzec zerwał się młodo z krzesła. Za żywiołowo, za gwałtownie, chciałoby się powiedzieć, za czule jak na sytuację i, przede wszystkim, siebie. Zaskoczony swoją reakcją, warknął:

– Marco!

– Pan mnie wołał? – zapytał kelner.

– Nie, Simon – odpowiedział starzec i przypominając

sobie to, o co chciał go zapytać przed przyjściem mężczyzn, zapytał: – Wiesz, kim jest Marc Belon?

– Wszyscy to wiedzą, proszę pana – kelner pochylił się nad siedzącym, składając opalone dłonie na kitlu.

– A ci dwaj, którzy mu towarzyszą?

– To Jugole.

– Kim są dla niego?

Kelner odpowiedział tak, jakby wiedział.

– Tego nie wiem, proszę pana.

Chyba dostrzegł czułość w oczach starszego, dystyngowanego pana, swego stałego klienta, którego na swój sposób lubi i któremu się na swój sposób zawsze trochę dziwi, gdy dodaje z kelnerskim uszanowaniem:

– Zaraz będziemy zamykać, proszę pana. Południe.

Starzec wstał młodo zza stołu, oparł się na lasce i odsunął wyplatane krzesło.

Był podniecony. Męcząco podniecony.

Tak w pół drogi między kawiarnią a domem spotkał go Przybysz.

Zauważył pewną ostentację w zachowaniu starca, gdy z przytłumionego winem zaułka wyszedł mu naprzeciw. Starzec ucieszył się na widok Przybysza. Potrzebny mu był w tej chwili kontakt z kimkolwiek. Poza tym, chroniąc się w cieniu kamiennego muru, pomyślał, że brutalne i idiotyczne zniknięcie tego miłego, kulturalnego człowieka, może i korespondujące z nastrojem jego dziwnej wizyty, nie powinno być jednak skwitowane stwierdzeniem: a to ci historia.

Miał poczucie winy wobec Przybysza i postanowił wyjść mu naprzeciw.

Zawołał z krotochwilą w głosie:

– Właśnie przyśnił mi się pański kapelusz, Madonachu. Drzemałem na tarasie kawiarni i przyśnił mi się pański kapelusz.

Przybysz zdjął z głowy płócienną panamę i obracając jej rondo w palcach, odpowiedział, że nie miał wyboru. Słońce jest za mocne.

– Kupił go pan w Antibes? – zapytał starzec, oglądając twarz i łysiejącą czaszkę Przybysza, ale nie znalazł na nich żadnego śladu gwałtu, jaki mu niewątpliwie wczoraj zadano.

Przybysz odpowiedział, że nie jeździłby tak daleko po kapelusz.

– Czy to letni stenson?

– Nie sądzę – odpowiedział Przybysz, zaglądając pod okrąg czarnej taśmy.

– To jest stenson – starzec pokazał swój elipsoidalny kapelusz z głębokim denkiem.

Przybysz podszedł całkiem blisko. Chód ma różny. Dzisiaj koci.

Rzekł z roztargnieniem.

– Dostrzegam różnicę.

Starzec informuje go, że swój kapelusz dostał na imieniny od żony.

– Pani Nicole – powiedział Przybysz chłodno – to bardzo... zacna osoba.

– Zacna? – starzec roześmiał się. – Powtórzę jej to.

Wtedy Przybysz złożył dłonie i wyprostowanymi palcami dotknął ust, jak czynią to czasami osoby duchowne, dając znak, że to, co mają do powiedzenia, jest ważniejsze, niż wydawałoby się na pierwszy rzut oka. Skupił się, zakrygował, zadał sobie wyraźny ból, w końcu spotkanie było przypadkowe, i pokornie poprosił mistrza, by ten nie odmawiał zaproszenia na dzisiejsze przyjęcie w Antibes.

– Do tego rzezimieszka? – zapytał starzec i zaraz pomyślał, że określenia rzezimieszek użył z rozpędu, że ani razu nie przywołał tego słowa, gdy przed kilkunastoma minutami przyglądał się posępnej twarzy Marca Belona.

– Dla niego – powiedział z bolesnym napięciem Przybysz.

– Cały czas nie wiem, w jakim celu pan przyjechał? – zapytał po dobrej chwili starzec, zainteresowany nie tyle prośbą Przybysza, co napięciem, jakie pod nią skrywał.

– Jest cel pośredni i bezpośredni – odpowiedział Przybysz.

– O jakim rozmawiamy?

– Kiedy, mistrzu?

– Teraz.

– Teraz rozmowa nasza prowadzi ku celowi bezpośredniemu.

– Czy ten jest ważniejszy?

– Nie.

– Więc odmawiam tym bardziej.

– Ale drugi wypłynął z pierwszego – wyjaśnił prawie szeptem Przybysz, po czym nie głośniej dodał – sytuacja uległa jednak zmianie.

– Kiedy? – zapytał równie cicho starzec.

Przybysz odpowiedział, że wtedy, gdy mistrz pozwolił go potraktować w sposób, na który nie zasłużył.

– Wczoraj wieczorem, na tarasie?

– Na tarasie, wczoraj wieczorem – odpowiedział Przybysz.

– A cóż ja mam z tym wspólnego?

Przybysz obrócił twarz ku uliczce przytłumionej gęstym winem, opuścił bezwolnie dłonie i wzruszony samym sobą, rzekł tonem, którym nie mówi się tego, co się powinno powiedzieć.

– W zasadzie lub, jeżeli łaska, dla zasady nie chowam urazy. Choć...

– Tak?

– Choć miałbym prawo liczyć... Wie pan, mistrzu, coś nas łączy, inteligentów, po tej i po tamtej stronie...

– No, no?

– Niezależnie od strony...

– Co? Solidarność? Jakaś solidarność?

– Której wczoraj w pańskim domu, mistrzu, zabrakło.

– To nie jest fałszywy pogląd, Madonachu – rzekł starzec, niezawstydzony swoją zgodą.

A Przybysz, pilnując, by nie dać starcowi szansy na umknięcie znajomymi ścieżkami ku sarkazmowi, ironii i kpinie, przyoblekać się począł w nieznośniejącą z chwili na chwilę duchowość. Ale sobacza gorliwość tej zmiany, jej przypochlebność, doskonała wobec niej proporcjonalność, zmiotły w chwilę wszystką intencję, pozostawiając nadętą, opustoszałą, bezużyteczną zewnętrzność.

Śmiech pusty, niemiłosierny i bezcelowy zadudnił w starcu młodością. Nie on, lecz ona dotknęła Przybysza boleśnie. Ostatecznie spodziewać się mógł wszystkiego, lecz nie młodości. Ze starością miał szansę, z młodością żadnych. Na młodość był nieprzygotowany, podobnie zresztą jak starzec, który nie mógł zrozumieć, gdzie podziały się jego maski.

Bliski prawdy byłby pogląd, że obydwaj dali się podejść, ale o ile przed starcem była przyszłość, to Przybysz ujrzał tylko to, co pozostawił. Nie mógł się więc nie cofnąć. Uczynił to i automatycznie podjął decyzję. Jak nikt był w nich zaprawiony. Podjąć je było mu łatwiej, niż się przed nimi powstrzymać. Skonfrontowany z niespodziewaną młodością starca, wobec niej bezbronny, nie znalazł w sobie męstwa, by się postawić wobec decyzji, która się pojawiła natychmiast z tą swoją kurewską usłużnością. A była ona jak drut, prosta i ostateczna, bo o życiu i śmierci, jak wszystkie jego dotychczasowe decyzje, na rzecz śmierci.

Gdyby się nie cofnął, to może by ją przepędził, ale się cofnął, więc zapadła z krótkim łoskotem jak stalowa kurtyna, oddzielając na zawsze jedno od drugiego, bez połowy drogi, której Przybyszowi tak bardzo brakować miało na Południu.

Kiedy oglądał ciało Nicole, czuł ten sam podziw, a do niedawna męczącą zazdrość, z jaką przypatrywał się młodości La Nunzia, Eunice, a ostatnio gangstera Belona. Nicole nie jest już jednak młoda, jest jego żoną i miałby prawo, w jakiejś ograniczonej mierze, przyjąć jej ciało za własne. Nigdy sobie jednak tego prawa nie przyznał.

Właśnie kontemplował linię kręgosłupa, od karku z wysoko upiętymi włosami do miejsca, w którym przesłonięte ręcznikiem, zarysowują się jędrne pośladki. Tu jego wzrok zatrzymał się, jakby spłoszony własnym zuchwalstwem, a wyraz twarzy oddał zadziwienie nieprzemijającą doskonałością tej konstrukcji.

– Przeszkadzasz mi – powtórzyła Nicole.

Popołudnie.

Łazienka Nicole. Mydła, szampony, kremy, perfumy, stos kolorowych ręczników, płaszcze kąpielowe. Na bidecie żurnal w lakierowanych okładkach.

Rozrzutna kobiecość.

– Kiedy wychodzisz? – zapytał starzec.

– Za godzinę – odpowiedziała Nicole, obrysowując szeroko rozwarte oko.

– Zabierasz auto?

– Naturalnie.

– To ładna droga.

– Owszem.

Starzec przeszedł łazienkę w tę i tamtą. Machinalnie przestawił coś na półce pod oknem. Przymierzył aparat do masażu. Przekartkował żurnal. Znów stanął za smagłymi plecami żony, tak by widzieć odbicie jej twarzy w lustrze, i rzekł półgłosem:

– Miałem sen.

– Tak? – Nicole obrysowuje drugie oko.

– Wczoraj w południe. – Albo dzisiaj w kawiarni. Nieważne. Tak czy owak, na tarasie.

– Wiesz, Nicole... przyśniło mi się, że...

– Możesz mi to opowiedzieć jutro?

– Nie – starzec cofnął się dwa, trzy kroki i opierając bark o ścianę, powtórzył: – Przyśniło mi się, że mam syna.

– To świetnie – odpowiedziała Nicole.

Wysunęła szminkę ze złotej oprawy i musnęła nią spierzchnięte od słońca i wiatru wargi. Zastanawiała się przez chwilę, opuściła dłoń ze szminką i wyprostowała plecy, nie odwracając się do męża.

– Co takiego?

– Przyśniło mi się, że mam syna – starzec zrobił jeszcze jeden krok w tył – i że jest nim...

Nicole parsknęła śmiechem. Starała się nad nim zapanować, ale bez powodzenia.

– Daj spokój – upomniał ją starzec.

Zawsze bał się tego śmiechu.

Nicole odłożyła szminkę i wspierając się dłońmi o umywalkę, zaśmiała się głośno, urągliwie, wulgarnie.

Starzec prosi ją, by zamilkła, ale Nicole się nie powstrzymuje, stwierdzając, że to bardzo, bardzo dziwny sen.

– Dlatego ci go opowiadam – starzec, skonfrontowany z brutalnością i kpiną, podnosi głos w taki sposób, w jaki czynimy to, gdy czujemy się bezradni.

– Proszę cię, przestań, Nicole.

– Chryste! – Nicole śmieje się, tak jakby dała folgę wszystkim śmiechom, jakie przez lata w sobie powstrzymywała.

I ta folga, ten bezwstyd rozsierdzają starca. Jego ręce, od barków do palców, wprawia w ruch nieznana mu emocja.

Jej osnową nie jest tylko lęk i wstyd.

– Ludziom śnią się różne niedorzeczności – zakrzyknęła Nicole – ale, żeby... żeby... Jezu!

Nie jest w stanie dokończyć zdania. Świeżo nałożony tusz spływa jej po policzkach wraz ze łzami.

Starzec nakazuje jej natychmiast zamilknąć, ale to prowokuje ją do jeszcze większej wesołości, rozpiętej między nieposkromionym rozbawieniem a histerią.

Protest męża jej nie powstrzymał, ale uderzenie otwartą dłonią w twarz robi swoje. Zdziwiona i nagle niema, odwraca się i przez tusz spływający wraz ze łzami widzi, jak nie mniej od niej zdziwiony starzec próbuje oprzeć się nagłemu atakowi duszności.

Bez powodzenia.

Nicole zarzuciła na siebie płaszcz kąpielowy i wybiegła z łazienki.

W chwilę potem jest w pokoju męża.

Zabrała buteleczkę z gęstą miksturą, fiolki i zastrzyk. Wracając biegiem do łazienki, spotkała Eunice. Prosi, by jej pomogła. Obydwie pochylają się nad mistrzem wspartym ramieniem o seledynową glazurę, z nogami bezwładnie podwiniętymi pod siebie, jak to się dzieje, gdy się na nie upada. Nie wygląda to zachęcająco. Nicole wlewa do szeroko otwartych, łapiących powietrze ust zawartość buteleczki.

Podniosła brodę męża i lekarstwo spłynęło mu do gardła. Potem obnażyła mu przedramię i do wydobytej gumą żyły wprowadziła igłę. Jest rzeczowa, spokojna i sprawna.

– Co się stało? – zapytała Eunice. – Co to jest?

– Trzymaj mu głowę wyżej – rozkazała Nicole i pochylając się nad uchem dziewczyny, dodała szeptem: – Starość.

Eunice ze współczuciem i obrzydzeniem patrzyła na mistrza łapiącego jak karp powietrze. W miarę jak on dochodził do siebie, obrzydzenie brało w niej górę.

– Teraz zostań z nim chwilę – poleciła Nicole i wyszła z łazienki.

Leżący oddychał z każdą chwilą łatwiej i głębiej. Uspokajał się. Powiedział:

– Wczoraj na tarasie przyśnił mi się sen.

Dziewczyna, niepomna prośby Nicole, wypuściła głowę leżącego ze swoich dłoni i szczęka starca opadła. Eunice stara się zdobyć na jakiś samarytański gest, ale wszystko co może, to się nie odsunąć.

– Proszę nie mówić, to męczy.

Starzec podniósł się z mozołem na łokciu, wyprostował na podłodze ani trochę mniej bezsilne nogi, oparł plecy o ścianę.

– Śniło mi się, że mam syna ze Stefanią Herrez.

– Kim jest Stefania Herrez? – zapytała Eunice, zapominając, że przed chwilą prosiła starca, by milczał.

– Dziewczyną, którą zapamiętałem na całe życie – odpowiedział wzruszony. – Wiele lat temu nie chciałem lub nie potrafiłem jej posiąść. Ona jednak uwierzyła, że tak się stało i opowiedziała pewnym ludziom, że syn, którego poczęła, to mój syn.

Spróbował wstać. Dziewczyna powstrzymała go.

– Przypominasz ją, Eunice – powiedział po chwili, od niechcenia. Ale to wcale nie zabrzmiało od niechcenia. Jeśli kiedykolwiek, cokolwiek udało mu się serio, to to, co powiedział dziewczynie.

W kilka minut potem ruszyli korytarzem do krętych schodów. Eunice zapytała dokąd, a on odpowiedział, że do siebie.

Pokonali schody i dziewczyna wprowadziła starca do gabinetu. Pomogła mu się wyciągnąć na szezlongu. Ułożyła poduszki pod głową. Zdjęła mu buty. Rąbkiem sukienki wytarła kąciki ust. Podała proszek. Napełniła szklankę wodą z karafki i pomogła mu ją wypić.

Opuściła żaluzję.

Wychodząc, zauważyła brulion ciśnięty w kąt gabinetu. Podniosła go i wygładziła pogięte kartki. Skrupulatnie ułożyła go na środku biurka, obok kałamarza i parkera ze złotą stalówką.

Znieruchomiała na moment. Pochyliła się nad leżącym. Rozpięła mu pasek od spodni.

Rozwarła palce i wsunęła w rozporek. Potem rzeczowym ruchem podniosła sukienkę ponad uda i wolna od majtek, dosiadła mistrza oszołomionego sytuacją i swoją nieoczekiwaną, a może przeciwnie, długo oczekiwaną, gotowością.

Starzec zamknął powieki, jakby znów zamierzył śnić swój ostatni sen.

Późne popołudnie.

Pokój gościnny na parterze. La Nunzio przymierzał krawaty do białej koszuli, ładnie kontrastującej ze smagłością opalenizny.

Łatwego wyboru nie miał, bo krawatów było kilkanaście.

Eunice, przycupnięta na brzegu fotela, przypatrywała się męskiej celebrze. Nieumalowana, pobladła twarz, gładko zaczesane włosy, surowa linia ust, nadały jej twarzy jakiś zakonny wyraz. Jakby zdrada sprzed chwili uczyniła ją dojrzałą, pozbawiając raz na zawsze radosnej dziewczęcości.

Zmiana jest tak wyraźna, że tylko narcyzm La Nunzia nie pozwala mu jej dostrzec.

– Pośpiesz się – powiedziała sennie Eunice. – Nie wypada, żeby pani Nicole na nas czekała.

Sama jednak nie wstała z brzegu fotela ani nie zrobiła żadnego gestu, który miałby świadczyć, że chce to uczynić.

Naznaczona występkiem. Nie tak ładna, nie tak ładna.

Nie do wiary, po prostu, ale nie tak ładna, żywiołowa, dziewczęca, jakby wstrzyknięty w nią jad starości nie chciał się wytrącić, jakby w niej krążył i krążył, z każdym nawrotem pokonując młodość, niedojrzałość, ufność.

Surowość dziewczyny nie brała się z tęsknoty za utraconym blaskiem, bo być może za młoda była, by go w sobie rozpoznać, a jeżeli rozpoznała, to za głupia, by z tego blasku uczynić oręż, tylko z poczucia zwycięstwa, które, jak wszystkie zwycięstwa, przynosi rozczarowanie.

Patrzyła na patio wzrokiem starej dziwki, która nie ma złudzeń, czy grzechu swego doświadczyła dzień po dniu, czy na sakramencki skrót.

Nabrzmiałe wargi dziewczyny bladły, wiotczały.

Soki w niej schły.

Ten sam czas, dwa piętra wyżej.

Starzec wyciągnął się nonszalancko w fotelu, z bosą nogą opartą o parapet okna, z papierosem między wargami. Na skraju biurka prostokątne pudełko gitane'ów, srebrny ronson i kieliszek sherry.

Do środka zaglądnęła Nicole.

Skruszona, ale tak sobie.

– Jak się czujesz? – zapytała tonem wysokim choć bezdźwięcznym.

– Znakomicie – odpowiedział starzec – jakbym już nie żył.

– Nie błaznuj – upomniała go Nicole – jest mi przykro. Przepraszam cię.

Nie wygląda jednak, by było jej przykro. Jest wytworna, zrobiona, rozświetla ją nadzieja przygody, jaką spotykamy czasami w spojrzeniu, intonacji i gestach kobiet, mających prawo się jej spodziewać.

– Postaram się wrócić zaraz po północy – odezwała się

głosem, który niczego nie obiecywał. – Ta mała i La Nunzio będą się bawić pewno do rana.

Starzec poradził jej, by zrobiła to samo. Nicole zapytała go, czy jest pewien, że może zostać sam.

– Jasne – odpowiedział pogodnie. – Nic mi nie brak.

– Mogłabym poprosić Simona, żeby do ciebie zajrzał.

– Daj spokój.

– Tak czy owak, wrócę na pewno przed świtem.

– To nie jest konieczne.

– Gdyby pan Belon pytał dlaczego...

– To powiesz mu ode mnie coś miłego.

Nicole obróciła się wokół siebie, w tę i z powrotem.

– Jak wyglądam?

– Znakomicie – pochwalił ją starzec.

Ton komplementu, jego usposobienie podszyła nonszalancja, której Nicole nigdy wcześniej w takich sytuacjach nie odczuwała. Zauważyła też coś innego. Może nie w mężu, ale w nastroju. A może zauważyła to wcześniej, zaraz po wejściu do gabinetu, ale dopiero teraz to w niej dojrzało.

I zaniepokoiło.

Zaczęła się więc rozglądać. Wiatr łapać, jak zwierzę czujące obcy zapach. Spojrzała na papierosy, zapalniczkę, kieliszek sherry. Dotknęła mebli i sprzętów, sprawdzając, czy i one się nie zmieniły.

Rzekła, przeciągając słowa:

– Więc sądzisz, że...

– Najzupełniej – uciął starzec. Błysnęły mu źrenice. Jak na zmianę.

– Najzupełniej?

Potwierdził skinieniem głowy.

Nicole wychodzi z ociąganiem. Jest za progiem, gdy Nikorowicz ją zawrócił.

– Tak? – podbiegła do fotela. Zdradzona, wie o tym, tak czy owak.

Starzec uśmiechnął się szelmowsko, jak robią to czasami chłopcy, gdy zamierzają wyciąć jakiś numer.

– Wszystko w porządku, Nicole.

Patrzył na żonę charakterystycznie zmrużonymi oczami. Usta jego ułożyły się w wyraz kpiny, po raz pierwszy w życiu wobec siebie. Jest w tym męskość uwodzicielska, nieupozowana, absolutna. Z niczym mu tak nie do twarzy. Nicole pochyliła się i namiętnie pocałowała go w usta.

– Mogłabym zostać – wyszeptała, ogarniając ręką jego barki.

– Nie bądź nudna, Nicole – rzekł, odchylając głowę, jakby ten pocałunek był mu nie w smak.

– Mogłabym...

– Daj spokój.

Wybiegła z gabinetu, nie zamykając za sobą drzwi. Słychać jeszcze stukot jej wysokich obcasów na schodach i trzask zamykanych drzwi.

Starzec utopił peta w jakiejś butelce z lekarstwami.

Nicole, Eunice i La Nunzio przeszli w milczeniu kamienny wirydarz, oświetlony pochodniami, na końcu którego, jest muzyka i gwar rozmów.

Renesansowa willa, z tarasowymi ogrodami, schodzącymi do morza, choć od pewnego czasu nazywa się „Pornografia", nie sprawia wrażenia rozebranej czy tym bardziej nieprzyzwoitej.

Odwrotnie, żadna orgia, żaden skandal, żadne bezeceństwo nie są w stanie wytrącić jej z przyrodzonej dystynkcji. Wiele widziała, nic jej nie zdeprawowało. Nawet prostacka, pozbawiona stylu i sensu nazwa.

Sądzić należy, że rozmyślając o tej niestosowności, ubrany w strój lokaja, Przybysz trącił niechcący Nicole w ramię, spod którego wypadła mała, czarna torebka.

– To bal maskowy? – zapytała Nicole, podnosząc z kamiennej posadzki torebkę.

– Tylko dla nielicznych – odpowiedział cicho Przybysz, z tą konfidencją, która dziwiąc i irytując w ustach wysoko postawionego funkcjonariusza, jest naturalna w ustach lokaja.

– Między nami mówiąc – dodał – ukrywam się.

Na rękach ma białe rękawiczki, na nogach lakierki, na ramionach tużurek, a pod szyją czarną muszkę. Rozkwitł w tym stroju, nabrał brakującej mu właściwości, lokajskiej uniżoności i lokajskiej dumy. Chód ma zręczny, ruchy powolne, lecz pewne.

– Przed kim? – obojętnie zapytała Nicole.

Odpowiedział, że przed niebezpieczeństwem, które choć nie zagraża w tym samym stopniu mistrzowi, co jemu, to nie jest przez to ani trochę mniej złowieszcze.

– Wystąpiłem o azyl – dodał poufnie.

– Tutaj? We Francji?

– To była decyzja o szybkości błyskawicy, którą, nie będę ukrywał, cały czas jestem zaskoczony.

– Wątpię, panie...

– Madonach – przypomniał Przybysz.

– Więc, wątpię – powtórzyła Nicole i ruszyła długim krokiem modelki, a wysokie obcasy jej butów zastukały rytmicznie o kamień.

– Tylko dwa słowa... – zabiegł ją Przybysz – czy mistrz...

– Źle się poczuł, ale jest pod opieką.

– Chciałbym w takim razie...

– Wykluczone! – ucięła Nicole, może tylko dla satysfakcji, jaką daje jej ta chwila przewagi.

Wchodzi w gwar rozmów, muzykę, ciżbę eleganckich, pachnących ludzi, rozświetlona nadzieją, uśmiechnięta, sama będąca tą elegancją, tym zapachem, tą muzyką.

A mimo to, jak efektowna by była i przejrzysta, od dziś

upokorzona. Jak Eunice okradziona z młodości. A co do niej, to z rozpędu wpadła za Nicole, lecz na skraju najwyższego tarasu zatrzymała się, jakby zamierzyła wrócić w ciszę i chłód wirydarza.

Smagła ręka Nicole sięgnęła po szklankę whisky z grzechoczącymi kostkami lodu. Miarowo zbliżał się do niej gangster w kremowym smokingu.

Przybysz wspiął się na palce i obserwował płoniejącą z każdym krokiem gangstera twarz Nicole.

– Zajdę, kurwa, do niego – wyszeptał do siebie i widząc gotowość urodziwej kobiety na chwilę przed powiewem pierwszej starości, dodał półgłosem, po lokajsku.

– Ty suko.

Był przygotowany na to, że zaraz wejdą i przedłużająca się chwila, w której nie wchodzili, była okropna. Stanowczo chciał mieć to już za sobą.

Siedział na odkrytej werandzie, pochmurnego ciężkiego dnia u schyłku lata, przy olbrzymim stole, z którego służba zabrała już prawie wszystko, pozostawiając mu tylko jeszcze dzbanek z kawą, nadjedzone jajko, żytni chleb, masło w kamiennej czarce i rozpaćkany na spodku miód, atakowany przez osy.

Od rana zanosiło się na deszcz i tak, w tym oczekiwaniu, dzień dobiegł już prawie południa. Wszyscy późno skończyli śniadanie tej niedzieli. Potem ojciec pojechał linijką na rżyska, matka poszła do swoich domowych zajęć, siostra brzdąkała jakieś Szopenowskie preludium w salonie, a on jak zawsze spóźniony, a więc jak zawsze ostatni, biedził się nad posiłkiem.

Nik i Tunio nie nadchodzili. Może nie przyjechali, może matka coś pokręciła, jak zwykle. Nie słyszał też chrzęstu automobilowych gum na żwirze podjazdu, a z werandy zawsze go słychać. Nie wybrali się chyba piechotą?

Właśnie to sobie pomyślał, że nie przyszliby z miasta piechotą, wstał więc od stołu, nie kończąc nadgryzionej kromki chleba, skropionej miodem, gdy usłyszał zawsze podniesiony i nieco piskliwy głos Nika:

– Nic się nie zmieniło, mój mały!

Zaraz potem, tubalny głos Tunia, gdy zaszedł go z boku i zasunął kułakiem między żebra:

– Guzdrzesz się jak zawsze, synu.

Tunio był atletycznym blondynem w drucianych okularach, zakładanych głęboko za uszy. Nosił zawsze zmięte tweedy i rozchełstane koszule. Dandys wytworny i nonszalancki, ze spalonymi na ciemny brąz rękami w otchłannych kieszeniach spodni.

Grzmotnął go w plecy, gdy po raz drugi powiedział: guzdrzesz się jak zawsze, synu.

Ostentacyjnie się zaśmiał, choć wcale go to nie ubawiło, i żeby zmienić temat, który nie zapowiadał nic dobrego, wbił wzrok w charcią sylwetkę Nika, opiętego w kawaleryjski uniform. Zapytał z głupia frant:

– Jesteś w mundurze?

Nik zapytał, czy tego nie widać. Strzepnął jakiś niewidzialny pyłek z rękawa. Zakręcił się, zaszwoleżerował, strzelił podkutymi obcasami butów o ziemię.

– Tak, mały, jestem w mundurze naszego pułku. Wczoraj fetowaliśmy jego święto.

Zgrabnie usiadł na jednym z trzcinowych fotelików, odsuwając go jednocześnie od stołu, i założył nogę na nogę. Bryczesy naprężyły się na jego żylastym udzie. Zaczął otaczać w palcach papierosa w bladej bibułce, a drobinki tytoniu sypały się na posadzkę.

– Swoją nieobecnością, mój mały – rzekł, zaciągając się

dymem – sprawiłeś ojcu wielką przykrość. Cokolwiek nie byłoby jej przyczyną. Zrozummy się dobrze, cokolwiek. Tunio świadkiem, jak bardzo pułkownik dopytywał o ciebie, jak bardzo ojciec silił się, by zbagatelizować twoją nieobecność, i jak bardzo był w tym nieprzekonujący. Pułkownik współczuł mu wraz z resztą oficerów. Tunio nie przestawał się uśmiechać i spacerować.

– Bogiem a prawdą, w pysk ci się za to należy, synu.

Kuląc się za stołem, poprosił o papierosa. Nik podsunął mu otwartą papierośnicę i jakby nie było tego, co było, opowiedział, że po święcie pułku pojechali do Rity Durani.

Zabraliśmy ze sobą Miecia Nikorowicza, wtrącił Tunio, spacerując wokół stołu z rękoma w kieszeniach tweedowych spodni.

– Znasz Miecia, synu? Słyszałeś o nim?

Pokiwał w odpowiedzi głową i znów zaśmiał się ostentacyjnie, a potem zapytał, choć nie interesowało go to zupełnie:

– Czy ona nadal rysuje?

Nik zakrzyczał w odpowiedzi, że okropność. Konceptualizm jakiś, strukturalizm, kubizm, sobacza ich mać!

– Choć sama Rita... – Tunio nie przerywał spaceru wokół stołu – sama Rita...

– Aaaa! – zakrzyczał znów piskliwie Nik – wiedzieć ci trzeba, mój mały, co zdarzyło się potem!

Tunio zadudnił śmiechem, upominając Nika o dyskrecję. Nik jednak okazał się oddanym kompanem, nie uległ faryzejskiej prośbie i wypaplał wszystko.

Pomyślał sobie, że nim papieros się dopali, on wstanie od stołu i wyjdzie, bez względu na reakcję tych dwóch młodych, wesołych i nienawistnych mu mężczyzn, ale papieros się zetlił, a on nie ruszył się z miejsca obezwładniony poczuciem niemocy, wstydu i winy.

I gdy teraz, w pół wieku później, przypomniano mu

sierpniowe przedpołudnie, nie mógł sobie uzmysłowić, co go powstrzymało przed obecnością na święcie pułku, dlaczego to nie on zerżnął Ritę Durani w złotym buduarze i co stanęło na przeszkodzie, by awanturować się z przypadkowym rotmistrzem u Werfla?

Dlaczego, u licha, w jego imieniu awanturował się Miecio Nikorowicz, Ritę zerżnął Tunio Koziebłocki, a jego brat Nik popisywał się jeździeckimi rytuałami przed kapryśną, znającą się na rzeczy publicznością?

Jaka fizyczna niedomoga, jakie psychiczne ciemności, jaka duchowa nieokreśloność, jaki intelektualny przesąd mu to uniemożliwiły?

Czemu nie kochał psów, koni, polowań, kawalerii, braci, matki, ojczyzny?

Czyja podstępna przekora wystawiła go tak do wiatru? Kto pozbawił go cudów młodości, rodzinności, ziemiańskości, polskości?

Jaką przyjemność odnalazł w byciu na przekór temu wszystkiemu, co w głębi ducha było nim samym?

Zanurkował w sobie i w czasie, by wywlec tę przyjemność na światło i przyjrzeć się jej powabom, ale im głębiej nurkował, tym było puściej i ciemniej.

Aż na samym dnie tej ciemności usłyszał sapanie knura, czknięcie idące od jądra trzewi i ciężką rękę uderzającą o blachę. Ocknął się, otworzył oczy i na wąskim parapecie okna zobaczył przykuniętą postać ołowianego mężczyzny.

Chciał się cofnąć wraz z fotelem w głąb gabinetu, poza smugę światła lipcowej nocy, ale z niedowierzaniem stwierdził, że nie jest w stanie wykonać żadnego ruchu.

Nawet ręki podnieść.

– Co się dzieje? – zapytał łamiącym się głosem, mając

119

wrażenie, że jego wargi są równie nieruchome jak reszta ciała, a głos dobywa się spoza niego.

– Wizyta – odpowiedział ołowiany mężczyzna, otrzepując ręce z kurzu – chałupa zamknięta na cztery spusty, wszyscy na przyjęciu, pomyślałem, że czujesz się pan samotny.

Bezceremonialnie obszedł gabinet. Wymacał meble. Przymierzył się do karabeli ze ściany. Przewertował brulion zapisany rozchwianym pismem. Przypatrzył się złotej stalówce parkera z kropelką atramentu na jej ostrzu. Kilkakrotnie pstryknął ronsonem.

– Z dobrego serca – dodał jowialnie, patrząc na starca z nieudawaną troską.

Gabinet wypełnił się zapachem gumna, skoszonej trawy, gorzałki, taniego tytoniu, spienionego końskiego kłębu, wytrawionych lejc, i jest to zapach, jeżeli nie dobry, to męski, jeżeli nie męski, to dworski, zapamiętany lub przeczuty.

– Pan naprawdę myślisz, że ja jestem ten łotrzyk, z tego... no, jak tam?

– Nie – odpowiedział starzec i przypomniał sobie, że właśnie ten zapach przyśnił mu się ostatniej nocy.

– To dobrze – ołowiany mężczyzna pochylił się nad nieruchomym starcem. – Bo nie jestem. Ale ten parch tak panu mnie przedstawił?

Starzec chciał to potwierdzić skinieniem głowy.

– No to nie ma go. Zginął, znikł, zapadł się pod ziemię. – ołowiany mężczyzna uderzył się dłonią o rozsadzające nogawkę udo. – Przyszedł kwit z centrali, że teraz my. Przedtem oni, a teraz my. Jak to w życiu. A wiesz pan, kim ja byłem?

– Kiedy?

– Przedtem.

– Szoferem Madonacha.

– Eeee... – ołowiany mężczyzna machnął ręką i podszedł do lustra. Minęła dobra chwila, nim zapach, który mu towarzyszył, rozwiał się i osłabł, ale nim tak się stało, starzec wciągnął go z lubością w nozdrza.

Mężczyzna przyglądał się sobie z zadowoleniem. Powiedział, nie odwracając się do starca.

– Przedtem, to ja byłem parobkiem z deszczu.

– Nie rozumiem – starzec nie usłyszał swojego głosu.

– Pięknym parobkiem, z którym rozmawiał przy bramie pański starszy brat, Nik.

Stanął tak, by starzec mógł widzieć z fotela jego odbicie w srebrnej tafli, i dodał z naciskiem:

– Tym parobkiem, którego zapamiętał pan na całe życie.

– To... to niemożliwe – starzec, choć nieruchomy, jest poruszony – To pan byłby...

– Synem fornala Dygasia, który cugowe przeprzęgał, jak państwo do miasta wyjeżdżali. Imię moje Franciszek. Pan pamięta?

– Nie do wiary.

– Ano... – mężczyzna pomacał się po połach marynarki, jak się sprawdza, czy to, co się sprawdza, jest na swoim miejscu.

– Co się z tobą działo? – zapytał starzec niemo po dobrej chwili.

– To znaczy?

– Co było potem?

– Deszcz ustał – mężczyzna uśmiechnął się jowialnie i odwrócił od lustra. – Co miało być? Życie, wojna, partyzantka. Potem władzę ludową żeśmy utrwalali... Co miało być? Życie było.

– Czego chcesz? – zapytał starzec, tknięty nagle złym przeczuciem.

– Niczego – odpowiedział przyjaźnie mężczyzna – tak przyszedłem, posiedzieć.

Zbliżył się do biurka. Podniósł fotografię w tekturowej ramce. Przypatrywał się twarzy chłopca z długimi włosami opadającymi na marynarski kołnierz.

– Laleczka – westchnął z nutą plebejskiej dobroduszności, której nieodgadniona intencja, bywa, że w ludziach próbujących ją zgłębić, budzi strach.

– Byłeś pan jak laleczka. Napijesz się pan polskiej wódki?

– Słucham? – zapytał przywoływany do wspomnień starzec.

Mężczyzna wydobył zza pazuchy litrową butelkę z kawałkami laku na szyjce.

– Z gwinta, bo szkła nie widzę.

Starzec zaprzeczył ruchem głowy i mimo że głowa pozostała niewzruszona jak na cokole, to nocny gość zrozumiał zamiar. Nabrał potężny haust wódki, aż w gardle zadudniło. Otarł wargi dłonią.

– Byłeś pan jak laleczka – powtórzył familiarnie – odwrotnie niż pański ojciec, który był tęgi chłop. Pamiętam zimą, kończyliśmy nagonkę. Na śniegu leżą rzędem dziki, lisy, jenoty, a pański ojciec bije dłońmi o niedźwiedzią dachę i krzyczy: Bigos i gorzałka, panowie! Bigos i gorzałka!

Starzec odpowiedział cicho, z poczuciem winy wobec ojca.

– Nigdy nie byłem na polowaniu. Ale niedźwiedzią dachę pamiętam. Wszyscy w okolicy mieli dachy, ale nikt niedźwiedziej.

W jego cichym głosie, którego nie słyszał, był ślad dumy.

– Ale pański brat Nik...

– Ksawer – podpowiedział starzec, nie otwierając oczu – Nik strzelał rzadko.

– Może Ksawer – zgodził się ołowiany mężczyzna – kiedyś w czerwcu, na kaczkach, ja wyżły na linkach trzymam...

– Może się i napiję – przerwał mu starzec.

Mężczyzna podał butelkę. Starzec, przemagając obrzydzenie, upił łyk. Wódka wlała się do martwej krtani, jak do rury, a starzec nie miał wrażenia, że uniósł rękę do ust. Czyżby jego ruchy stały się tak lekkie, że ich nie czuje? Jak zdarza się to, gdy robimy coś w wyobraźni.

Przypomniał sobie ranek sprzed trzech dni, gdy zawieszony między snem a jawą, skonstatował, że jego członki są tak lekkie, jakby ich nie było.

Ołowiany mężczyzna przysiadł na brzegu szezlonga pod ścianą.

– Jak się nazywał ten kuzyn... no, na cyngle?

– Tunio.

– Tunio? – powtórzył mężczyzna, jakby sprawdzał hasło.

– Tunio Koziebłocki.

– Nigdy nie zapomnę tego zapachu.

– Którego?

– Egipskich.

Ołowiany mężczyzna rozmarzył się.

– Wieczór, mgły się ścielą. Od stawu chłód idzie, a pan Tunio egipskiego pali. Brat pana pyta, czemuż nie strzelasz, kuzynie? Ciąg za ciągiem bieży... A pan Tunio papierosa wskazuje i powiada: najpierw obowiązek.

Starzec patrzył ponad czaszką nocnego gościa, porośniętą rzadkim jeżem, nieprzyprószonym nawet siwizną i wyobraził sobie chłód od stawu, wieczorny opar podnoszący się znad tataraku i zapach wilgoci, podszytej roślinną zgnilizną i zastanawiająco cichy trzask dubeltówek, i skowyt wyżłów spuszczanych z linek.

Zapytał z ociąganiem:

– No... a jak tam...?

– Gdzie? – mężczyzna usadowił się głębiej w szezlongu, tak że jego plecy dotknęły ściany.

– No... w Sawczynie? Jak tam teraz?

– Iiiii... – Mężczyzna machnął ręką.

– Dwór?

– Szkoda gadać.

– Park?

– Wycięty.

– A rodzina? Ojciec mój? Matka? Bracia?

– No cóż... – mężczyzna uśmiechnął się trochę ironicznie, trochę tajemniczo, trochę smutno.

– Tyle lat – westchnął starzec. Chciał opuścić głowę, ale tkwiła jak w imadle.

– A co tam – westchnął mężczyzna.

– Właściwie...

– No.

– Chciałbym...

– A po co?

– Tak, jakoś...

– Po co? Po co?

Mężczyzna odbił się plecami od ściany i położył dłoń na kolanie starca.

– Po co to panu?

Szerokim gestem objął przestrzeń wokół siebie, przeciwstawiając starczemu kaprysowi całą bajecznie piękną, rozjarzoną słońcem, chłodzoną nocą rzeczywistość, z jej czystością, lazurem, szumem morza, z jej górami, kobitami, frykasami.

– Tak jakoś – westchnął starzec. Powtórzył szeptem, że nigdy nie pił wódki.

Czuł drobinki laku na wargach, ostrość i nieregularność gwintu w butelce i ciepłą, oleistą zawartość jej wnętrza. Czuł, jak wódka wlewa się do gardła, rozchodzi po trzewiach, z każdym łykiem przyjaźniejsza. Miał wrażenie, że przywraca go innemu, ważniejszemu, prawdziwszemu życiu. Pogrążał się w sobie, przenosząc czucie z wieczornego chłodu nad stawem, do rozpaćkanego, jak miód na stole, sierpniowego gorąca, gdy samotny już na rozległej werandzie, oczekiwał Nika i Tunia.

* * *

Usłyszał tuż nad uchem głos ołowianego mężczyzny.

Ocknął się z zamyślenia szybko i trzeźwo, jak gdyby nigdzie się nie wyprawił.

Noc. Gabinet. Cykady za oknem.

Siedział w fotelu, barkiem do biurka, w niezmienionej od wieczora pozycji.

Ołowiany mężczyzna rozmościł się na szezlongu, wsparty potężnymi plecami o poduszki.

Zdjął marynarkę, krawat, rozchełstał koszulę.

Zadomowił się.

– Ależ grają – powtórzył, wskazując mrok za oknem – jak orkiestra. To świerszcze?

– Cykady.

Starzec był skupiony, czujny, prawie uroczysty. W przeciwieństwie do mężczyzny, jego alkohol wyostrzył.

Mężczyzna powoli zsunął się z szezlonga, przeciągnął się, aż zatrzeszczały kości, wepchnął koszulę za pasek spodni i znów stanął przed lustrem.

Podobał się sobie, najwyraźniej.

– To ja jestem ten parobek, któregoś pan opisał na cały świat?

Starzec mu nie odpowiedział.

– No, no... – warknął mężczyzna i zrobił do lustra marsową, błazeńską minę.

– Co ci powiedział mój brat – zapytał po chwili starzec tak cicho, że mężczyzna, odwrócony plecami, miałby prawo tego nie usłyszeć – wtedy, przy bramie?

Mężczyzna usłyszał jednak pytanie i odpowiedział, że nie pamięta.

– Nigdy cię to nie ciekawiło? Nie chciałeś sobie tego przypomnieć?

– A po co?

– Żeby coś wiedzieć, parobku.

– To, co trzeba, wiem.

– To niewiele ci trzeba – starzec zastanowił się i rzekł, przez nieruchome usta: – Mój brat powiedział: trzymaj się swojej strony, kiedy idziesz, stoisz, śpisz i czuwasz, żyjesz i nie żyjesz. Trzymaj się swojej strony.

– Pieprzyć to – mężczyzna trzepnął się dłońmi po udach, aż echo poszło.

– To właśnie powiedział ci mój brat Nik, kiedy w deszczu, nakryty parasolem, zderzył się z tobą przy bramie. Powiedział ci: trzymaj się swojej strony, parobku.

– Moja strona każda – warknął mężczyzna – a trzeba, to i środkiem walę. Jak małżonka pańska chciała mnie poczęstować tym waszym francuskim fiu bździu, to co jej odpowiedziałem? Żem z domu syty. Nic się nie zmieniło.

Coś zatrzeszczało za oknem, na żwirze. Mężczyzna wychylił się przez parapet, lecz trzeszczenie struchlało i zrobiło się cicho, choć cykady nie przestały grać.

Starzec odezwał się z najwyższym przekonaniem:

– Szoferze Madonacha, parobku mego ojca, niewolniku wieczny.

Z najwyższym przekonaniem odpowiedział mu ołowiany mężczyzna:

– Brakowało mi jej. Jak Boga kocham, brakowało.

– Czego?

– Pogardy.

– Potrzebujesz pogardy, parobku? – zapytał starzec po chwili.

Po chwili odpowiedział mu ołowiany mężczyzna:

– Jak powietrza, dziedzicu.

– Czemu?

– By odpowiedzieć na nią nienawiścią.

– Pogarda Madonacha ci nie starcza?

– Nie.

– Dlaczego?

Mężczyzna zatrzymał się przed starcem i ogarniając koszulę na rozgrzanym torsie, odpowiedział głucho:

– Bo jego pogarda to też nienawiść.

Zebrał się do wyjścia. Zabełtał resztę wódki w butelce i podniósł ją do ust. Zmienił zamiar. Postawił butelkę na biurku, między brulionem a parkerem.

Rzekł przyjacielsko:

– Rano będzie jak znalazł.

Zimne ognie rozświetliły nocne niebo od Antibes. Ołowiany mężczyzna, przyglądając się feerii przez otwarte okno gabinetu, wbrew swej substancji wyszedł jak duch. Ale ten, do kogo było to skierowane, nic już nie zobaczył.

Powieki opadły, twarz na zawsze straciła wyraz.

Lekko uniósł nadgarstek i spojrzał na zegarek. Trzy kwadranse na dwunastą. Więc powinni już być. Nie wyprawili się, u licha, z miasta piechotą.

Rozwalił się na wiklinowym foteliku, zakładając wysoko nogę na nogę. Przegonił osy znad rozpaćkanego na talerzu miodu. Cieszy się na spotkanie. Dawno ich nie widział. Chce wiedzieć, co u Rity Durani, co z Mieciem Nikorowiczem, jak udało się polowanie u Bielskich i czy Nik nadal przypomina charta.

A jeżeli byli na święcie pułku, a dlaczego mieliby nie być, opowiadaniom i żartom nie będzie końca.

Swoją drogą, już trzy kwadranse na dwunastą, a Nika

i Tunia nie ma. Ale będą. Nie ruszy się od stołu, nim ich nie zobaczy. Czekanie nie jest przykre.

Właściwie zawsze lubił czekać.

A poza wszystkim nie mógł się nadziwić, jak jego wątły w istocie gest, przelotna myśl, strzęp myśli, by nie upierać się przy sobie, zostały natychmiast dostrzeżone.

Wszystko wokół odpowiedziało mu znakami pojednania.

Wyzłocone rżyska, pylista droga między nimi, krzaki tarniny, dęby w ogrodzie, psy na podjeździe, konie w stajniach, belgijski dryling w gabinecie ojca, gabinet nasycony zapachem cygar, cienista weranda, tatarak wokół stawu, spustoszone letnimi gorączkami trawniki, portrety przodków, ich pragnienia, zwycięstwa, klęski, cała broń biała, myśliwska i ognista, wszystko, co zwielokrotniało się w obronnych murach domu, słowem świat cały zawiadomił go o swojej wzajemności.

Jednocześnie, jedna po drugiej, opuszczały go młodzieńcze myśli o śmierci i o sposobach, w jaki ją sobie zada.

Życie ścieliło się przed nim w swoich blaskach, iluminacjach, powabach, zaskoczeniach i przykrościach. We wszelkich swoich głupstwach i mądrościach.

Zza pleców ciągnęło intensywną wonią posępnych wnętrz, nigdy niedogrzanych bibliotek, saloników, jadalni, gabinetów z niskimi sklepieniami porysowanymi grzybem, z nieodłącznym przeciągiem noszącym po domu zapach myszy i wilgoci.

Dworski zapach, który go powoli, lecz nieodwracalnie, wypełniał.

I zobowiązywał.

W związku z tym przed nocą zamierzył dobrać się do Anastazji, prześlicznej dziewczyny folwarcznej, na którą nie wiadomo czemu nie zwrócił dotychczas uwagi, najlepiej, jak Bóg przykazał, w stodole, na sianie, a skoro świt, przyprząc do linijki ojcowego wałacha i ruszyć na świeże rżyska.

Przy obiedzie zagadnąć rodziców o wierzytelność Ziemskiego Towarzystwa Kredytowego, czy wielka, dolegliwa, spłacalna, a przed niedzielą do pułkownika zapukać, wyjaśnić nieobecność na święcie szwadronów i przymierzyć się do kawalerii, jak Nik, Ksawer, ojciec, dziad i co tu wyliczać.

Marmaroszów z sąsiedztwa o pannę zapytać, do ogrodu zaglądnąć, któremu matka tyle sił poświęcała. Serdecznie zagadnąć o kapustę, pomidory, strzeliste malwy, jesienne już astry.

A któregoś wieczora zaszyć się w bibliotece i o wielkim Jeremim poczytać, co to w obronie ojczyzny na pal sadzał jednego, mać jego sobacza, za drugim, ale tak, by ojciec poznał, że czytane, i to świeżo.

A gdybyż udało się ojca na wieczorny spacer wyciągnąć, za wzgórza z tarniną, i wspólnie z nich spojrzeć w szafir zmierzchu, w tę coraz zbliżającą się linię horyzontu, kiedy już nie wiadomo, gdzie niebo, gdzie ziemia... Jak rozkosznie by było nacieszyć się wspólnie cichutką pięknością, od której nie dostaje się zawrotu głowy, ale serce przepełnia łagodność i wdzięczność.

Po sumie, w niedzielę, wyjść z kościoła szeroko, mocno, po gospodarsku, każdemu z obywateli dłoń uścisnąć i uprzejmym zdaniem poczęstować.

A Gide'a, jak tylko chłody pierwsze nastaną, w kominek cisnąć, lecz wtedy, gdy żar w nim tylko zostanie, by zobaczyć, jak w ogniu pokutuje. To samo z Schulzem zrobić, Kafką i z każdym innym, który przez swą chorobę lub odmienność stanął w poprzek cudowi oczywistemu, którym jest polskość.

Cała ta płynąca dotychczas bokiem, skrzętnie omijana ojczystość, zanurzona w sierpniową upalność, niedaleką jesienną szelestność, zimową siarczystość i wiosenne odrodzenie.

A błazenadę, sarkazm, ironię, kpinę trzymać krótko, przy pysku, by się nie rozdokazywały.

Po raz pierwszy w życiu rozkosznie wzruszony, wciągnął w nozdrza rozgrzane, sierpniowe powietrze i po raz pierwszy poczuł dworskość w całej swej rozpiętości, od gnoju po krew.

Był swój.

Co do chłopców natomiast, to pierwszy wejdzie Nik, choć jako gospodarz, powinien ustąpić Tuniowi, ale on nigdy się tego nie nauczy.

Jakiś niestrudzony, samowzbudzający się motor obraca się w jego wnętrzu, nie pozwalając mu na żadną drugorzędność. Podoba mu się to w bracie, choć leniwą nonszalancję Tunia też lubi. A więc najpierw, najpewniej, wejdzie Nik.

Wczesne przedpołudnie.

Natarczywy dzwonek telefonu w hallu wyrwał Nicole ze snu. Wybiegła bosa, zaciągając na sobie poły kąpielowego płaszcza. Sięgnęła po słuchawkę, zawieszając nad nią dłoń, jak gdyby spodziewała się, że dzwonek zamilknie, ale tak się nie stało.

– Słucham? – zapytała z nieukrywanym zniecierpliwieniem. – Chryste! Czy pan wie, która jest godzina?

Zdjęła aparat z półki i wlokąc za sobą sznur, weszła z nim do przestronnej, sterylnej kuchni.

Oparła końce napiętych palców o stół. Przesunęła machinalnie złożoną wpół poranną gazetę z tytułem na szpalcie: „...est mort!", odciętym w połowie przez szklankę z resztką pomarańczowego soku.

– Dziesiąta? Nie... nic – Nicole westchnęła do słuchawki,

po czym już uprzejmiej wyjaśniła. – Po prostu, późno zaczynamy dzień. Słucham pana?

Potarła powieki, białka oczu podeszły natychmiast krwią, jak to się zdarza po ostrym pijaństwie.

Spojrzała w dół, przez uchylone okno, na wybielony, zalany światłem rynek, zamknięty katedrą i na odcinającą się od jej tła czerwień odkrytego austina, przygotowanego do podróży, z walizkami wspartymi o straponten. Zobaczyła, jak do kabrioletu podeszli La Nunzio i Eunice, przykryta szerokim rondem słomkowego kapelusza.

– A kim pan właściwie jest? – zapytała Nicole. Waha się przez chwilę, po czym opuszczając słuchawkę na obojczyk, mówi: – No dobrze, spróbuję. Proszę zaczekać.

Słuchawkę odłożyła na gazetę i spojrzała z żalem na uruchomione auto. Być może jest to żal, jaki miewają ci, którzy pozostają, do odjeżdżających, uważając, że przez sam fakt podróży, jaka by ona była i dokąd, zostali niezasłużenie wyróżnieni.

Obracając się ku drzwiom, zamiotła szerokim rękawem płaszcza kąpielowego szklankę, która roztrzaskała się na kamiennej posadzce.

Zwielokrotnione pustką echo odbiło się w hallu. Nicole zaklęła paskudnie, zgarniając gazetą kawałki szkła pod stół.

Słuchawka telefonu zadyndała na czarnym sznurze.

Zabierając ze sobą gazetę, Nicole wspięła się krętymi schodami na piętro i niepewnym krokiem przeszła korytarz prowadzący do gabinetu męża.

Zapukała w drzwi. Nie odpowiedział nikt.

– Jakiś ważny telefon do ciebie.

Milczenie.

– Powiedziałam, że śpisz jeszcze pewno.

Żadnej reakcji.

131

Powoli otworzyła drzwi. Oślepił ją potok agresywnego, rozgrzanego światła od otwartego na oścież okna, niechronionego roletą.

Przeszła próg i zaraz za nim się zatrzymała. Osłaniając dłonią oczy, patrzyła bezmyślnie na litrową, opróżnioną prawie butelkę z resztkami laku na szyjce, stojącą na biurku. Zaraz potem zauważyła ciało męża, z odrzuconą w tył głową i otwartymi ustami, ułożone na szezlongu. Ostrożnie usadowiła się w fotelu, jak sadowił się w nim starzec, lewym profilem do okna.

Wtedy wzrok jej zderzył się z gazetowym tytułem: „Marc Belon est mort".

Jakiś czas mija, nim za ścianą domu lub po drugiej stronie uliczki radio France Sud kończy rozmowę z René Boise'em.

„Czego możemy oczekiwać?" – zapytała dziennikarka.

„Rewolucji", odpowiedział Boise.

Gilbert Becaud zaśpiewał *Nathalie*.

Zapowiada się upał.

Jak granit

I

Onieśmielona życiem praktykantka fryzjerska z Wągrowca, ciężka trochę od snu, słodyczy i pierwszej młodości, postanowiła wraz z przyjaciółką, zresztą za jej namową, spędzić wakacje w jednej z modnych miejscowości nadmorskich.

Kurort był na miarę jej wyobrażeń o wielkim świecie i taki też okazał się Sylwek, przystojny trzydziestolatek, rozwiewający wokół siebie zapach powodzenia, pieniędzy, pewności siebie i wody kolońskiej Paco Rabanne.

Sylwek i jego kumpel Kapiszon to królowie życia.

Markowe ciuchy, dobre papierosy, drogie alkohole, bransolety na przegubach dłoni i boskie odzywki na każdą okoliczność.

Monika była pod wrażeniem chłopców i świata, jaki przed nią uchylili, tak że poderwana gdzieś na plaży, bez szczególnego zamiaru, nawet przekonania, w chwili nudy najpewniej lub bezmyślnej swawoli, oddała się namiętnie wakacyjnemu romansowi.

Zbyt zachłanna na szczęście, by ostentacyjna bezkarność, z jaką młodzi mężczyźni i ich kompani używali życia, w jakikolwiek sposób ją powściągały. Knajpiane burdy, brawurowe piruety na skuterach wodnych, ostry hazard w przedpremierowym kasynie, które nim dojrzało, już zgniło, nocne rajdy samochodowe po uliczkach zastraszonego miasta czy wreszcie plugawy, podmiejski język, jaki przebijał się niczym zatrute źródło przez cienką powierzchnię bajeranckiej poprawności, nie wytrącały dziewczyny z zauroczenia.

Odwrotnie, im impet tego życia wzbierał, a działo się tak z dnia na dzień, tym apetyt Moniki na nie rósł.

Nie ma co ukrywać, dziewczyna zbyt młoda była, głupia i nieczuła, by ślad refleksji naruszył jej fascynację. Tym bardziej że sama nabierała blasku, przepoczwarzając się z szarej myszy w uświadamiającą sobie własne powaby zakochaną kobietę.

Tak jak blasku nabierał kurort, stając się w oczach dziewczyny Hollywoodem, Monakiem, San Remem, znanymi jej dotychczas z kronik towarzyskich ilustrowanych magazynów.

Czuła się trochę ich bohaterką.

Ale wakacje, nim rozpędziły się na dobre, dobiegły końca, jak dzieje się to z każdą pomyślnością.

Kochankowie się rozjechali. Monika do Wągrowca, Sylwek, ma się rozumieć, do stolicy.

Obiecali sobie regularną korespondencję i odwiedziny tak częste, jak to będzie możliwe.

Monika nie wróciła już do swojej roboty, bo nie wraca się z raju do prowincjonalnego zakładu fryzjerskiego, a od księcia z bajki do nudnych, nieznających rozkoszy klientek. O czym zresztą miałaby z nimi rozmawiać? A rozmowy przecież stanowiły istotę i sedno jej pracy.

Zamierzała rozejrzeć się za czymś stosowniejszym. Póki co, czas mijał jej na marzeniach i listach.

Przytyła mocno od chipsów i coca-coli, pokancerowała się od kłótni z rodzicami.

Dotychczas niepewna swego na zewnątrz, ostrożna i przyczajona, rekompensowała to sobie większym obszarem domowej niezależności, niż wynikałoby to ze statusu dziecka niesamodzielnego. Teraz zależności, chociażby z braku pracy, pogłębiły się, lecz arbitralnie przyznana sobie autonomia zbrunatniała od chamstwa.

Raniła nim rodziców, bez względu na okoliczności.

Ci, otwarci dotychczas, nieustępująco cierpliwi, zamknęli się w milczeniu, które Monika raz z nudów, raz z samonapędzającej się złości, brutalnie przełamywała. Nie bez powodzenia, gdy chamstwo zderza się z bezbronnością ludzi prostych, pracowitych, odpowiedzialnych, zdumionych czasami i niezależnie od nich, gotowych do uczuć.

Co do korespondencji natomiast, to szła ona tylko w jedną stronę. Na coraz niecierpliwsze listy Monika nie otrzymywała odpowiedzi.

Bywały takie dni, kiedy myślała o samobójstwie, i takie, kiedy wakacyjne wspomnienia rozpromieniały jej duszę, jedno i drugie jednak płynęło tym samym potokiem gorączkowej euforii, jakby myśli o śmierci i życiu prowadziły ku temu samemu.

Od czasu do czasu, głównie przez telefon, dzieliła się swoim stanem z przyjaciółką, Ewą, która wykazała więcej umiaru w swoich nadziejach, nie porzuciła pracy, zamieniła wakacyjny romans z Kapiszonem na zażyłość z człowiekiem żonatym, zasobnym i miała się dobrze.

Minęły dwa miesiące. Dni nastały szare i krótkie. Myśli gorsze przybrały, lepsze się cofnęły. Przyjaciółka namawiała Monikę na działanie. Nie powinna trwać w niepewności. Życia szkoda. Albo umie sobie powiedzieć, było, minęło, albo nie umie i niech wyciągnie z tego wnioski.

Na pytanie Moniki, na czym te wnioski miałyby polegać, Ewa zaczęła działać sama. Nie bez trudności zlokalizowała kolegę Sylwka i trochę potrzymawszy Monikę w niepewności, dała jej namiar na swego letniego, zapomnianego już kochanka.

Nie przyszło to Monice łatwo, ale po Zaduszkach ogarnęła się, ściągnęła rodzicom z konta oszczędności, wsiadła w pociąg i ruszyła do stolicy.

Kapiszon umówił się z dziewczyną w jednym z klubów, który przypominał szczurzą norę, niewiele od niej zresztą większy, cały w spazmach psychodelicznej muzyki. Kłębił się tam tłum strasznych młodych ludzi, którzy strasznym językiem mówili o strasznych sprawach, a Kapiszon z tą nieukrywaną nadzieją przelecenia jej gdzie bądź, przy barze, w toalecie, w aucie, na ulicy, wydał się Monice najstraszniejszy.

Zwodził ją, kołował, ironizował, zamawiał kolejne piwa, nie odpowiadał na pytania lub niepytany o czymś zawiadamiał, a po dwóch godzinach mordęgi, które wydały się dziewczynie wiecznością, odpuścił, sflaczał, wyłączył się, podyktował dziewczynie adres i przepadł.

Jakby sprężyna się w nim rozkręciła.

Obsuwające się w slumsy blokowisko na peryferii miasta nie przygnębiło dziewczyny, gdyż przyjechała tam już o zmroku. Podobnie rzężąca winda wspinająca się z mozołem na X piętro, bo nie była oświetlona, ani zapuszczone mieszkanie, do którego weszła po kilkunastu dzwonkach, bo oświetlało je tylko miasto. Nawet człowiek, który otworzył drzwi, w istocie wychudzony, brudny, znarkotyzowany i przerażony śmieć, bo go nie rozpoznała.

Szok nastąpił, gdy mężczyzna się odezwał.

Bo to był głos Sylwka.

Więc nora, z której ciągnęło smrodem potu i niepranych rzeczy, to było jego mieszkanie. Prowadził doń niekończący się korytarz, nasiąknięty lizolem i wszelkim ludzkim niespełnieniem, wszelką biedą, frustracją, złą myślą, wydobywającymi się z mieszkań, jak z niedokręconego słoika, których nie był w stanie wywiać nawet przeciąg z rozbitego okna. A oskalpowana z paneli winda ze zwęglonymi przyciskami i raną po lustrze to była winda, która ją tu wyniosła. Tak jak pięć minut wcześniej taksówka, z której wysiadła pod dziesięciopiętrowym blokiem, w sąsiedztwie identycznych, nierozpoznawalnych, mimo przejawów życia, wymarłych, z hulającym między nimi listopadowym wiatrem.

Zobaczyła to wszystko jak na scenie, gdy Sylwek zapytał ją, kim jest.

Szok trafił ją natychmiast, na furię musiała zaczekać, ale drugie nie wzięło się z pierwszego. Szok bolał, furia, która ją zaskoczyła, dała ulgę.

Nigdy nie była gotowa na taką emocję.

Dąsy, fumy, wszelkie odcienie złości, to owszem. Chamstwo, jak najbardziej, ostatecznie zaprawiała się w nim od kwartału, ale furia?

To było coś nowego. Tak jak wszystko, co od tej chwili miało ją spotkać.

Krzesło, bodajże jedyny kompletny mebel, poszło w drzazgi pod kopniakami dziewczyny, potem połowa regału wymiecionego z książek i co tam jeszcze zostało z życia, kiedyś w miarę pewno normalnego.

Ale dużo tego nie było, więc niewyzwolona z emocji, przykucnęła pod ścianą i zmiażdżyła w palcach torebkę, jedyny bagaż, jaki zabrała ze sobą w podróż.

Sylwek osunął się pod ścianą naprzeciwko.

Między nimi rumowisko. I milczenie.

Był już wieczór, kiedy dziewczyna podniosła się z podłogi, podeszła do Sylwka, pochyliła się nad nim i szepnęła słowo zaklęcie, jeden z tych odlotowych szyfrów, którym młodzi mężczyźni tak bardzo oczarowywali Monikę nad morzem: It's okay.

Ma się rozumieć, nic takiego nie przyszło jej do głowy, lecz przebiegając w myślach po boskich odzywkach, jakimi przerzucali się podczas wakacji Sylwek z Kapiszonem, ta właśnie wydała się jej najmniej niestosowna.

Sylwek odezwał się po jakimś kwadransie, tyle mu zajęło widać zebranie myśli.

Niefart polegał na tym, że nie rozliczył się z kumplami na czas. Wziął towar, rozprowadził go i zawalił. Wczoraj, jak raz, minął jedyny i ostateczny termin zwrotu kasy. Brakuje mu. Kiedy zadzwoniła do drzwi, był pewien, że to oni.

– Którzy? – zapytała Monika, nie po to, by się dowiedzieć, lecz by nie milczeć. Dwie godziny ciszy między ścianami wyczerpały ją.

– Poznałaś ich.

– Nad morzem?

Sylwek potwierdził. Zapytał Monikę, czy ma papierosy. Zaprzeczyła. Zapytał, czy nie zeszłaby na dół, do osiedlowego marketu, odpowiedziała, że to wykluczone.

Odmowę przyjął z pokorą. A może z obojętnością.

Tak czy owak, dziewczyna była górą. Wcale jej to jednak nie cieszyło.

Gdyby na nią wrzasnął, dał w twarz, co nad morzem dwukrotnie się zdarzyło, gdyby chwycił ją za kark i przygiął do podłogi albo wypchnął za drzwi, to miałaby cień złudzenia, że przyjechała do kogoś, kogo pamięta, kto, nie ukrywajmy, jest w opałach, ale tylko chwilowych.

Myśl, że Sylwek mógłby z podobną pokorą przyjąć jej każdą inną reakcję, dobrą, złą, słuszną, niesłuszną, nieważną lub ważną, że mógłby się poddać ze strachu, słabości, a choćby tylko świętego spokoju, zabolała ją bardziej niż ta cała obrzydliwość, której właśnie doświadczała.

Rzekła cicho:

– Myślałam, że to twoi przyjaciele.

– Kto? – zapytał martwo Sylwek.

– Kapiszon, Arek, Gruby, Robin, no wiesz, ci wszyscy kolesie, z którymi balangowaliśmy po pubach, imprezowali po dyskotekach, palili gumy na stritach, wywijali na skuterach. Przecież było tak, nie?

Sylwek potwierdził.

– Myślałam, że to twoi przyjaciele.

– Jasne.

– To co się zmieniło?

– Nie rozliczyłem się w porę, kumasz, mała. Jestem bez kasy.

– Nie mów do mnie mała.

– Jasne.

– Zapamiętasz?

– Co?

– Żeby nie mówić do mnie mała. Wiesz, jak mam na imię?

– Tak.

– Więc co się zmieniło?

– Już ci powiedziałem.

– Że nie masz przyjaciół?

– Do czasu, aż się z nimi nie rozliczę. Nie da się ukryć.

Monika oparła się mocniej o ścianę i wyprostowała rozłożone nogi na brudnej podłodze. Wydały się jej grube i krótkie. Nie mogła sobie przypomnieć, skąd brał się w niej pogląd, że jej nogi są długie i szczupłe i że co jak co, ale nogi ma w porządku. Czuła też, że płonie jej twarz, włosy nasiąkają tłuszczem z minuty na minutę, a krosta między piersiami, którą zauważyła o świcie, przybiera niepokojący kształt czyraka, wysyłając sygnały bólu przy każdym poruszeniu.

Miała też wrażenie, że jej stopy są zimne jak lód i wilgotne od potu i że gdyby, na przykład, zechciała zdjąć buty, to poczułaby ich odór.

Mimo to miała ochotę na seks, właściwie z kimkolwiek, poza Sylwkiem.

Kiedy Kapiszon, wskazując jej ubikację w podziemiu, w przeciwieństwie do klubu, przestronną, chłodną i cichą, zręcznym ruchem rozpiął jej jeansy i bezceremonialnie wsunął tam dłoń, tak, że przez chwilę poczuła jego palec w pochwie, to zawstydzona odepchnęła go tak mocno, że ten niewysoki, ale zwalisty facet zatoczył się pod ścianę.

Teraz jej reakcja nie byłaby tak gwałtowna. Nie wie, na ile by mu pozwoliła, ale nie można wykluczyć, że na wszystko.

Ochotę miała na seks, ale nie z Sylwkiem. Z Sylwkiem nie miała ochoty na nic. Nawet na dalszą rozmowę.

Lecz ta, jak na złość, zawisła między nimi nudą, smutkiem, niespełnieniem, niemożnością i żadne milczenie nie było w stanie jej rozwiać.

Monika upierała się przy nieodwracalnej samotności Sylwka, ten bez przekonania, ale i niewiary, odpowiadał głucho, że jeżeli się rozliczy, to wszystko z kumplami będzie jak było. Bo czemu miałoby nie być?

– Bo jesteś sam jak palec – powtórzyła Monika.

Zwróciła twarz ku oknu, wyobrażając sobie widok z niego za dnia. Za listopadowego, mglistego lub, jeszcze gorzej, deszczowego dnia. Pomyślała, że nie ma tego złego, co nie mogłoby być gorsze.

Dzień byłby gorszy.

Po kwadransie zapytała, jak to jest z tą kasą.

– Którą? – Sylwek opadł na podłogę, zasłaniając twarz przedramieniem. Był wyniszczony, może nie doszczętnie, ale teraz, kiedy leżał na materacu, jego niecielesność zdawała się bardzo ostra.

– A o czym rozmawiamy od trzech godzin? – warknęła Monika. – Nie masz jej czy ci brakuje? Bo jak brakuje, to coś masz, nie?

– Powiedzmy – odpowiedział Sylwek po długim namyśle.

– Co, powiedzmy? Odpowiadaj, do rzeczy! Ile?

– Ile, co?

– Ile, kurwa, tej kasy masz?

– Za mało.

Monika podkurczyła nogi. Ktoś korytarzem prowadził psa. Przemawiał doń mądrze i czule, jakby nie w tym bloku, nie na tym korytarzu. Drzwi windy zamknięto dyskretnie. Monika powiedziała do siebie:

– To się jeszcze okaże.

Sylwek odparł jej bez emocji:

– Przyjdzie gościu po kasę... jutro, pojutrze, a może dzisiaj... Kto to wie.

– I się zawiedzie – przerwała mu Monika.

– Czemu? – w pytaniu Sylwka nie było ciekawości ani nadziei.

– Bo cię tu nie zastanie.

Nie przyszło jej to do głowy w tej chwili. Nie uświadamiała sobie tego, ale od momentu przekroczenia progu tej zapuszczonej, cuchnącej nory, wiedziała, że ani w niej nie pozostanie, ani nie wróci do domu.

Kiedy już rozniosła, co było do rozniesienia, i niewyzwolona z nieznanej jej emocji usiadła na podłodze pod ścianą, mnąc w palcach irchową torebkę, wzięła pod uwagę możliwość powtórnego kontaktu z Kapiszonem, jak straszny przy pierwszym by się jej nie wydał.

Kapiszon ani nie był jej szansą, ani ostatnią deską ratunku. Mógł być jednak przystankiem, jakimś w miarę realnym punktem odniesienia do planów na najbliższą przyszłość, a fakt, że chciał ją tak bezceremonialnie posiąść teraz, gdy nie ma zobowiązań wobec Sylwka, raczej jej schlebia.

W każdym razie, myśląc o tym, nie czuła już obrzydzenia.

Dlatego kiedy rozkazała Sylwkowi: zbieraj się – zaskoczyła siebie samą. Jak gdyby to polecenie tylko przez nią przeszło.

– Dokąd? – zapytał Sylwek, nie ruszając się z miejsca.

– Z powrotem.

– Z powrotem?

– Nad morze.

Stała się nagle energiczna i zdecydowana, nawet w rzeczowy sposób uprzejma, jak to się zdarza, gdy nadzieja wyznacza nam cel, nie wymarzony wprawdzie, lecz realny.

Ostatnie miejsce, w jakim będą go szukać przyjaciele, kumple, kontrahenci czy kimkolwiek by byli, to kurort, w którym spędzili wakacje. O tej porze nie jeździ tam nikt. A w ogóle, co mają do stracenia? Jej powrót do beznadziejnego Wągrowca, jego wegetację w tym gnoju. I kto właściwie powiedział, że ich wakacje się skończyły? A może trwają nadal tam nad morzem, tylko oni je opuścili.

Sylwek nie sprawiał wrażenia człowieka, który jest skłonny uczepić się jakiejkolwiek nadziei, ale też nie zaprotestował, gdy Monika zasugerowała, że rzeczy dzieją się same z siebie, trwają niezależnie od nas, jeżeli ich chcemy, musimy do nich wrócić.

* * *

Ale nie wchodzi się dwa razy do tej samej rzeki.

Buzujący życiem kurort był teraz sennym, zasnutym deszczem miasteczkiem. Iluminowana dyskoteka „Imperial" to, w istocie, betonowy bunkier z oknami zabitymi dyktą. Snobistyczny pub, do którego pierwszego wieczora chłopcy zaprosili Monikę i jej przyjaciółkę, teraz, po sezonie, spełniał rolę przystani dla miejscowej żulii, dogorywającej nad kolejnym kuflem piwa.

Trasy ich szalonych, nocnych rajdów samochodowych, to zaśmiecone uliczki z oczodołami po wygaszonych neonach.

W porcie stały odarte z żagli, wychudzone łódki.

Ogólną depresję powiększał jeszcze stan Sylwka, uciążliwszy, niż Monika przypuszczała.

Zaraz po przyjeździe, krótkiego listopadowego dnia, pokój na jedną noc zdecydował się wynająć im taksówkarz, który zabrał ich z oddalonej o kilka kilometrów stacji.

Na drugi dzień mieli sobie coś znaleźć.

Po śniadaniu Monika wybrała się do pensjonatu, jakby inaczej, „Mewa", w którym najpierw z przyjaciółką, a potem już we czwórkę spędzili wakacje, ale zamknięto go na głucho. Podobnie było z sąsiednimi pensjonatami. Jakaś spotkana przygodnie kobieta poinformowała ją, że dwa kilometry od miasta opalają dom wczasowy, zatrudniają stróża, konserwatora i dochodzącego kierownika, więc może tam by się dogadała.

Przez pierwsze pół dnia szukała stróża, przez drugie kierownika, wieczorem ustaliła, że za wygórowaną, znacznie przekraczającą tę z sezonu, opłatę może się na dwa tygodnie wprowadzić. Pokój bez stołówki, ale przestronny, z video i widokiem na morze.

Przenieśli się jeszcze tego samego wieczora, a ściślej wprowadziła się Monika, bo Sylwek jakby tego nie zauważył. Wszedł do pokoju, nieobecny, niemy, głuchy, zwalił się na łóżko w ubraniu i zapadł w letarg.

Monika wzięła prysznic i przespacerowała się naga po przegrzanym wnętrzu. Sylwek wodził za nią wzrokiem, ale, była tego pewna, nie odróżniając jej od nielicznych, wczasowych mebli. Pytany odpowiadał do rzeczy, ale jakby z daleka, więc Monika przestała go męczyć rozmową. Sam z siebie nie odzywał się.

Noc przespała jak kamień, bez snów, bez niepokojów.

Rano przyniosła do pokoju coca-colę w puszkach, wczorajsze pieczywo i kilka topionych serków.

Sylwek nie chciał nic jeść, ona, przeciwnie, miała apetyt, jak czasami się jej zdarzało, wyostrzony jeszcze chłodnym morskim powietrzem.

Przed południem postanowili przejść się plażą do miasteczka, lecz nim wyszli, zaczęło padać i nie przestało do wieczora.

A wieczorem Monika zasnęła. Spała, jak poprzedniej nocy, twardo, lecz krócej. Obudziła się po piątej. W grobowej, złowieszczej ciszy, w monotonii szumu morza nie słyszała oddechu Sylwka, jak to się dzieje, gdy ten ktoś czuwa albo go nie ma.

Przetrwała tak do ósmej. Potem umyła się, ubrała, usiadła przy oknie. Dzień zapowiadał się chłodny, wietrzny, lecz suchy. Przed dziesiątą wyjrzało słońce i świat poweselał.

W przeciwieństwie do dziewczyny. Kleszcze nudy, beznadziei, wręcz absurdu, zaciskały się.

Zapytała Sylwka, czy ma na coś ochotę. Odpowiedział, że dobrze jest, jak jest. Lecz nie była to prawda. W każdym razie widać było, że tak nie myśli.

Zapytała go, czy nie napiłby się piwa. Odpowiedział, że gdyby było, to by się napił.

Ale nie ma, skonstatowała Monika.

No właśnie, zgodził się Sylwek.

Po kwadransie Monika wróciła do tematu.

– To, że go nie ma, nie znaczy, że nie będzie.

Sylwek pokiwał głową. Zaaprobował ten pogląd.

– Jest ładny dzień – oznajmiła Monika – moglibyśmy przejść się do miasta, jak zamierzyliśmy wczoraj, i kupić gdzieś piwa. Albo napić się na miejscu. Co o tym sądzisz?

– O czym? – zapytał nie od razu Sylwek.

– Żeby w mieście napić się piwa. Wcześniej coś zjeść, obiad albo nawet śniadanie, gdyby udało nam się zaraz wyjść.

– W „Imperialu"? – Sylwek opuścił głowę nad sterczącymi kolanami. Zgięty wpół, wydał się Monice nienaturalnie wysoki.

– „Imperial" jest zamknięty. Podobnie jak „U Zdzicha", „Nicole" i „Parisienne". Musiałeś to zauważyć, jak szukaliśmy taksówki.

– Jasne.

– Co jasne?

– Że zauważyłem. Zamknięte na głucho. Nie ma co próbować.

– Jestem odmiennego zdania – rzekła Monika, bawiąc się tą swoją uprzejmością. – Mieliśmy wczoraj pójść plażą do miasta. Ale nie poszliśmy, bo się rozpadało. Pamiętasz?

– Że się rozpadało, tak.

– A że mieliśmy pójść plażą do miasta?

Sylwek zaprzeczył ruchem głowy.

– Nie możesz tego nie pamiętać. Ustaliliśmy, że po śniadaniu pójdziemy plażą do miasta. Rozglądniemy się, co i jak, i wrócimy szosą.

– Po śniadaniu? Nie jadłem śniadania.

– Twój wybór. Swoją drogą, jak ci się to udaje?

– Co?

– Niejedzenie. Od dwóch dni nie miałeś nic w ustach. Nie jesz, nie pijesz, tak się nie da.

– Zobaczymy.

– Mam też wrażenie, że nie śpisz.

– Być może.

– Nie możesz nie spać ani nie jeść. Wyciągniesz nogi. I tak wyglądasz jak trup.

– To mi nie przeszkadza.

– Mógłbyś o mnie pomyśleć. Chyba widzisz, jak się staram.

– A kto ci powiedział, że nie myślę? Nigdy w życiu tyle nie myślałem. Możesz zarzucić mi wszystko, tylko nie to, że nie myślę.

Sylwek wypowiedział to zdanie bez emocji i pretensji. Tak jak poprzednie, choć czując przecież niesprawiedliwość zarzutu Moniki, miałby prawo do ostrzejszej reakcji. Ale z niego nie skorzystał.

Monika westchnęła, no tak, i powiedziała, że idzie się

145

przejść. Wyszła jak stała, nie zamykając za sobą drzwi i rozpoczęła spacer po korytarzu.

Zielony chodnik tłumił jej kroki. Po kwadransie ktoś otworzył drzwi kancelarii na parterze. Monika pochyliła się nad wyślizganą balustradą, która ostrzegawczo zatrzeszczała. Potem zeszła na dół.

Niedużą kancelarię wypełniał swoją masywnością kierownik domu wczasowego, urodziwy brunet pod pięćdziesiątkę.

Monika powiedziała mu, że nic po video, skoro nie ma kaset, a telewizor ściąga tylko trzy programy, a i to nie bardzo.

Kierownik odpowiedział, że kasety, jakie ma na stanie, to chłam, niczego nie da się z nich wybrać, ale gdyby zechciała wykazać się cierpliwością, to jutro przyniósłby jej z domu coś ekstra. Naprawdę nie pożałuje.

Pozostaje pytanie, odrzekła mu Monika, co zrobić z dniem dzisiejszym.

Kierownik uśmiechnął się ciepło. Miał grube, nie tyle zmysłowe, co lubieżne wargi, z kropelkami śliny w kącikach ust.

– Taka ładna dziewczyna. To wstyd.

– Wstyd być ładną dziewczyną?

– Wstyd nie wiedzieć, co zrobić z dniem. Ja bym wiedział.

– Ma pan rację – Monika cofnęła się z drzwi na korytarz, nie tracąc z pola widzenia rozrośniętej i mimo wieku tryskającej zdrowiem i wigorem postaci mężczyzny.

Myśl o seksie wróciła do niej, nie tak intensywna, jak ta w mieszkaniu Sylwka, gdy rozmyślała o bezceremonialnych zalotach Kapiszona, ale dotkliwa, to znaczy wyczyszczona z niewinności.

– Ma pan rację – przyznała Monika. – Pójdę na długi spacer wzdłuż morza.

– Sama? – w głosie mężczyzny nie było ciekawości, raczej przeczucie szansy. Monika uznała je za nieuzasadnione.

– A co to pana obchodzi! – warknęła.

Kierownik uniósł ręce na zgodę. Rzekł, no to do jutra, i gdy dziewczyna odeszła, tracąc go z pola widzenia, ręce pozostały mu nad głową, jak gdyby o nich zapomniał.

– Prosiłam, żeby nam wyłączyli ogrzewanie albo skręcili przynajmniej, bo nie idzie wytrzymać – odpowiedziała na pytanie Sylwka, gdzie się podziewała, które wprawdzie nie padło, lecz mogło paść, a w każdym razie powinno.

Co do kaloryfera natomiast, to Sylwek zaprotestował. Jak na niego, to gwałtownie. Powiedział, że od pewnego czasu jest mu nieustannie zimno, że dlatego nie rozbiera się nawet na noc, że zimno przenika go z zewnątrz i od środka, że jest zmrożony na kość.

– Chyba zwariowałeś! – krzyknęła Monika – kaloryfer jedzie na full. Tu jest ze trzydzieści stopni. Nie da się żyć ani spać. Zobacz, co z moją cerą. Wszystko mi popękało. Jestem czerwona jak chorągiew – rozejrzała się po pokoju, przesunęła stolik, uderzyła dłońmi o żeberka kaloryfera i skonstatowała spokojniej. – Pogięło cię, kurwa, czy jak?

Sylwek obrócił się na bok, twarzą do ściany. Podkurczył nogi. Szerokość barków uwidoczniła jednocześnie ich chudość.

– Masz dreszcze? – Monika zapaliła światło w łazience i przysunęła twarz do lustra.

– Jezu! – jęknęła – ryj jak burak. Płonę, płonę...

– Nie – mruknął w ścianę Sylwek.

– Co nie! – odwrzasnęła Monika. – Co, kurwa, nie! Przecież widzę.

– Nie mam dreszczy. Jestem zimny jak lód. Z zewnątrz i wewnątrz. Ale nieruchomy. Nie mam dreszczy.

Spacer plażą, mimo chłodu, w miarę jak pozostawiała za sobą dom wczasowy, przyjemniał. Od czasu do czasu słońce wyglądało zza grubych, pokawałkowanych chmur i morze łagodniało. Nie doskwierała jej samotność. Kiedy minęła zrujnowaną latarnię morską, w sezonie pełniącą rolę bezpłatnego szaletu, znalazła też przyjemność w pokonywaniu przestrzeni i zamierzała zapędzić się daleko.

Nie spotykała nikogo, nawet mewy gdzieś wymiotło i to jej odpowiadało.

Wróciła już o zmroku. Sylwek leżał tak, jak go zostawiła. Zapytała go, czy jest coś do zjedzenia, na co miałby ochotę. Sylwek nie odpowiedział.

Włączyła telewizor. Obejrzała po odcinku dwóch podobnych do siebie telenowel, po czym wyłączyła dźwięk i oparta dłońmi o parapet okna patrzyła na morze.

Liczyła fale, wieczór jak na listopad nie był ciemny, chociaż kiedy niebo zakrywały chmury napędzane z północy, to gubiła się w rachunkach. Tak czy owak, do północy naliczyła ich tysiąc siedemset. Zamiar, by doliczyć się dwóch tysięcy, a potem skombinować coś do jedzenia, bo głodna była jak suka, przerwał sen, który dopadł ją przy tym parapecie tak nagle, że ledwo dowlokła się do łóżka. Jak poprzedniej nocy, spała twardo, lecz krótko. Obudziła się przed czwartą. Przywoływany na wszystkie sposoby sen, nie chciał powrócić. Zaczęła się mastrubować. Skończyła wilgotna, zawstydzona, z nieodłącznym poczuciem winy i fizjologicznego niesmaku.

Z łóżka podniosła się dopiero wtedy, gdy usłyszała na dole tubalny głos kierownika. Wzięła szybki prysznic, ale nim zdążyła się ubrać, zapukano do pokoju.

Drzwi otworzyła zawinięta w ręcznik. Za progiem stał kierownik. Powiedział, że na dole ma kasetę, o której wczoraj rozmawiali.

Monika poczuła, że luźno zawinięty ręcznik, zsuwa się jej z mokrego ciała. Rozwiązała go za plecami, podciągając w górę, prawie do brody i zacisnęła na wysokości karku, tak

148

energicznie, że na moment straciła oddech. Szerokości ręcznika nie starczyło na całość. Dolna krawędź w tej sytuacji ledwo zasłoniła łono.

I tak nabrzmiała od wszelkich możliwych soków postać kierownika nabrzmiewać zaczęła jeszcze bardziej. Kształtną, wygoloną czaszkę porysowały żyły. Powieki mu opadły, zasłaniając zwężone źrenice, a ślina w kącikach ust zagotowała się jak mleko.

Dziewczyna zasłoniła dłonią krocze.

– Jaka kaseta?

– Ekstra. Mówiliśmy o niej wczoraj.

– Ma pan ją ze sobą?

Dziewczyna uniosła na chwilę dłoń, którą się zasłoniła, mimo że druga nie była zajęta, jak gdyby chciała odebrać kasetę.

Sylwek otworzył oczy, podniósł głowę znad poduszki i spojrzał na kształtne, może zbyt obfite pośladki dziewczyny.

– Mam ją w biurze – rzekł cicho kierownik, tak by nie usłyszał tego mężczyzna w głębi pokoju.

– W takim razie musiałabym po nią zejść – odpowiedziała równie cicho Monika.

Kierownik skinął głową.

– Ale jestem nieubrana – wyszeptała Monika.

– To mi nie przeszkadza – odszepnął kierownik.

Miał nieukrywany zamiar wepchnąć się do środka pokoju z tym swoim całym naprężeniem i gotowością.

Monika zatrzasnęła mu drzwi przed nosem.

Ubrała się, odczekała kwadrans i zeszła na dół.

– Może kawka? – zapytał kierownik. W biurze nabrał, wbrew sobie chyba, pewnej półoficjalności.

Monika wyobraziła sobie aromat kawy i przyjemność, z jaką by ją wypiła. Najlepiej z mlekiem i dwoma łyżeczkami cukru.

– Innym razem – odpowiedziała cicho.

Kaseta leżała na skraju biurka. Sięgnęła po nią, a kierownik po jej rękę. Przygwoździł ją.

Poza Sylwkiem w domu wczasowym było pusto. Palacz przychodził na noc. Monika pomyślała, że gdyby kierownik zerżnął ją na tym ciężkim, obszernym, jakby na to stalowanym biurku, to nie miałaby wiele na swoją obronę.

Poczuła silną woń potu, ledwo nakrytą pospolitym dezodorantem i niebezpieczne ciepło.

Przyszło jej do głowy, że Sylwek nawet w swojej dobrej, letniej formie nie był tak duży, że jej wcześniejsze byle jakie doświadczenia erotyczne, szkolny kolega i jakiś harcerz na biwaku, nie upoważniały do żadnych porównań i że obawa przed nieznanym bierze w niej górę nad ciekawością tego dojrzałego, napalonego byka.

– Nie upieram się – rzekła surowo, próbując wyzwolić dłoń spod gorącej, mięsistej pokrywy o ciężarze imadła.

– A ja tak – odpowiedział kierownik.

– Narobię krzyku i będzie wstyd – Monika spojrzała na drzwi. Zauważyła, że są niedomknięte.

Kierownik uśmiechnął się miło, zacisnął palce na przegubie dziewczyny. Kiedy miała wrażenie, że nie wytrzyma z bólu, że zaraz pęknie jej kość, mężczyzna nagle zwolnił uścisk.

– Poza mną nie ma nikogo – rzekł od niechcenia.

– Jest jeszcze... – Monika się zawahała.

– Kto?

– Mój... partner.

Kierownik rozwalił się za biurkiem. Rzekł nonszalancko, do siebie.

– Musiałem go nie zauważyć.

Monika roztarła sobie przegub. Powiedziała z głupkowatym uśmiechem.

– Ma pan siłę.

Pchnęła drzwi. Otworzyły się bezszelestnie.

– Kaseta – rzucił za nią kierownik.

Wróciła, nie odwracając się. Sięgnęła po pudełko, jak sięga się po coś dla świętego spokoju.

Kierownik przypomniał jej, że po to właśnie przyszła, a ona zza drzwi odpowiedziała, że tego właśnie żałuje.

Spacer nie trwał długo. Przyniosła z niego połówkę pieczonego kurczaka. Pierwszą zjadła po drodze. Sylwkowi powiedziała, że z połówki jego jest połowa. Sylwek odezwał się po jakimś czasie, że nie czuje głodu.

Monika wzruszyła ramionami. Zakręciła się po pokoju i włączyła kasetę.

Był to ostry, azjatycki pornos, nawet nieźle zrobiony, jakby się uprzeć, to wyrafinowany.

Niemłody już Chińczyk dawał sobie folgę, wspinając się na szczyt drzewa ewolucji. O świcie rozpoczął od żółwia, by podczas erotycznej wędrówki po formach coraz wyżej zorganizowanych skończyć przed nocą na wysubtelnionej, białej anorektyczce, którą posiadł we wnętrzu jak z Viscontiego.

– Podobało się? – zapytała Monika, gdy film się skończył.

– Tak, bardzo – odpowiedział obojętnie Sylwek.

– Jak chcesz, możemy puścić raz jeszcze – rzekła Monika.

Sylwek zakrył dłonią, z dnia na dzień drobniejszą twarz.

– Może jutro.

– Nie ma sprawy – zgodziła się Monika i podeszła do okna. W listopadowej ciemności widać było tylko wierzchołki fal, rozpryskujące się o brzeg. Żadnego człowieka, ptaka, światła, żadnego dźwięku i ruchu, poza nadaremnym wysiłkiem morza.

Trudno o przykrzejszą samotność. Po pół godzinie zapytała Sylwka, czy jest na głodzie.

– Być może – odpowiedział obojętnie. – Ale go nie czuję.
Monika zapytała cicho, nie odwracając się od morza.

– Wiesz, co mam na myśli?

Ponieważ Sylwek milczał, odpowiedziała sama sobie.

– Prochy. Sam mi opowiedziałeś latem, że był czas, kiedy ładowałeś w żyłę ile wlazło. Wróciłeś do tego?

Sylwek skinął głową.

– Nie odpowiadałeś na moje listy, telefony, nie dawałeś znaku życia, bo wróciłeś do tego.

Sylwek położył się delikatnie twarzą do ściany. Ruchy jego były równie wiotkie jak on sam, ciche i niedokończone.

– Poszedłeś na całość, Sylwek. Jest tak?

Wychudzone ciało młodego mężczyzny milczało, jak gdyby nie oddychał.

– Jest tak? – powtórzyła pytanie Monika.

– Jest – odszepnął Sylwek.

– Więc teraz rozumiesz, co miałam na myśli, pytając o głód?

– Nie czuję go – widać było, z jakim wysiłkiem Sylwek uniósł dłoń i wsparł ją o ścianę. – Niczego nie czuję.

– W przeciwieństwie do mnie – warknęła Monika.

I tak też było. Poczuła ten zapach po raz pierwszy w pustym przedziale kolejowym, kiedy zbliżyli się do morza i pociąg czas jakiś jechał równolegle do brzegu, i mimo że dawno wstał już dzień, nie było wiele widać z powodu deszczu i mgły.

Sylwek w pewnym momencie poruszył się, jak na jego somnambuliczny stan, gwałtownie i zalciało od niego tą nieco słodką wonią, tak różną od kwaśnego męskiego smrodu, który pamiętała ze swoich dziecięcych i młodzieńczych kolejowych wypraw, kiedy w bezruchu mijała wagonowa noc.

Lecz zapach, którym dmuchnął Sylwek, niczym westchnieniem, był czymś dużo gorszym niż smród.

Bogu dzięki nie trwał długo, lecz przerwa między jego pierwszym a następnym powiewem też długa nie była.

Po raz drugi uderzyła ją ta woń, gdy trzy dni temu weszli do przegrzanego, wysuszonego na pieprz pokoju i zmęczony Sylwek z ulgą rzucił się na łóżko. Wtedy wraz z obłokiem kurzu uniósł się obłok słodkawego odoru.

Kurz opadł, a odór nie. Tkwił w pokoju do wieczora, nim nie wywiał go przez nieszczelne okna wiatr od morza.

Dwukrotnie wciągnęła w nozdrza podejrzany zapach, gdy wróciła ze spacerów do latarni morskiej, kiedy dyferencja między chłodnym, przesyconym solą i jodem zapachem morza a zaduchem przegrzanego pokoju stawała się wyjątkowo nieznośna.

– Chcesz mi coś zaproponować? – zapytał Sylwek. Ironia sprowokowała to pytanie, zakończył je jednak niekamuflowany strach, gdy młody mężczyzna dostrzegł w oczach dziewczyny niebezpieczny zamiar.

– Jakbyś zgadł – odrzekła Monika. Otworzyła na oścież drzwi łazienki i zapaliła w niej światło.

– Prysznic. Lepiej się poczujesz.

Sylwek zapiął kołnierzyk przy koszuli, który na wychudzonej, zwiotczałej szyi sprawiał wrażenie chomąta na szkapie, i zaciągnął na sobie, z dnia na dzień obszerniejszy, sweter.

– Nie uważam – rzekł cicho, cofając się ku ścianie. Źrenice poszybowały mu w górę, kryjąc się pod powiekami, które z kolei opadły w pół oka, nadając twarzy bezradny, oślepiony, lecz i złowieszczy wyraz.

– Lepiej się poczujesz – powtórzyła Monika. – Jak zrobi się jedno, przychodzi ochota na drugie. Może się jakoś rozruszasz.

– Co miałoby być tym drugim?

– Na przykład żarcie. Nie potrafiłabym nic przełknąć, gdybym się nie myła, nie wiem, kurwa, ile.

– Nie spróbuję.

– W porządku – warknęła Monika. – Niech ci będzie. Powiedzmy, że żarcie to twoja rzecz. Ale mycie już nie. Przykro mi to mówić, Sylwek, ale śmierdzisz jak menel. Można rzygnąć.

Sylwek opadł na poduszkę. Po oknie spłynęła fala wody, jakby uderzało weń morze. Piętro niżej ktoś otworzył głośno drzwi.

– Też mi jest przykro – szepnął Sylwek. Nie kłamał. W jego uporze nie było przewagi, raczej pokorna rezygnacja, cicha niemożność.

– Pierdol się! – odpowiedziała mu Monika i wyszła na korytarz. Usiadła przy stoliku w nieoświetlonej wnęce. Po raz pierwszy od przyjazdu nad morze, a właściwie od wakacji, pomyślała o rodzicach bez złości i pogardy.

Nie zatęskniła za domem. Dom był ostatnim miejscem, do którego chciałaby teraz wrócić, ale rodzice nie byli już niczym gorszym niż na przykład Wągrowiec: prowincjonalny, nudny, biedny, lecz oswojony i, pragnęła tego czy nie, wspominany, stanowiący część jej życia, które chciałaby przed sobą ukryć, lecz przecież nie ukryje nigdy.

Rodzice nie byli już niczym gorsi niż jej przyjaciółka Ewa, fryzjerska praktyka, jej dotychczasowe klientki, niektóre młode przecież i ładne, dom wczasowy, zimowy kurort i całe pierdolone życie.

Jej szansą był Sylwek. Złożyła na jego barki wszystkie swoje nadzieje, tęsknoty, kaprysy, a Sylwek ich nie uniósł. To się zdarza. Ludzie padają pod ciężarem cudzych oczekiwań, ale się z nimi mierzą. Sylwek obszedł je bokiem i stanął. Gdyby poszedł dalej, ona poszłaby za nim. Starałaby się przysłużyć, zadowolić, odgadnąć go, tak by w połowie tej drogi, a może dopiero u jej kresu, stanąć z nim ramię w ramię.

W końcu podczas szalonych wakacji ona szalona nie była.

Nie podsunęła mu argumentu, że chce z niego pokorzystać, nie proponując nic w zamian. Odwrotnie, robiła co mogła, by go przekonać, że na miarę swoich możliwości chce się dzielić wszystkim. Dawał więcej, to zgoda, bo mógł i chciał, a nie dlatego, że musiał.

Kiedy proponował drinki, starała się nie wybierać najdroższych. Lubił grolscha, guinnessa, ona też lubiła, ale zamawiała żywca. Nie naciągała go na piekielnie drogie węgorze z rusztu, tak jak robiła to Ewa wobec Kapiszona, tylko zadowalała się flądrą lub halibutem. I nie powtarzała, że każdy wieczór spędzać powinni w kasynie, a noce na paleniu gumy w tunelach sterroryzowanych nocnych uliczek, sterroryzowanego miasta, choć nie powie, by ją to nie rajcowało, tylko proponowała kino i fajki na pensjonatowym tarasie.

A kiedy chłopaki poczuły apetyt na Bornholm, to nie postawiła sprawy tak jak Ewa, że albo najwyższy deck, albo nie płynie, tylko ucieszyła się z pomysłu, który uznała za fantastyczny, pod warunkiem że nie przekroczy ich możliwości.

Naturalnie, odwiedzała snobistyczny pub i tańczyła w dyskotece „Imperial", i popijała drinki z rumem, tequilą, campari i co tam jeszcze w świecie wymyślono, figlowała na wodnych skuterach, rajdowała beemką z odkręconym tłumikiem i pozwalała sobie stawiać kolejki zimnego piwa na plaży, ale nikt nie może powiedzieć, że była jakimś cholernym jamochłonem, jakąś pieprzoną pijawką, wampirem żywiącym się cudzą krwią.

Zarzucić jej można wiele, tylko nie brak umiaru jak, nie przymierzając, tej kurewce Ewie.

Więc teraz, w dziesięć tygodni później, na początku bezsensownej, zadeszczonej zimy poczuła się oszukana, wykiwana, zrobiona na szaro, wystawiona do przejmującego chłodem, nadmorskiego wiatru.

Oszustwo, to było słowo przychodzące jej do głowy, gdy myślała o swojej sytuacji.

Nie nuda, beznadzieja, nonsens, koszmar, lecz oszustwo.

A taka konstatacja musi złościć. Nie ma co ukrywać, dziewczyna zła była nie na żarty, i głodna odwetu.

Bogu dzięki. Bo gdyby złość nie zaciemniła jej pola widzenia, to ujrzałaby to, co miała ujrzeć, usłyszałaby to, co miała usłyszeć, i poczuła to, co z tego wynikało, bez znieczulenia. A tak stała się na swój sposób ślepa i głucha, i na swój sposób wobec siebie niemiłosierna, bo złość, jaka by nie była, nie czyni z nas ofiar.

Do pokoju wróciła dopiero w nocy. Wyszczotkowała włosy, umyła zęby, nie zapalając światła, rozebrała się i natychmiast zasnęła.

Obudziła się przed świtem. Wciągnęła w nozdrza suche powietrze. Nie poczuła niczego poza zapachem rozpalonego kaloryfera.

Jak Sylwek się nie ruszał, to nie śmierdział.

Nie słyszała też jego oddechu.

Odniosła wrażenie, że w przejmującej ciszy, nieporuszonej szumem morza, po raz pierwszy, budząc się, nie słyszy oddechu swego, niechże tak będzie, partnera.

Nie podniosła się jednak i nie sprawdziła, co się z nim dzieje. Postanowiła natomiast wstać, jak się tylko rozjaśni, pójść plażą do miasta, odnaleźć pocztę i zadzwonić do rodziców.

Powie im, że ma się dobrze i żeby jej nie szukali, że odezwie się znowu za kilka dni.

Wychodząc przed ósmą, zderzyła się w drzwiach z kierownikiem. Spłoszyła się, jakby zamierzała wywinąć jakiś numer i ją na tym przyłapano. Poczuła się właśnie przyłapana.

Kierownik pachniał wiatrem i miał zaróżowione policzki.

Zapytał ją, dokąd tak wcześnie, a ona odpowiedziała, że właściwie nigdzie, a potem, cofając się kilka kroków w głąb korytarza, zapytała, czy mogłaby skorzystać z telefonu w jego kancelarii.

Kierownik odrzekł, że bez problemu, że rozmowę doliczy do rachunku. Otworzył biuro i zaprosił Monikę do środka.

Monika poinformowała go, że nie chce w tej chwili nigdzie telefonować, że chce mieć tylko taką możliwość, gdyby wymagała tego sytuacja.

Odwróciła się i weszła na schody, rezygnując ze spaceru do miasta.

Gdy była na półpiętrze, kierownik krzyknął z dołu:

– Ma fujarę, co?

Zatrzymała się w pół kroku. Nie miała ochoty wracać do pokoju. Przepłoszona, z wysokości półpiętra uniosła się honorem, zadarła nosa, upewniła się.

– Kto? – zapytała, nie odwracając się do mężczyzny.

– Chińczyk – odrzekł kierownik z dołu.

– Nie da się ukryć – mruknęła dziewczyna. Nie zeszła niżej, nie wspięła się wyżej. Pozostała na półpiętrze, jak w rozkroku.

– Przebadano Chińczyków pod tym kątem – kierownik też się nie ruszył. – Fujary mają krótkie i cienkie, średnio osiem centymetrów. Posuwając się w górę, a więc ku Pekinowi i Mandżurii, członki wydłużają im się o centymetr na równoleżnik, ale nie więcej. Więc pod granicą mongolską dochodzą powiedzmy do dziesięciu. A ten ma ze dwadzieścia pięć. Długo go musieli szukać.

– Nie oglądałam filmu dokładnie – powiedziała Monika, czując, jak wzbiera w niej irytacja. – Znudził mnie.

– Ale wie pani, o czym mówię?

– Raczej się domyślam. Swoją drogą, jak panu nie wstyd, proponować takie świństwa.

– Wszystko jest dla ludzi, pani Moniko.

– Dla matki też?

– Czyjej matki? – zapytał kierownik, wchodząc na pierwszy stopień.

– Swojej! – krzyknęła Monika, jak gdyby chciała go też ostrzec przed próbą nierównoprawnej zażyłości, jaką ten flegmatyczny, niezdrowo napalony byk zdawał się proponować.

– Moja matka – kierownik wspiął się na następny stopień – nie oglądała tego filmu.

– A to czemu? – zapytała wyzywająco Monika. – Taka, superkaseta. Niechby się pozachwycała.

– Moja matka nie żyje – kierownik stał się poważny i surowy. Jego bijąca zdrowiem i wigorem twarz przyoblekła się w wyraz napuszonego dostojeństwa, kiedy wspomina się rzeczy ostateczne, które przez sam fakt swojej nieodwracalności naznaczają siebie znaczeniem.

– To się jej poszczęściło – Monika nie bez obaw przyglądała się postępującemu dostojnie, stopień po stopniu, kierownikowi. Jak mnie dotknie, pomyślała, to mu przypierdolę, a potem będzie, co będzie. Rzekła cicho: – W pokoju jest mój partner.

– Nie uważam, żeby tam był, pani Moniko. Ale nie w tym sprawa.

Kierownik stał teraz dwa stopnie niżej. Miał ciężki, czosnkowy oddech.

– A w czym? – zapytała Monika, byle o coś zapytać. Czuła napięcie, na które nie miała sposobu.

– Nie powinna pani kpić ze śmierci. Moja matka odeszła dwa miesiące temu. Mój ból jeszcze nie wygasł.

– Przepraszam pana – rzekła Monika jeszcze ciszej. Pomyślała, że jeżeli ten urodziwy i odrażający jednocześnie mężczyzna, który w istocie ma gdzieś pamięć swojej matki, zmusi ją jeszcze raz do przeprosin, to już po niej. Powinna skorzystać z własnej skruchy i czmychnąć do pokoju, zamykając go na klucz, lecz jakaś podejrzana ciekawość przykuła ją do miejsca.

– Ze mną może się pani udać – kierownik wszedł na przedostatni stopień i teraz twarze ich były na tej samej wysokości, a odległość między nimi nie przekraczała metra. – Ale jak się pani uda z moją matką?

– A co ma mi się z nią udać? Przecież nie żyje.

– Otóż to – zgodził się kierownik. – Jak chce ją pani przeprosić?

– Co pan proponuje?

Kierownik rozprostował palce lewej dłoni, prawą wsparty o poręcz schodów, po czym wskazujący i serdeczny wsunął powoli w rozporek.

– Nie – głos dziewczyny zszedł do szeptu i w szepcie stwardniał.

Nie spuszczając wzroku z twarzy dziewczyny, kierownik rozpiął rozporek i wyzwolił przerośniętego kutasa w pełnej gotowości. W gąszczu rudych kłaków straszny był to zwierz.

– Nigdy! – krzyknęła dziewczyna, odwróciła się i pokonując bezwład, jaki pęta nas czasami we śnie, pobiegła do pokoju. Gdy zamykała za sobą drzwi, usłyszała dobiegający ją zewsząd głos mężczyzny:

– Zawsze i wszędzie, pani Moniko. Po wszystkie czasy.

* * *

Przyszły pogodne, jak na listopad, dni. Zrobiło się wietrznie, chłodno, sucho, rześko. Słońce już nie grzało, ale rozjaśniło świat.

Monika korzystała z pogody, mając nadzieję, że światło rozproszy mroki jej duszy. Tak się jednak nie działo. Kilkugodzinne spacery nie przynosiły ulgi. Liczyła na zmęczenie, po którym mniej się myśli i dobrze śpi. Ale jej młode ciało było niepokonane.

O zmroku wracała do pokoju głodna, spragniona, gotowa po godzinie do następnego wysiłku. Krótkie dni nie dawały jej takiej szansy. Wieczory mijały na oczekiwaniu nocy, noce na oczekiwaniu dnia, który wydobywał się z mroków długo i ciężko.

Sylwek zamilkł już zupełnie. Widać było, że zebranie myśli, by odpowiedzieć dziewczynie na jakiekolwiek pytanie sprawia mu coraz większą trudność. Toteż przestała mu je zadawać. Nawet wtedy, gdy ujrzała na jego coraz bledszych dłoniach sinożółte plamy, które w dwa dni później wykwitły mu również na szyi i policzkach. Przestała się też dziwić jego odporności na głód i pragnienie, gdy zauważyła, że i ona zaczyna się w tym zaprawiać.

Natomiast nadzieja, że kiedy przestanie się myć, smród Sylwka stanie się mniej dla niej dokuczliwy, spełzły na niczym. Sylwek cuchnął już nawet wtedy, gdy się nie poruszał, i mimo otwartego na okrągło lufcika pokój napełniał się coraz nieodwracalniej słodko-zgniłą wonią.

Monika też się zapuściła. Rano, kiedy podnosiła się z łóżka, uderzał ją zapach własnego potu i niepranej bielizny, z dnia na dzień ostrzejszy, choć trudno go było porównać z zapachem Sylwka.

Na skali przykrości zapach dziewczyny zbliżał się do górnych granic, co by nie powiedzieć, życia. A Sylwek cuchnął już śmiercią.

Co do niej właśnie, to pewnej cichej nocy, gdy umilkło morze i nie było nic słychać poza ciężarówkami przewalającymi się po odległej, nadmorskiej szosie, Monika ocknęła się z zastanawiającego snu i otwierając oczy, zobaczyła nad sobą opuchniętą twarz Sylwka.

Zapytała go, co tu robi, a Sylwek odpowiedział, że patrzy. Lufcik był zatrzaśnięty, w pokoju sucho było i gorąco, plecy dziewczyny zrosił pot, czuła go też między piersiami i na skroniach.

Tydzień temu, gdy bezskutecznie namawiała młodego mężczyznę do wypicia chociażby szklanki herbaty, rozdrażniona jego odmową, zapytała, czy nim odwiedziła go w warszawskim mieszkaniu, też nic nie pił i nie jadł.

– Przestałem na kilka dni przed twoim przyjazdem – odpowiedział Sylwek – może na tydzień. Po prostu poczułem, że tego nie potrzebuję.

– Co stało się wcześniej, pamiętasz? – Monika aż cofnęła się wtedy z wrażenia, a było to przedpołudnie, w którym zamierzyła pójść dalej niż do latarni, w którym zamierzyła pójść aż za horyzont i, jeżeli los pozwoli, nie wrócić.

Sylwek jej wtedy nie odpowiedział.

Ruszyła plażą, po godzinie minęła latarnię, po dwóch kolejne opustoszałe wczasowisko, potem port jachtowy. Za portem szarzał już tylko horyzont, ale rozpływał się w mroku i straciła szansę na jego przejście. Noc była już głęboka, gdy wróciła, i gdyby nie pełnia, czułaby się osamotniona bardziej niż zwykle. Kiedy zmarznięte dłonie rozgrzała nad kaloryferem, zdjęła buty, wysypała z nich piasek i rozmasowała palce u nóg, powtórzyła Sylwkowi pytanie z południa, a Sylwek słowa nie zmienił w swojej odpowiedzi.

Tego wieczora na tym nie poprzestała. Zapytała go o odwiedziny.

– Jakie? – Sylwek poruszył się wtedy inaczej niż zwykle, a jego twarz ożywił jakiś ślad życia.

– Czy ktoś cię odwiedził? Jakiś... kumpel? Miałeś ich wielu.

Sylwek usiadł na barłogu, w jaki zamienił swoje łóżko, chowając twarz w dłoniach.

– Na przykład Robin albo Gruby?

Sylwek nie poruszył się.

– A Kapiszon? Był u ciebie Kapiszon?

– Może – wyszeptał Sylwek.

– Co, może? – nacisnęła go Monika.

– Może był.

– Po co?

Sylwek wzruszył ramionami.

– Po co przyszedł do ciebie Kapiszon?

– Pogadać.

– O czym?

Sylwek zgiął się wtedy na łóżku wpół, głowa zniknęła mu między kościstymi kolanami, a po chwili z ust wyciekło mu na dywanik trochę śliny. Odpowiedział, że nie pamięta, i umilkł na dobre.

Monika nic więcej z niego wtedy nie wyciągnęła, lecz w jej umyśle lęgnąć się zaczęło straszne podejrzenie. Nie próbowała go stłumić, bo jej nie przerażało, jakkolwiek samo w sobie było przerażające. Nie pojmowała hartu, z jakim je znosiła, ani spokoju, który temu towarzyszył.

Jedynym wytłumaczeniem jej odwagi byłaby obojętność, ale na taki wniosek wobec samej siebie nie była jeszcze gotowa.

Lecz teraz, głuchą nocą, przypatrując się opuchniętej, świecącej bladością twarzy młodego mężczyzny ze szklanymi oczami, spoglądającymi niemo z głębi czaszki, poczuła, że jest jej tego człowieka bardziej żal niż siebie, bo wobec siebie staje się chłodna, wyzbyta złudzeń, spodziewań, tęsknot, że mimo oczywistego uczucia fizycznego obrzydzenia, mogłaby tego nieszczęśliwego człowieka pocieszyć, dotknąć, nawet przytulić, gdyby tylko on tego, w najmniejszym przynajmniej stopniu, oczekiwał.

Posunęła się w stronę okna, robiąc mu miejsce koło siebie, lecz Sylwek pozostał tam, gdzie był, przycupnięty na skraju łóżka, przy jej podkurczonych stopach. Powiedziała szeptem:

– Miałam sen.

Sylwek skinął głową. Po raz pierwszy odniosła wrażenie, że Sylwek zechce ją posłuchać. Zamknęła oczy i pod powiekami zobaczyła rozjaśniony słońcem i ciepłem obraz, o którym chciała mu opowiedzieć:

– Wiesz, o czym rozmawiałeś z Kapiszonem, kiedy cię odwiedził? – zapytała tak miękko, by nie spłoszyć niepewnej, chybotliwej gotowości siedzącego u jej stóp człowieka.

Zaprzeczył ruchem głowy.

– O niczym. Kapiszon nie przyszedł z tobą pogadać. Dostałeś od chłopaków towar. Miałeś go rozprowadzić i oddać im pieniądze. Kapiszon się po nie zgłosił.

Sylwek uśmiechnął się i skinął głową.

– Ale ich nie dostał – dodała Monika.

Uniosła powieki. Sylwek uśmiechnął się, ale z daleka. On sam był blisko, uśmiech nie.

– Coś się stało, jak zwykle, z silnikiem mojego skutera, włączał się i wyłączał. Szłam z nim pod wodę i wynurzałam się – dłoń Moniki powędrowała w powietrzu za relacją – jak zwykle podszedłeś do mnie zniecierpliwiony tą moją nieumiejętnością. Morze sięgało ci szyi, a jak szła fala, to pod nią ginąłeś. Pokazałeś mi raz jeszcze, jak mam trzymać dłoń na manetce gazu, by mimowolnie nie zwalniać, i wróciłeś do brzegu. Wtedy w słońcu, w kroplach wody, w radosnym ludzkim gwarze zobaczyłam, że pod lewą łopatką masz dwie krwawe jamki. Na jawie bym ich nie dostrzegła, ale we śnie... Masz je, prawda?

Sylwek nie przestał się uśmiechać, a uśmiech nie przestał się oddalać.

– Masz pod łopatką – rzekła czule Monika – dwie małe, krwawe jamki. Kapiszon nie dostał ani towaru, ani pieniędzy, więc cię zastrzelił. Jak było umówione. Kiedy weszłam do twego mieszkania, już nie żyłeś.

Monika spojrzała na zegarek. Dochodziła czwarta.

Księżyc był w pełni. Morze znów się rozkołysało.

– Będę musiała zawiadomić policję. Nie mogę inaczej.

Sylwek zgodził się z tym. Bez śladu oporu, nawet z ulgą. Rzekł, uśmiechając się:

– Nie szło ci na tych skuterach. Bez ustanku leciałaś w wodę. Nie potrafiłaś nad nimi zapanować. Przerastały cię. Chłopaki mówiły, że prędzej czy później któryś z nich zatopisz. Robin jeździł lepiej, Gruby i Kapiszon gorzej, ale tak źle jak ty nie jeździł nikt. Mieli rację. Zatopiłabyś każdy z tych skuterów, gdyby cię w porę nie ratować. Nalatałem się za tobą, mała. Sama przyznasz.

Sylwek spojrzał w niezasłonięte, rozjaśnione pełnią okno, a Monika w jego twarz. Wspomnienie letnich zabaw zastygło w uśmiechu, który, skonfrontowany z nieobecnością i głuchotą tej twarzy, wcale jej nie ożywił. Odwrotnie, uczynił jeszcze bardziej martwą. Maską co najwyżej.

Wszystko, co dało się przywoływać z tego upalnego lata, to porwane na kawałki wspomnienia nie do ułożenia w jakąkolwiek całość.

Przed dziewiątą dziewczyna zeszła do kancelarii i nie witając się z kierownikiem, nie pytając go o zgodę, podniosła słuchawkę telefonu i wykręciła numer 997.

II

Następne dwa sezony stawały pogodne, lecz chłodne. Dni jasne, wręcz białe, przewiewane na wylot północnym wiatrem. Morze, jak rzadko, błękitne i, jak często, nieprzyjazne.

Miasto przygotowało się jak mogło. Było czysto, kolorowo, drogo i głośno.

Ktoś, kto po raz pierwszy tu zawita, musi odczuć nastrój nieuprzejmości, niczym niepokonanej arogancji, chropawej zapobiegliwości, wynikających nie tyle z braku, co nadmiaru. Z nieujarzmionej skłonności do tandety, złego smaku, nuworyszowskiego sznytu, branych za najlepszą monetę.

Nic i nikt nie jest tutaj sobą.

Miejscowi mawiają: patrzcie, jak staramy się o was, ile udało nam się zrobić, co musieliśmy pokonać.

Przyjezdni odpowiadają: zaświadczamy to przecież własną obecnością.

I nie brakuje jej. Obecność jest powszechna.

Ludzi już opalonych, zdrowych, ładnych, na ogół młodych, skomunikowanych ze sobą na życie i śmierć, przez nieodłączne, burzliwie rozplenione telefony. Ludzi źle wychowanych, pokrzepiających się co chwila karczemnym śmiechem.

Miasto i jego ludzka substancja są kompatybilne do szpiku kości. Do szpiku kości.

Wszystko, co się w tym nie zawiera, odstaje. Co odstaje, nie jest, ma się rozumieć, wchłonięte. Co niewchłonięte, nie swoje.

Taka właśnie jest dziewczyna, którą rzeźbiarz zauważył na świeżo postawionym molo.

Niewchłonięta.

Poza tym bez pudła. Długa, szczupła, wytrawiona w najdrobniejszym szczególe. Podobna do modelek, zaludniających całymi tabunami niezliczone poradniki i żurnale i w tym znaczeniu taka sama, jak wszystkie inne przechadzające się dziewczyny z poradników, żurnali, magazynów.

Tak, na pierwszy rzut oka, wyglądała, lecz taka nie była.

Gdyby zbliżyć się do niej, co możliwe, choć niełatwe, nie uszłyby uwagi jej wypalone oczy, spopielone jeszcze mrocznymi podkówkami cieni i usta okolone bolesnym grymasem.

Co naznaczyło tę, poza wszystkim, doskonałą twarz, smutkiem i nieufnością, trudno zgadnąć, ale ten neurotyczny syndrom był na tyle interesujący, że rzeźbiarz, który od pewnego czasu ją obserwował, zbliżył się i zaproponował marynarkę, widząc, jak odkryte ramiona młodej kobiety zsiniały od lodowatego wiatru.

Propozycja niezręczna, lecz mężczyzna budził zaufanie. Wysoki, atletyczny, z kwadratową, twardą twarzą, złagodzoną chłopięcym spojrzeniem.

Jeżeli dziewczyna, przy całej swojej melancholii, była jak z żurnalu, to on, jak kochanek, z powieści Jean Collins.

Sprawiał wrażenie onieśmielonego własną odwagą, z której miałby ochotę, w ostatniej chwili, czmychnąć.

Tak się jednak nie stało. Nie za sprawą żadnego z nich, tylko, jak w życiu bywa, przeznaczenia.

Spędzą ze sobą popołudnie, wieczór, noc. Lecz nim tak się stanie, w zwierzęcym drgnieniu ciała, poprzedzającym czasami ucieczkę na oślep, zawarła się niechęć dziewczyny do jakiegokolwiek zobowiązania.

Neurotyczny kaprys, chęć powrotu do punktu wyjścia, masochistyczna potrzeba potwierdzenia najgorszych spodziewań sprowadziły ją do miejsca, w którym chce być sama.

Zdarza się tak wtedy, gdy jedynym punktem odniesienia bywa różnica pomiędzy światami, z których żaden nie jest nasz.

Nic nie potrafimy wybrać. Tyle nas pociąga, co odstręcza.

Tak właśnie było z dziewczyną. Więc kiedy rzekła głośno, pewnie i zachęcająco: któreś z nas zmarznie, uczyniła to wbrew miejscu, otoczeniu, porze dnia, zamiarze i sobie samej.

– Któreś z nas zmarznie – powtórzyła.

– Wybór padł na mnie – odpowiedział rzeźbiarz.

Nakrył ją swoją marynarką i ruszyli przed siebie, milczący, lecz nieskrępowani.

Jeżeli się szło z miasta na wschód, to rozpraszało się ono bezwładnie, przepoczwarzając się w sąsiednie miejscowości, które też nie potrafiły się skończyć. Jeżeli poszło się na zachód, to miasto kończyło się jak nożem uciął, a przed wędrowcami stawało kilkanaście kilometrów pustych plaż, niezaśmieconych wydm i młodych, sosnowych lasów. Ciągnęło od nich, szczególnie w słoneczne dni, tak mocnym zapachem igliwia i żywic, że wilgotna, rybna woń morza ustępowała zapachowi drzew. Na utwardzonej falami plaży czuło się las, nie wodę.

Rzeźbiarz zwrócił uwagę dziewczyny na tę okoliczność, gdy wyprowadził ją ze zgiełku miasta.

Wiele więcej sobie jednak podczas dwugodzinnego spaceru nie powiedzieli, jak gdyby przyjemność wzajemnego poznania zdecydowali pozostawić na później.

Obiad zjedli w przepełnionej, nienadążającej za niczym pizzerii, a słodycze kilkanaście metrów dalej. Upolowali narożny stolik z marmurowym blatem, odgradzając się od reszty plecami i, chociażby z tego powodu, zdani na siebie.

Dziewczyna zapytała mężczyznę, kim jest i czym się zajmuje, a on jej odpowiedział, że z zawodu jest szczęściarzem. Udaje mu się utrzymywać z własnych przeczuć i nastrojów, obok zabieganej rzeczywistości, w stałym kontakcie z tworzywem ciężkim i surowym, co pozwala zachować mu tyle twardości i krzepy, by czuć się mniej artystą niż mężczyzną.

Istotnie był jak kamień. Nie tyle zwalisty, co ciężki, nie tyle ciężki, co twardy.

Miał zniszczone, porysowane żyłami, silne dłonie.

Dziewczyna wyobraziła w nich sobie dłuto i młot. Przeszył ją na moment dreszcz podniecenia.

– Bardziej mężczyzną niż artystą? – zapytała po namyśle.
– A gdyby było odwrotnie?
– Czułbym się gorzej – odrzekł mężczyzna.

Dodał, że pracuje w granicie. Nie ma nic oporniejszego, ale jak się już nad nim zapanuje, to z mało czym porównać można własną satysfakcję.

Miesiąc temu otworzył swoją pierwszą dużą wystawę. Opowiadał o swoim zajęciu z młodzieńczą, pociągającą pasją, bez celebrowania siebie, talentu, możliwości, inspiracji, efektu. Wysiłek, praca, zwierzęcy mozół pod koniec dnia zwalający z nóg. W tym się spełniał.

Dziewczyna nie pozostała mu dłużna.

Opowiedziała mu o sobie więcej, niż chciała.

– To ciekawe – rzekł mężczyzna.

– Co? – zapytała dziewczyna.

Roześmiał się. Po raz pierwszy tak swobodnie. Jakby uznał, że żadna konspiracja nie jest mu już potrzebna, że może być tym, kim jest, że nie musi siebie kamuflować, bo być może znalazł bratnią duszę.

Dziewczyna skonstatowała, że rozbawienie nadaje jego szerokiej, ogorzałej, otwartej twarzy coś szelmowskiego, łobuzerskiego, co się jej bardzo podoba, ale póki co wolałaby oglądać go bardziej ukrytym. Takim, jakim spotkała go na molo, trzy godziny temu, gdy zakłopotany, więc mniej męski, zaproponował jej swoją marynarkę.

– Zawsze się zastanawiałem – rzekł na całą cukiernię – co kryje się pod tymi tajemniczymi nazwami, które czasami dyskretnie przemykają przez ostatnie strony gazet, a czasami panoszą się bezwstydnie na ich szpaltach. Jak dziwki – dodał, gdy wyszli z cukierni i wmieszali się w niezmordowaną obecność, sami nią się stając.

– Jak co? – zapytała dziewczyna.

– Nieważne – odparł mężczyzna.

Wymknęli się z tłumu. Udało im się to za najbliższym rogiem. Uliczka była pusta, cicha i szpetna.

– Mogę powiedzieć, co kryje się za moją nazwą – rzekła

dziewczyna, stwierdzając w duchu, że przeciąg w uliczce jest równie dokuczliwy, jak wiatr na molo, że lepszy był zgiełk niż zimno.

– Więc?

– Sprzedawca. Sales Manager to sprzedawca.

– Co pani sprzedaje?

– Wszystko.

– Wszystko?

– Wszystko, co jest do sprzedania.

Mężczyzna powiedział, że dziewczyna przemknęła mu kiedyś na jednej ze stołecznych ulic, że zwróciła jego uwagę, poszedł za nią, ale rozpłynęła mu się w miejskim zgiełku, grudniowych szarościach, w tumulcie na przystanku, w otchłannej drogerii, za jakimś tramwajem, w przepełnionym snack-barze, że zwykle opanowany i bystry, stracił ją z oczu jak sztubak.

Nigdy, nigdzie nie przemykałam, odpowiedziała mu na to dziewczyna. Przemykanie to nie jej styl. Nie bywa na ulicach, bo nie ma na to czasu. Miasto, jeżeli to konieczne, pokonuje samochodem. Miejscem jej pracy, nie są ulice, a rozrywek szuka jak najdalej od nich, jeżeli zdarza się jej znaleźć na nie czas. Miejsce jej pracy to ażurowe, pootwierane na przestrzał biuro złożone z metalu, szkła i zielonego karpetu. Oddycha zjonizowanym, wilgotnym powietrzem, napędzanym przez klimatyzatory, czerpiące je z nieba na wysokości dwudziestego piętra. Komputer, telefony, fax to jej najporęczniejsze utensylia, niezależnie od tego, czy pracuje w chmurach, zawieszona nad miastem, czy w jego jądrze, na zapchanych ulicach, unieruchomionych skrzyżowaniach, w wygodnym służbowym aucie, ze słuchawką w uchu, ze spojrzeniem wlepionym w ekran laptopa, z palcami nawet we śnie przebiegającymi klawiaturę, gotowa, gdzie by nie była, do natychmiastowej odpowiedzi i niewyczerpana w pytaniach, które wstrzeliwuje w elektroniczną przestrzeń, jak zawsze zdumiona, że one tam jeszcze znajdują sobie jakieś miejsce.

– Pracuję dużo i ciężko – powtórzyła dziewczyna, gdy umknęli przed zimnem do knajpki w basemencie i zajęli stolik pod prostokątnym oknem nad ich głowami – ale obok.

– Obok czego? – zapytał mężczyzna.

– Obok roboty. Świat na niej się nie kończy. Tak naprawdę nic mnie ona nie obchodzi.

– Te kosmetyki?

– Nie powiedziałam, że sprzedaję kosmetyki.

– Sprzedaje pani wszystko, więc również kosmetyki...

– I je chrzanię. Nie pochłania mnie to.

– A co panią pochłania?

– Inne rzeczy – odpowiedziała dziewczyna.

Przysunęła się do mężczyzny przez stolik. Czuła ciepło jego twarzy i anyżkowy oddech. Nie powstrzymywała się, kiedy jej drobne ręce zniknęły w szorstkich, miała wrażenie, od kamiennego pyłu, ciemnych dłoniach, tak niepowstrzymanie silnych, że kiedy poczuła ból w kostkach, który przez nadgarstki rozpłynął się po całym ciele, to domyśliła się tego błogiego podniecenia poprzedzającego rozkosz.

Odwzajemniając pocałunek, doświadczyła niezakosztowanego do tej pory poczucia bezpieczeństwa, przekonania, że skryta w dłoniach rzeźbiarza uodpornia się na najbardziej złowieszcze moce, czyhające na nas z zewnątrz i, co groźniejsze, rodzące się w nas samych.

Szurnęła krzesłem, przysuwając całą siebie ku mężczyźnie, po czym równie obcesowo rozchyliła uda, by zacisnąć je pod stołem na twardej jak granit nodze mężczyzny.

W ten sposób zamknęła obwód.

Ból idący od nadgarstków wracał do nich tym samym gorącym strumieniem, a świat odpłynął.

– Mówisz o seksie? – zapytał mężczyzna, nie przerywając pocałunków przez stół, już pewny swego, co dziewczyny nie onieśmieliło, nie zirytowało, nie usztywniło ani wpuściło w przekorę, gdyż powierzając mu swe dłonie, dała jednocześnie do zrozumienia, że cała reszta to sprawa jego wyboru.

– Inne rzeczy – powtórzyła szeptem, nie cofając języka z jego ust.

– Jesteś tajemnicza.

– Właśnie. Pochłaniają mnie tajemnice.

– Które tajemnice?

Dziewczyna poczuła jednym z tych wrażliwych, nienazwanych zmysłów, jak rzeźbiarz drgnął, znieruchomiał, a potem się odchylił, nie na tyle jednak, by się dziewczynie wymknąć.

Ich twarze stały nadal przy sobie, jej kolano nie cofnęło się ani o milimetr od jego krocza, uścisk jej ud nie zelżał. Usta przedzielała jednak przestrzeń, nietrudna do pokonania, lecz przestrzeń.

– Na przykład, czemu cię spotkałam – szepnęła, zdając sobie sprawę, że powinna powiedzieć to głośniej, skoro pocałunki nie łączą już ich ust.

– Tak widać było nam pisane – odpowiedział jej mężczyzna.

– Dlaczego było nam pisane?

– Nie wiem. Tak się mówi.

– Skoro tak się mówi, musi być jakiś powód.

Mężczyzna wzruszył w odpowiedzi ramionami. Dziewczyna cofnęła kolano, zwolniła uścisk ud, pozwoliła się mężczyźnie wymknąć i on w jakiejś mierze z tego skorzystał. Osamotniony kelner w zadającym szyku śnieżnobiałym kitlu, chłopiec wiotki jak trzcina, nie przestawał im się przypatrywać z bezwstydną, niewinną ciekawością.

Mężczyzna zapytał:

– Chcesz jeszcze wina?

Odpowiedziała mu dziewczyna:

– Jak się tak zastanowić, to wszystko jest tajemnicą. Na przykład śmierć. Myślałeś o niej?

– Nie za często. Mam jeszcze na nią czas. Nie lubię śmierci.

– Ale ona jest. Wszędzie. Osacza nas. Jest w nas samych. Sami jesteśmy śmiercią.

– Co do mnie, w mniejszym stopniu, niż sądzisz – rozwarł palce i ręce dziewczyny upadły na szorstki, lniany obrus. – Jeżeli to nawet złudzenie, to pozwól, że przy nim pozostanę. Gdybyś zechciała napić się jeszcze wina, to zamówiłbym butelkę reńskiego dla odmiany – rzeźbiarz wskazał bar.

Kelner nawet nie drgnął, jakby się domyślił, że dziewczyna pominie propozycję. Mógł słyszeć jej słowa, gdyż nie były wypowiedziane już szeptem. Mógł być ich ciekaw, zgadzać się z nimi, na nie czekać.

– Sztuka jest śmiercią. A ty się nią zajmujesz.

Nie zostało to powiedziane mężczyźnie albo młodziutkiemu kelnerowi, lub sobie. Nie w przestrzeń, bo w trzystolikowym basemencie jej brakowało. Powiedziane to było światu za oknem, bezosobowo i trochę nieprzytomnie. Bez wiedzy dziewczyny, może nawet poza nią.

– Moja nie jest – odrzekł mężczyzna ostro – moja sztuka to afirmacja życia. Jeżeli zobaczysz to, co robię, przyznasz mi rację. Znam tych wszystkich nawiedzonych durniów, przekonywających, że sztuka to choroba, upadek, dekadencja, rozstrój... Nie ze mną takie gadki. Sztuka jest wiarą, impetem, zdrowiem. Sztuka to rozmach i pewność.

Ostatnie zdanie rzeźbiarz podkreślił uderzeniem otwartej dłoni, tak mocnym, że stolik zajęczał niczym zwierzę.

Nie było wątpliwości, napędzała go siła, której nie powściągał. Był w niej sobą. Był w niej sobą.

– Bez urazy – powiedział, kiedy wyszli na ulicę – ale uważam, że przy całym swoim uroku jesteś trochę nadąsana. Jak ktoś, kto naczyta się głupstw i nie potrafi się do tego przyznać.

Spochmurniało. Wiatr ustał i o tyle zrobiło się cieplej.

Dziewczyna zdecydowała się nie odzywać. Łatwo jej to przyszło. Poza niekończącymi się rozmowami z samą sobą, rozmowa z innymi okupiona była, od pewnego czasu, przykrością.

O czym by nie była i z kim.

Wytrwała w postanowieniu do szarej godziny, tuż przed świtem.

Po północy, w pokoiku wąskim jak szuflada, na wypełniającym go łóżku, w tanim, sterylnie czystym hoteliku, ogołoconym z wszystkiego ponad konieczność, straciła poczucie miejsca, czasu, okoliczności, wchłonięta przez błogą nieobecność, niefizyczność, pozacielesność. Zamiast spodziewanej rozkoszy, doznała niebiańskiego spokoju. Stała się w krzepkich rękach rzeźbiarza przedmiotem, rzeczą, naczyniem, wolna od jakiegokolwiek wobec siebie wymagania, rozgrzeszona ze wszystkiego, raz na zawsze. Tu już nic samo z siebie nie mogło się zmienić, bo co się miało dokonać, to się dokonało, a co miało sczeznąć, sczezło.

Więc niespłoszona wstydem, opowiedziała mężczyźnie o czymś, co z perspektywy błogiej, jak sądziła, niezmienności wydało się jej ciemną smugą najwyżej, którą, jeżeli miała by zgubić, to teraz, i raz na zawsze.

Nie znajdzie lepszego miejsca ani czasu. Wobec przeszłości, przyszłości i siebie między nimi.

Czemu nie miałaby przenieść tej smugi, tego cienia, na kogoś, kogo to nie dotyczy, więc nie obchodzi, więc nie zrani.

Nie zastanowiła się nad tą niekonsekwencją, tak bardzo uwierzyła w trwałość swojej nowej sytuacji.

Może i słusznie, gdyż nieuwaga, z jaką rzeźbiarz przyjął wiadomość, utwierdziła ją w sądzie, że pozbywa się czegoś, co jej osobiście nie doskwierało, z czym nauczyła się żyć, ale co ją naznaczało jak blizna.

Zdecydowana była oprzeć się na mężczyźnie, podporządkować się jego woli, przyjąć jego przekonania, stać się jego prostą normą. Więc zacząć nowe, inne życie, tak czyste, jak czysty był człowiek obok.

Pomyślała, i słusznie, że nowe życie większość ludzi zaczyna w okolicznościach dużo pospolitszych. W ilu ludzkich przypadkach wysoki, zwalisty rzeźbiarz spotyka na nadmorskim molo dziewczynę jak ze snu i porozumiewa się z nią, w zasadzie, bez słów.

Za uchylonym oknem słychać było nocne wrzaski urlopowiczów. Ukoiły ją do snu. Dotknął ją obraz, który ujrzała pod powiekami. Na kilka chwil wyprzedził sen.

* * *

Wiatr letni i lodowaty przewiewał molo.

Nie brakowało zimnego słońca. Stała przy barierce, bokiem do morza, jeszcze nieopalona, nawet niezaróżowiona, trochę za pełna i mleczna, pachnąca pierwszą młodością, ubrana wystawnie.

Widać było, jak na dłoni, że bez pomysłu na to pogodne, zimne, nadmorskie popołudnie. Zobaczyła go kątem oka, samotnego, więc wyróżnionego, gdyż molo zaludniały pary, grupy, kompanie, watahy. Szedł wolnym, długim, nieco żurawim krokiem, bez celu. Ogorzały od wiatru i słońca, zwalisty, choć chłopięcy.

Spod obszernej, lnianej marynarki, zarzuconej na ramiona, wystawały spalone na brąz ręce, porysowane aż do bicepsów żyłami, jak to się zdarza mężczyznom zbyt często zażywającym siłowni.

174

Boże miłosierny, z jaką ufnością skryłaby się pod połami tej marynarki. Z jaką ufnością i rozkoszą.

Mało czego zdarzyło się jej w życiu pragnąć tak bardzo, jak tego, by mężczyzna zabrał ją ze sobą.

Z natury swej dziewczęcości nieśmiała, zdobyła się na odwagę, wręcz desperację, i zapytała go o godzinę.

– Czwarta – odpowiedział, nawet na nią nie spoglądając, może tylko przez moment na kwarcowy zegarek, przymocowany do przegubu dziewczyny tandetną bransoletką. I przeszedł mimo, bez celu.

Tak minęło mnie życie, pomyślała wtedy, podczas pierwszych nadmorskich wakacji, na dzień przed poznaniem Sylwka i Kapiszona.

Została przy barierce, niewyrobiona, nieukształtowana, ekspedientka z pasmanterii, kasjerka z marketu, praktykantka fryzjerska z prowincji. Została tam na zawsze. Sen, nim minął, to ją utrwalił. Jak chemiczny odczynnik.

O świcie się ocknęła. W pokoju było już prawie jasno. Teraz dopiero zauważyła karminowy kolor ścian, napadający na bladoniebieski sufit, jak niebo nad północnymi morzami. Pomyślała, że sufit o tyle powiększa pokój, o ile ściany go zwężają, że obydwie płaszczyzny są w stanie konfliktu, który na kilka godzin wycisza letnia noc. Z dwóch stron łóżka stały lampki nakryte różowymi kapelusikami i te dwa atrybuty burdelowej przytulności stanowiły dysonans w oszczędnym, wręcz ascetycznym wnętrzu.

Mlecznej dziewczynie ze snu, pomyślała, bardzo by się te okolone falbanką abażurki spodobały.

Mężczyzna stał przy uchylonym oknie, przepasany tylko ręcznikiem i palił papierosa, wydmuchując dym na zewnątrz.

Kiedy dziewczyna otworzyła oczy, rzekł cicho, jak gdyby nie chciał do końca jej budzić.

– Nie chcę obrażać twojej przyjaciółki, ale to świruska.

175

Dziewczyna ułożyła się jeszcze niżej na posłaniu. Sztywne prześcieradła pachniały perwollem. Lubiła ten zapach świeżości. Drażniła ją dosadność karminowych ścian. Zarzuciła sobie prześcieradło na twarz.

– Monika?

– Tak – odpowiedział mężczyzna, nie patrząc na nią – twoja przyjaciółka jest świruską. Przykre.

– Zależy – odpowiedziała po zastanowieniu dziewczyna.

Rzeźbiarz zaciągał się papierosem apetycznie, trzymając go między kciukiem a palcem wskazującym. Wszystko w nim było najnaturalniej męskie, nawet sposób, w jaki skrywał peta.

– Zastanów się – rzekł głośniej – odwiedza gościa, który od tygodnia nie żyje. Zabiera go nad morze i w opustoszałym pensjonacie spędza z nim następne dwa tygodnie. Na co liczy?

– Że się myli.

– Jest chora.

– Na co?

– Skąd mogę wiedzieć. Jaki ze mnie lekarz? Na depresję, schizę, omamy. Walnięta jak gwóźdź. Powinna się leczyć.

– Leczyła się. Dwa lata w szpitalu. Łykała lekarstwa, chodziła na psychoterapię, rozmawiała z pacjentami, uczyła się języków, pochłaniała książki, słuchała jazzu, oglądała filmy Rohmera, rozmawiała ze sobą, zaczęła nawet jakieś studia, wyciągnęła się, zbladła, poznała różnicę między cierpieniem a jego nieobecnością, aż ujrzała świat takim, jaki jest naprawdę. I wtedy stary doktor, który ją prowadził, rzekł: Jest pani zdrowa, Moniko. Na swój sposób.

Mężczyzna sztachnął się po raz ostatni, zgasił peta w umywalce, usta wypłukał wodą. Rzekł od niechcenia.

– Lekarze błądzą.

– Ten nie błądził – odpowiedziała mu dziewczyna.

Mężczyzna wrócił do łóżka. Założył ręce za głowę. Wyciągnął długie nogi w bok, gdyż na wzdłuż się nie mieściły.

– Haruję jak wół – przypomniał dziewczynie z tą nutką niczym nieusprawiedliwionej przewagi, jaką pracujący fizycznie miewają nad tymi, którzy tego nie zaznali – jak katorżnik. Rozkuwam kamień, zmagam się z nim i ze sobą. To mi daje miarę rzeczy. Moją miarę rzeczy. I w mojej mierze rzeczy nie ma miejsca na takie obrzydliwości. Słyszałem o tych sprawach: tajemnice, trupy, zaświaty. Ludzie się tym rajcują. Unikam tego. Wystarczy mi, co widzę i rozumiem. Nie wspominaj mi już nigdy o twojej przyjaciółce i jeżeli chcesz coś dla mnie zrobić, to zapomnij o niej na zawsze. Słyszysz?

Dziewczyna zdjęła prześcieradło z twarzy i zamknęła oczy. Nocne wrzaski musiały wyczerpać urlopowiczów, bo ustały. Czasami tylko gdzieś ktoś zaklął, ktoś inny zarechotał.

– Słyszysz? – powtórzył pytanie rzeźbiarz.

Dziewczyna skinęła głową.

Rzeźbiarz sięgnął ręką po dziewczynę i przytulił do siebie. Czuć go było słońcem, morską wodą i papierosem. Szepnął, uśmiechając się ciepło i szelmowsko:

– Nie obrusz się, ale kogoś takiego jak Monika należałoby zabić.

Dziewczyna nawet nie drgnęła w jego uścisku. Szeptem zapytała:

– Aż tak?

– Jestem serio. Świat zalewa zło. Nie sposób tego nie zauważyć. Zło wynika z braku normy. Wszystko, co mieści się w normie, przynajmniej nie jest złem. Nie jestem jakimś uprzykrzonym ortodoksem. Z wieloma sprawami się godzę. Jestem skłonny przesuwać normę poza własne upodobania. Mówię sobie, to i tamto budzi mój sprzeciw, ale nie jestem alfą i omegą. Moja norma jest z gumy, lecz nie bez granicy. Twoja przyjaciółka wyszła poza granicę mojej normy. Pchnęła ją tam nieodpowiedzialność i skłonność do dziwactw. Nic jej nie usprawiedliwi.

– Nawet zmiana?

Rzeźbiarz zaprzeczył ruchem głowy. Dziewczyna powiedziała:

– Jesteś gościem, który wie, o co mu w życiu chodzi.

– Staram się.

– Każda kobieta marzy o kimś takim.

– Miło to słyszeć.

– Drobiazg.

– Chcę cię przekonać, że nie należę do ludzi, którym los świata jest obojętny, choćby dlatego, że mam zamiar w nim trochę pobyć. Tak jak ty. Mylę się?

– Nie.

– Chcę żyć w świecie, który mnie zbytnio nie zdumiewa. Twoja przyjaciółka...

– Monika.

– Właśnie... sama rozumiesz.. Wyrażam się jasno?

Dziewczyna potwierdziła.

– Wspomniałem ci, że pracuję w granicie?

– Kilkakrotnie.

– Trudny przeciwnik, ale uczciwy. Ani granit nie kiwnie ciebie, ani ty granitu. Jest miarą rzeczy. Powinnaś koniecznie zobaczyć mojego Światowida. Jak tylko wchodzi się na wystawę, to się na niego wpada. Poczujesz bijącą od niego pierwotną, więc ponadczasową moc. Nie wynika ona z brudnych myśli, ale z prawdy. Jest z granitu. Masz pojęcie?

– O czym?

– O tym, że mój Światowid jest z granitu. Jak z nim poobcujesz, to zrozumiesz, czemu twoją przyjaciółkę Monikę należałoby zabić.

Dziewczyna wbiła potylicę w poduszkę i uniosła plecy.

178

Poczuła mężczyznę nad sobą. Rozchyliła uda, otwierając drogę ku swemu szafotowi. Poczuła na nim twardy jak granit topór. Twardy jak granit. Gdy go miała już w sobie, usłyszała słowa rzeźbiarza:

– Wszyscy, którzy komplikują życie, nie sprzyjają nam. Zadają nam ból swoją odmiennością. Mamy prawo się przed nimi bronić.

Przestworza kusiły ją, ich bezgraniczność, więc wszechlekkość. Żadnego adresu, uwodzicielskie poczucie nieprzynależności, brak odniesień, nawet do samej siebie, biorąca się z tego swoboda czynów i myśli.

Teraz nawleczona na granit, przygwożdżona opoką, ograniczona do własnej kobiecości, pętana od wewnątrz bez miłosierdzia, zdana na zarysowany jej okrąg, czuła się gotowa do przyjęcia jarzma bez warunków wstępnych, bez coś za coś. Przygwożdżona i unieruchomiona. Jakie rozkoszne być przygwożdżonym i unieruchomionym. Czuć na sobie ten ciężar. Delikatnie, by nie spłoszyć siebie, obróciła się na bok. Złożone ze sobą dłonie wsunęła między rozgrzany policzek a poduszkę. Błysnęło pierwszym słońcem.

Mężczyzna runął na wznak. Profil miał lekki. Po kwadransie rzekł półgłosem:

– Wiem, że do kobiet, takich jak ty, dochodzi się stopniowo. Kiedy ujrzałem cię na molo taką efektowną, a jednocześnie samotną, poczułem, że niczego nie pragnę i nie pragnąłem nigdy tak bardzo, jak tego, by schronić cię pod swoją marynarkę. I już nigdy nie wypuścić. Może dlatego zacząłem od pytania o godzinę.

– Była czwarta – wyszeptała dziewczyna.

– No właśnie – rzekł mężczyzna. – A teraz?

Dziewczyna wysunęła dłoń spod policzka i spojrzała na kwarcowy zegarek przymocowany tandetną bransoletką do przegubu. Odpowiedziała.

– Też czwarta.

– Punkt?

Potwierdziła.

Mężczyzna też obrócił się na bok, objął ją ramionami, przygarnął do siebie w granitowym uścisku. Rozkoszny był to ciężar, rozkoszny.

* * *

Tak spędziła najważniejszą godzinę w swoim życiu. Nie zastanawiała się nad decyzją, odwlekała ją tylko.

Minęła piąta. Pokój rozświetlił się słońcem. W jego blasku był jeszcze węższy.

Zebrała się w chwilę. Wyszła jak duch. Przespacerowała wyczerpane nocnymi swawolami miasto. Wstąpiła do siebie. Szybko spakowała niewielki skórzany sakwojaż. Doczekała rana. Zapłaciła gospodarzom za kilkudniowy pobyt. Ruszyła w stronę stacji. Za rogiem zatrzymała taksówkę.

– Na ekspres, pani Ewo? – zapytał taksówkarz, włączając licznik.

Dziewczyna potwierdziła. Oglądała przez szybę ludzi w dresach i kapturach trenujących poranny footing.

Miasto się jeszcze nie ocknęło, zastygłe w męczącej pauzie, która nie była odpoczynkiem od dnia poprzedniego ani zebraniem sił przed mającym nastąpić, tylko antraktem, który, jak wszystko pozostałe, dobrze jest mieć za sobą.

Miało się wrażenie, że odlicza świty, poranki, południa, wieczory i noce do końca sezonu, żyjące z urlopowiczów, zajmujące się nimi najstaranniej jak potrafi, wyzwolone z nich na początku jesieni, kiedy przychodzą łagodne, pewne, puste dni.

Wtedy miasto z ulgą przyjmuje nieobecność, sztuczny uśmiech zastyga, a ulice, fasady, witryny, świeżo postawione, wystawne molo, skwery, ogrody i, ma się rozumieć, oby- watele przyjmują naturalny stan, w którym wszelka szarość, pośredniość ma się jak najlepiej.

Miasto wystawia spektakl pod tytułem *Kurort*, większość w nim występuje, reszcie krzyż na drogę, potem następują brawka i przychodzi jesień.

Nie wrócę tu już nigdy, mówimy czasami i rozglądamy się wokół, chcąc zapamiętać nawet szczegóły, z którymi już nie będziemy mieć do czynienia.

Dziewczyna nie rozglądała się, jak by porzucała coś, co się jej nie zdarzyło. Nie ma mnie w tym mieście, zdawa- ła się powtarzać.

Poza ludźmi w dresach i kapturach nie zauważyła nicze- go i im szybciej zbliżali się do stacji, tym niecierpliwiej jej wyglądała.

Miasto chciało mieć za sobą sezon, a ona miasto.

Raz na zawsze.

Przed dworcem zapytała kierowcę, czemu uważa, że ma na imię Ewa?

– Bo tak mówił do pani ten pan. Wiozłem was wczoraj, przed dziewiątą, do „Jowity". Nikt nie pamięta taksówka- rzy. Osiem złotych, pani Ewo.

Dziewczyna zapłaciła, wysiadła z auta, obeszła je, po- chyliła się nad opuszczoną szybą przy kierownicy. Powie- działa twardo:

– Nazywam się Monika. Ewa to moja przyjaciółka, taka kurewka... z Wągrowca. Pomylił nas pan.

Taksówkarz zaprzeczył ruchem głowy.

– A jednak – dziewczyna uśmiechnęła się i zniknęła w wysokich drzwiach dworca.

Auto ruszyło, by po kilkudziesięciu metrach się zatrzy- mać.

Taksówkarz pobiegł za dziewczyną z jej skórzanym sak- wojażem.

Pokręcił się po hallu, potem wbiegł na jedną z dwóch platform. Nie znalazł jej wśród niewielu podróżnych. Wrócił do hallu. Zapytał kasjerkę o szczupłą szatynkę, która powinna kupić bilet na warszawski ekspres. Kasjerka jej nie skojarzyła. Raz jeszcze przebiegł obydwie platformy, pokręcił się przed kasą, powarował przed toaletami, lecz dziewczyna nie dała mu szansy, jakby się rozpłynęła w powietrzu. Jakby nie będąc Ewą, nie była też Moniką. Jakby taksówka, w istocie, nie przywiozła nikogo.

Wyspa

I

Napatrzeć się nie mógł kartoflano-buraczanej urodzie Mielczarka, z gałkami oczu jak połówki jajka za cylindrami okularów.

Napatrzeć się nie mógł tej jego podstołecznej, rozkolebanej zwalistości, temu podmiejskiemu sznytowi wyłażącemu z każdego pora skóry, zadzierżystym gestom, knajackiej intonacji, toteż wiadomość, że Mielczarek jest zza Łochowa, ostudziła Konstantego w zaciekawieniu i zburzyła konstrukcję, w którą podczas rozmowy o niczym go wbudowywał.

Trudno powiedzieć, że Łochów nie pasował Konstantemu do prosiakowatej substancji, z wygolonym do skóry, rozrośniętym łbem na masywnej szyi, ale lokalizując Mielczarka w geografii kraju, widział go raczej w jednej z tych strasznych miejscowości na wschód od stolicy, do linii wyznaczonej przez Wyszków, Tłuszcz, Mińsk Mazowiecki, Kołbiel.

Bliskość Podlasia sugerowałaby jednak w Mielczarku pewną polność, ruczajowatość, rzewność nawet, którymi ten muśnięty nie był.

Łochów wprawdzie to cały czas uporczywie nizinne, rozpanoszone, brudne i pyskate Mazowsze, ale wiatry od

Drohiczyna, jak już się zdarzały, musiały przywiewać zapach podlaskich łąk i malowniczych ugorów poodmierzanych brzezinami, i formować konstrukcje, jeżeli pospolite, to nie tak dosadne, nie tak kategoryczne w swym grubiaństwie.

Łochów nie Łochów to w rzeczy samej, Konstanty znał ten rodzaj na wylot. Nasycił się nim jak smrodem łajna. Zapamiętał, co by się miało wydarzyć, do końca życia.

Jak siebie samego znał tę niewzruszoność wobec ciszy przepastnych korytarzy, lekkości loggii, urody krużganków, tajemnic wystawnych apartamentów na żar dziedzińców i chłód podcieni.

Miał przed oczyma ciężki kłus, jakim ci ludzie, zawsze w sprawach niecierpiących zwłoki, przebiegali gabinety i biblioteki, w których tak często ważyły się losy świata.

Słyszał protekcjonalny ton wobec każdej odwieczności, dostrzegał nieuwagę na piękność lub starość.

Cóż więc dla Mielczarka znaczyły gotyckie czaszki, głuche spojrzenia, powściągliwa grzeczność, rysy ostre jak brzytwa, łagodzone od czasu do czasu uśmiechem wszechwiedzy.

Nawet Dino Barbazza, w imieniu którego przybył o świcie motorową łodzią z kontynentu, nie znaczył dla Mielczarka nic więcej zapewne niż urząd, który ten Sycylijczyk pełnił.

A Barbazza, choć mogło się tak nie stać, zaabsorbował kurz, zapach, ciszę, wszystko, co składało się na duch pięćsetletniej Kongregacji, zadając szyku swą senatorską tuszą i niemożliwą, myślałby kto, do podpatrzenia dostojnością.

A przecież ojciec jego i ojciec jego ojca, i wszyscy wstecz, na kilkanaście, lekko biorąc, pokoleń, wyschnięci jak figi, pieprzyli się regularnie z owcami w wytrzebionych z drzew, niezaludnionych, bandyckich górach i niewykluczone, że sam Barbazza tego w pacholęctwie zakosztował, kiedy fale podniecenia rozrywały mu jaja.

Morze gęstniało od świtu, aż stanęło w miejscu.

O powietrzu nie ma nawet co wspominać.

Konstanty czuł się dzisiaj jak w sierpniowym, opustoszałym, mimo hord turystów, Rzymie, który lubił szczególnie, choć właśnie w tym miesiącu osłabiała go najdotkliwiej gorączka, ustępująca dopiero przed listopadowymi, a bywało, że i grudniowymi chłodami.

Bał się tych tajemniczych infekcji jak mało czego. Demolowały go do spodu od wczesnej młodości i dopiero klimat pustynnej wyspy, który był niczym źródło życia, wypłoszył wszystkie dolegliwości.

Po pół roku mniej więcej chodził jak maszyna. I po pół roku zaczął rozglądać się za kobietami. W Rzymie mu ich nie brakowało. Lecz im były powszedniejsze, ładniejsze, młodsze, im więcej im się podobał, tym mniej ich pożądał.

Na wyspie brałby każdą, nie było żadnej.

Przed siódmą podzielił się tym doświadczeniem z Mielczarkiem. Powiedział mu wprost, że jeżeli mu tu czego brakuje, to kobiet.

Nic nie zapowiadało grozy i może dlatego wisiała w powietrzu. Radiowe komunikaty nie różniły się niczym od poprzednich, lecz trzeba było znać wyspę, by wiedzieć, że tym razem wiatr przyniesie więcej piasku z pustyni, więcej żaru ze wschodniego ergu i nie ustąpi, jak zwykle, po połowie dnia.

Żaden podmuch nie szeleścił, nieliczne zwierzęta zapadły się pod ziemię. Ptaki umilkły. Słońce wyostrzyło się jeszcze mocniej i ziemia zżółkła do szczętu. Nic w pejzażu nie uwodziło i może dlatego Konstanty go tak polubił.

Ascetyczna upalność, pustynna suchość, mimo bezmiaru wód wokół, biel fasad, błękit drzwi i okien, dyskretna obecność przyjaznych na ogół ludzi, niezakłócających sobą żadnego z widoków, reglamentowana zieleń, szarzejąca w miarę zbliżania się do lata, aż u jego szczytu przybierająca barwę całej reszty.

Konstanty, skryty w cieniu, całymi godzinami sycił nią oczy.

Symetryczna do pejzażu kuchnia też robiła mu dobrze.

Sprowadzana z kontynentu woda, pół na pół z miejscowym, lekkim winem, jęczmienne placki, chude, nie większe od wron kurczaki, pieczone w glinianych, ledwo z ziemi wystających piecach, nasączone ziołami, pozbawiającymi ich mięso smaku dziczyzny, ser suszony na słońcu, drobne oliwki, aromatyczne pomidory, ostra cebula i rucola, która wszystko to pojednywała.

Jego wymęczony europejską różnorodnością organizm odetchnął.

Odnalazł siebie w biblijnej wręcz surowości.

Zbliżała się ósma, gdy radio zaszumiało kolejnym tego dnia komunikatem. Mielczarek zapytał, o czym mówią.

Konstanty odpowiedział, że o wietrze, który uderzy za kilkanaście godzin.

Jak uderzy, zapytał Mielczarek, a Konstanty skłamał, że jak zwykle.

Mieli więc ósmą rano, a upał stanął już jak w południe. Czuli go nawet na ocienionym markizą, przewiewanym bryzą tarasie. Dzisiaj bryzy nie było, cień padał, lecz równie dokuczliwy jak słońce, i jeżeli go coś wyróżniało z rozpalonej żółtości, to barwa, bo sam zdawał się rozprażony jak wszystko, czego nie chronił.

Cień między kwietniem a listopadem na wyspie był wszystkim. Dlatego oprócz dobrej wody najbardziej go brakowało. Wodę z al-Gharb dowoziły łodzie, cienia nie dowoził nikt, ludzie wyrywali go sobie nawzajem, przeciągali, przekupywali, kusili, a on, wybredny, chwiejny, chimeryczny, padał skąpo i najczęściej nie tam, gdzie się go oczekiwało.

186

Konstanty pomyślał o Netcie. Jak ona znosi upał w letniej stajni Malloume'a pod trzcinowym dachem. Powinien być już w drodze do niej, lecz obezwładniająca niemoc od dawna niezaznanej gorączki, która przypomniała mu rzymskie osłabienia, przykuła go do ratanowego fotelika.

Gdzieś za nimi odezwał się zrozpaczony wielbłąd, przeczuwający swój smutny koniec. Okrutnie na wyspie kończyły te niebiańsko cierpliwe, zapracowane zwierzęta, mordowane między świtem a porankiem, powalane sznurami gdzie bądź na wyschniętą ziemię, która poiła się w nieskończoność kilkunastoma litrami ich krwi, upuszczanej miarowo, z nabożeństwem, wśród obojętnej na cierpienie czeredy gapiów.

Oprawiali nieszczęśnika mężczyźni niemłodzi, jak większość tutejszych, wyschnięci na wiór, na co dzień delikatni i uważni, skłonni do zamyśleń, zapatrzeń, zamknięci na innych, wolni od strzępu nawet rzeźnickiej brutalności.

Tacy jak Malloume.

Konstanty lubił Malloume'a, choć podejrzewał go o udział w tych niczym nieusprawiedliwionych, przedłużanych w nieskończoność kaźniach. Raz nawet zciął go otwartym uderzeniem dłoni w twarz, kiedy za podejrzeniem poszedł niekontrolowany atak gniewu, wyzwolony jeszcze jakąś niesumiennością wobec siwej, arabskiej klaczy.

Od lat naznaczała go brutalność, przy której odpoczywał, i wrażliwość na cierpienia świata, od której dostawał mdłości. Dałby wiele, żeby wzorem innych, Mielczarka najpewniej, przechodzić mimo ze świadomością, że przynależność do gatunku władców ziemi i osiągnięta w nim pozycja chronią go obligatoryjnie przed torturami zadawanymi w imię niczego.

Tak jak temu zadręczanemu wielbłądowi, który go przywoływał nadaremno.

Mielczarek zapytał, czy mogliby przejść na ty w rozmowie, jaka ich czeka. Na pytanie Konstantego, co miałoby to uprościć lub ułatwić, Mielczarek odrzekł, że wszystko.

Konstanty zaprzeczył ruchem głowy. Nie odrywając oczu od morza, które bez przerwy gubiło swój kolor, wchłaniany przez następny, trwający też chwilkę, powiedział, że rzecz w czym innym.

Mielczarek pochylił się na bliźniaczym, ratanowym foteliku i Konstanty poczuł jego zły oddech.

– W tym mianowicie – tyle się Konstanty odsunął, ile jego gość przysunął – że jedyna kobieta, do której mógłbym się zbliżyć, to niemłoda Arabka dwa razy w tygodniu zmywająca mi podłogę. Jej córka, sądząc po ruchach, wdzięczna jak gazela, jest już poza moim wyborem. Zważyć proszę, że nie powiedziałem zasięgiem czy możliwością, a wyborem.

Mielczarek po kilku minutach zapytał o różnicę między zasięgiem a wyborem, a Konstanty po kilku minutach odpowiedział, że trzeba tu pomieszkać, by wiedzieć, czym jest niemłoda Arabka.

I zamilkli na dłużej. Wielbłąd też się już nie odezwał.

Choć nim tak się stało, Mielczarek napomknął, że przetarg na budowę kilku hoteli wygrał, jak sądzić należało, skandynawski inwestor, w związku z czym liczyć się należy z rychłym przyjazdem na wyspę polskich robotników, których Skandynawowie sobie upodobali.

Mielczarek zwrócił twarz ku morzu. Konstanty przypatrywał mu się bezceremonialnie.

Z czasów rzymskich go nie pamiętał. Musieli się gdzieś spotkać, minąć, otrzeć o siebie chociażby, ale co innego zetknąć, co innego zapamiętać. Żeby zapamiętać, trzeba rozróżnić, rozróżniając, wyróżnić. Jak wyróżnić trzydziestoletniego onanistę z łupieżem na sukni?

Jak wyróżnić wśród innych twarz jasną, okrągłą, nietkniętą dłutem, z grymasem prowincjonalnego sarkazmu, tak przeciwnego tym poważnym, naturalnym, wytrawionym twarzom, zaprawionym w kurii od kilku, a bywa, że i kilkunastu pokoleń?

Jak odróżnić, więc wyróżnić, więc zapamiętać, od nierozróżnialnej z definicji ciżby, która najechała Wieczne Miasto z nieznanym mu od wieków entuzjazmem i tak radośnie je ożywiła?

Byli przy trzeciej kawie, kiedy minęła dziewiąta. Cóż za przyjemność te poranne kawy na tarasie nadmorskiego bunkra, oddzielane od siebie papierosami. Kawy lurowate, lekko słodzone, zabielone niemieckim kondensatem.

Konstanty wyciągnął przed siebie nogi w postrzępionych szortach i dał sobie czas do dziesiątej. Potem, jakby się nie czuł, odwiedzi Nettę.

Ciekawe, co Mielczarek sądzi o jego nogach, porównując je, co nieuniknione, z własnymi.

Nie może nie zauważyć, że nogi człowieka, do którego przybył o świcie motorową łodzią z kontynentu, brązowe są od opalenizny i kształtnie uformowane. Że po zbyt szerokich, skłaniających się ku platfusom stopach przychodzi cienka kostka, ponad którą wyrastają dwa bochny umięśnionych na beton łydek, które od równie wytrenowanych ud oddziela kościste kolano, chroniąc całość przed nudą doskonałości.

A nogi Mielczarka, jak sądzić należy, parafialne.

Na umór zakłaczone, blade, krótkie naturalnie, twarde od sadła, które uformowało się w pozór. Gdyby je wytopić, zostałyby kości i skóra, a muskułów tyle tylko, by je uruchamiać.

Moje nogi, pomyślał Konstanty, są transparentne, widać gdzie kość, gdzie mięsień, gdzie ścięgno. Przyjmie każdy zakład, że nogi Mielczarka, gdyby tak zechciał zadrzeć suknię, nie wyjaśnią niczego. Równe jak słupy, słabosilne, odporne na kontuzje, niewzruszone żadną żyłą lub tętnicą, o nerwach nie wspominając, bo wszystko skryte pod świńską, odpowiednio nałojowaną skórą.

Nogi sposobne do futbolowej piłki i futbolowego boiska, więc seminaryjne.

Gdyby teraz, z perspektywy lat kilkunastu, miał Konstanty wskazać rzecz najcelniej charakteryzującą alumnów w siedleckim seminarium, to wskazałby piłkę nożną, uprawianą obsesyjnie przez słuchaczy nie tylko jego roku.

Na ogół grali zręcznie.

Mieli do tego zajęcia dryg, jakby pod tym kątem się skrzyknęli, jakby dryg do futbolu weryfikował ich powołania.

Konstanty, niechętny w tym czasie sportom, osłabiany już dotkliwie przez tajemnicze gorączki, nie dostrzegał w alumnach sportowego zacięcia, tej niemożliwej do okiełznania chęci rywalizacji, w każdym czasie i na każdym polu, tego zaprawiania się we wszelkiej konkurencji. Niewielu uprawiało poranną gimnastykę, niewielu mocowało się z hantlami czy sprężynami, nikt z jego roku nie biegał, nie jeździł na rowerze. Boisko do siatkówki leżało odłogiem. Siedlecki zalew nawet w czasie upałów nie był przez alumnów odwiedzany, podobnie jak, marne bo marne, ale jednak tenisowe korty.

A piłka nożna w użyciu była co popołudnie, od wiosny do późnej jesieni.

Nie mylił się, sądząc wtedy, że nie jest ona dla tych młodych, dobrze odżywionych mężczyzn sportem. Jest zadośćuczynieniem całej tkwiącej w nich plebejskiej chęci odnalezienia się w stadzie, w wiejskiej wspólnocie, wspólnych sianokosach, żniwach, młóckach, wykopkach. Dlatego byli do tego przysposobieni, jak przysposobieni do kosy, cepa, snopa, nieustępliwi, robotni, niespożyci, uparci, prości i chytrzy jednocześnie, umiejący kiwnąć przeciwnika, a jak się zdarzy, to i swego.

I jacy by się nie trafiali, niscy czy wysocy, wyciągnięci lub pękaci, równi albo szpotawi, znaczący swój ślad rozczłapanym wilgotnym platfusem czy rzadszą apolińską stopą, to w piłce nożnej sprawiali się dobrze. I w rzeczy samej, im głębiej szli w białość, nierówność, pokraczność, jakieś trudne do wyobrażenia skundlenie, tym byli w tym sporcie skuteczniejsi, lepiej do niego przyłożeni.

– Nie miałby ksiądz ochoty na kąpiel? – zapytał Konstanty, wskazując majolikowe teraz morze, mimo niepokalanej żadną falą gładkości trwożące zapowiedzią szaleństwa.

Do brzegu zmierzała smukła łódź motorowa, wracająca ostatni raz z kontynentu, taka sama, a może ta sama, która o świcie weszła do nędznego portu w Alawi, przywożąc nieporuszonego niczym wysłannika kurii.

– Nie, nie – Mielczarek poruszył się na foteliku – nie jestem sportowcem. Nie pływam.

– To widać – nie ukrywając niechęci, rzekł Konstanty.

Koił oczy bezkresną dalą.

Skończył siódmego papierosa i natychmiast wyobraził sobie następnego. Nadawały sens życiu. Gdyby nie było papierosów, to by go nie wiódł. Co najwyżej ciekłoby jak woda z niedokręconego kranu, bez smaku, zapachu, sensu, bez oczekiwania przyjemności, która jest na każde zawołanie i od nikogo nie zależy.

Mógłby z trudem obyć się bez kawy, oddalić wino. Pogodziłby się z myślą, że nie zbliży się już nigdy do żadnej kobiety, przeżyłby rozstanie z książkami, potrafiłby pożegnać morze, lecz siedzieć wieczorami na betonowym tarasie, wspierać stopy o jego metalowe barierki, wystawiać spalony słońcem tors na podmuchy wiatru, celebrować kontrast, jaki wynika ze smagłości skóry i bieli koszuli, obserwować fale pieszczące piasek, przeganiać myśli, by żadna z nich nie zaprzątała uwagi chwilę dłużej, niż na to zasługuje, i nie zaciągać się marlboro, to pogodzić się z faktem, że każda z wymienionych przyjemności i wiele innych niewymienionych, niezaczarowane papierosem, znaczą tylko tyle, ile znaczą, więc nic.

Upał robił swoje. Wszystko znieruchomiało w oczekiwaniu wiatru. Niechby i gorącego, byle poruszył ten trudny do zniesienia bezruch.

– Czego chce Sycylijczyk? – zapytał twardo Konstanty.

Mielczarek uśmiechnął się, lecz nie w odpowiedzi. Jego niewzruszoność zdumiewała. Twarz blada, sucha, niesmagnięta nawet skwarem, suknia zapięta na ostatni guzik pod miękką, zapowiadającą już drugi podbródek szyją, zaciśnięta w obręcz. Sylwetka wyprostowana, ledwo dotykająca plecami oparcia fotelika, wielki, okrągły łeb, nieruchomy, jak w imadle. Urzędowość, wynikająca z wieloletniego treningu raczej niż natury. Męstwo wobec kuszącej dezynwoltury Konstantego, wobec jego szortów, wyblakłej, rozpiętej do pasa koszuli, przewiewnych sandałów.

Radio poinformowało, że gorący wiatr jest nad Sidi el-Noammuri i wzgórzami Moran, pędzi niewyobrażalne tumany pyłu na wschód, w wyspę nie uderzy przed północą, więc prognoza z dziewiątej jest zweryfikowana o dwie godziny na korzyść ciszy.

Konstanty postawił na stoliku między nimi wodę w oszronionej butelce. Mielczarek nawet na nią nie spojrzał. Konstanty zaproponował mu kolejną kawę, Mielczarek podziękował.

Po kwadransie zapytał o Dunsa Szkota.

– Porozumieliśmy się – odpowiedział Konstanty. Dodał, że pół roku temu, podczas święta owcy, odebrał młodemu wyspiarzowi zapuszczoną klacz. Że widząc nieuprzejmość, z jaką jest traktowana, zatrzymał ją, proponując ekwiwalentną sumę pieniędzy. Arab uniósł się honorem i nie przystał, z tego samego powodu Konstanty nie zwrócił mu konia. Rzecz jest, co się zowie, w zawieszeniu i bardziej go teraz obchodzi niż Duns Szkot.

Klacz, zwana przez niego Nettą, dochodzi do siebie w letniej stajni Malloume'a. Odwiedza ją codziennie. Zwykle zajmuje mu to godzinę. Dzisiaj może być dłużej.

– O ile dłużej? – zapytał Mielczarek.

– O godzinę – odpowiedział Konstanty.

Mielczarek zaproponował, że zerknie w Szkota, że dwie godziny mu wystarczą, by zorientować się w postępach.

Konstanty wszedł w bunkier, wrócił gotowy do dwukilometrowego marszu plażą. Miał na sobie jeansową koszulę ze spuszczonymi rękawami, apaszkę, płócienny kapelusz z opadającym rondem, ciemne okulary, jakich używają alpiniści, przy pasku skórzany bukłaczek z wodą.

Rzucił na stolik plik kartek, zapisanych drobnym, równym pismem, bez poprawek.

– To wszystko? – zapytał Mielczarek.

– Widocznie – odpowiedział Konstanty.

Zbiegł ze schodów i ruszył ku morzu. Postanowił być uprzejmiejszy dla młodego, rzymskiego emisariusza, gdy wróci od Netty.

Mijała dziesiąta.

* * *

Wrócił po dwóch godzinach. W zderzeniu z upałem wziął górę. Gorączka, którą być może przywiózł mu z Rzymu Mielczarek, wycofywała się. Czuł się lepiej niż przed spacerem. Doszedł do przekonania, że nagłe, zapomniane już, zimne gorąco, które nim zawładnęło, gruźlicza skłonność do wypieków, łatwość, z jaką się pocił, ma związek z bliską, fizyczną obecnością kapłana, a nie, co podejrzewał, oczekiwanym wiatrem, dlatego postanowienie, że będzie uprzejmiejszy, zostało odwołane.

Na pretensję Mielczarka, że praca nad Dunsem Szkotem nie posunęła się tak, jakby można oczekiwać, odwarknął, że posunęła się tyle, ile Duns by sobie życzył. Ani kroku więcej, ani kroku mniej.

Po czym opowiedział Mielczarkowi, jak zastał Nettę, stajnię, jej opiekuna, choć widział, że to jego gościa zupełnie nie obchodzi.

Głębia oczu Netty, miękkość jej chrapek, stan sierści, kształt, w jaki ułożył się jej ogon nad odbytem, rozpaliły w Mielczarku z trudem powstrzymywane zniecierpliwienie.

Z satysfakcją odnotował też Konstanty, że wyspa dobiera się do tego zapakowanego na umór człowieka, sączy weń niepokój, ruinuje radość, jaką młode ciało czerpie z samego siebie, czyni z biologii, która, jak sądzić należy, działa w Mielczarku bezszelestnie, wroga potrafiącego nawet zabić, nie zza węgła, z przysiadu, od tyłu, lecz twarzą w twarz, na wylew, atak serca, szok termiczny, nagłe odwodnienie.

Z wyspą, na dziesięć godzin przed gorącym wiatrem, żartów nie ma.

Mielczarek przerwał po kwadransie mniej więcej opowieść o konsystencji gówna, w jakim stała Netta w letniej stajni Malloume'a, i zauważył, że pojęcie nominalizmu, jakie wprowadził Konstanty do swych rozważań o uniwersaliach, odnosi się do okresu, którego Duns znać nie mógł, bo go nie dożył. Że będąc blisko, Konstanty przypisał Szkotowi coś, co, jeżeli trzymać się już Wysp Brytyjskich, przynależy Ockhamowi.

– Temu od brzytwy? – Konstanty rozwalił się na foteliku, wyciągnął nogi przed siebie i sztachnął się głęboko jedenastym tego dnia papierosem.

– Brawo – zgodził się Mielczarek. Sarkazm go nie ożywił.

Konstanty zapytał swego gościa, czy nie miałby się ochoty ogolić, skoro o brzytwie już mowa, czy nie chciałby wejść pod prysznic, gdyż nie da się ukryć, w tym upale, niebawem zacznie cuchnąć, co dla nich obydwu nie będzie miłe.

Mielczarek żachnął się i nie ukrywając pretensji, zauważył, że cała interpretacja metafizyki, uznająca byt jednostkowy za jedynie realny, jest z założenia chybiona, skłaniająca się błędnie do wynoszenia i sublimowania tego, co z natury swej nietrwałe i pospolite. Że spór Dunsa ze średniowieczną scholastyką nigdy nie został potwierdzony, że Konstanty wchodzi na wzgórza, których nie ma, bo krajobraz Dunsa jest, w przeciwieństwie do ziemi, z jakiej się wywiódł, płaski, co nie gasi jego urody, gdyż ta jest w całym określającym go subtilissimus.

Konstanty zastanawiać się zaczął, czy cios z półobrotu na punkt zwaliłby młodego kapłana na beton i unieruchomił, jak zwalił na piasek właściciela Netty podczas święta owcy.

Trudno mu było powstrzymać w sobie pokusę, by tego popróbować.

W miarę zbliżania się wiatru coraz trudniej mu będzie zapanować nad trapiącą go nie od dziś agresją.

Wchodząc do letniej stajni z trzcinowym dachem, poklepał po barku Nettę, teraz doszedł do przekonania, że ją raczej kilkakrotnie uderzył.

Odpowiedział za głośno:

– Cały sensualizm Szkota jest w opozycji do tych waszych arystotelesowskich mądrości, zdegenerowanych, proszę mi nie przerywać, przez trujące jady tomistycznych scholastyk, które, jak musiał ksiądz zauważyć, pieprzę.

Mielczarek westchnął na to głęboko, rozłożył ręce, a skronią spłynęła mu pierwsza kropla potu.

Czy rzeczywiście pieprzy, zadał sobie w duchu Konstanty pytanie. Co go, w istocie, obchodzi ten zarozumiały Akwinata, Duns Szkot czy Ockham, bezsilni wobec tajemnicy istnienia.

Rok temu, mniej więcej, wrócił do siebie z Ostii, gdzie przez godzinę ostro pływał, spalony słońcem już nie na brąz, a na węgiel, wychudły jak parasol.

Z zapadniętymi policzkami i postrzępioną długą szyją, przypominał postać z El Greca.

Na stacji metra przy via Aventina ujrzał siebie podrasowanego na filmowego amanta, spoglądającego wyzywająco na podróżnych z ogromnego billboardu, podpisanego: On nie przemienia.

Rozpoznał się z trudem. Sesję zdjęciową zrobiono w kwietniu, ostatnim miesiącu przed ofensywą letniej gorączki i osłabienia, które od maja spalały go już na popiół, nawet z opalenizny, tej efektownej, choć skłamanej oznaki zdrowia, czyniąc coś, co podpowiadało w nim chorobę.

Telefon odezwał się zaraz po tym, kiedy przekroczył próg klaustrofobicznego mieszkania na Awentynie, wynajmowanego od jednej ze swych włoskich kuzynek, z którego, jeśli tylko mógł, to uciekał.

Dzwoniła Poppea, wnuczka Senny i siostrzenica arcybiskupa. Oczekiwano go na wieczornym przyjęciu w ogrodach Villi Celli. Odpowiedział, że czuje się pochlebiony, choć wcale tak nie było. Pożałował samotnej wędrówki upalnym wieczorem po zawsze fascynujących go zaułkach Zatybrza.

Póki co zwalił się na łóżko i zasnął. Obudził się przed siódmą. Wziął prysznic, białą koszulę, żywy krawat i ciemny garnitur, który go karykaturalnie wyszczuplił.

Były trzy kwadranse na ósmą, gdy zjechał windą na parter i ujrzał się w lustrze pierwszego z brzegu sklepu. Srebrna tafla odbiła sylwetkę niecodzienną w swej wiotkości, niemęską, prowokującą do kpin, żartów, w najlepszym wypadku, politowania.

Ogrody Villi Celli oświetlono lampionami, zapach cygar mieszał się z wonią ryb pieczonych na rusztach, młodzi kelnerzy roznosili trunki, dostojników kurii mniej było niż zwykle.

Poppeę zdobiła czarna sukienka z tafty, zapięta pod szyją na renesansową klamerkę, z dekoltem na smagłych plecach, aż do połowy pośladków.

Właśnie te olśniewająco kształtne pośladki, na chwałę Bożą, jak powtarzał sufragan Vieri, wyrywające się na zewnątrz nawet spod zimowych okryć, zachęciły Konstantego, by zerżnąć piękną wnuczkę Senny, na dzień przed wigilią Bożego Narodzenia, w przygodnym rzymskim hoteliku.

Nim tak się stało, szli obok siebie, ulicą pełną zabieganych w przedświątecznej gorączce ludzi, coraz siebie bliżsi, chociaż milczący.

Poppea weszła do sklepu z zabawkami, przymierzyła się do jakiegoś niedźwiadka ze złotego barchanu, a Konstanty przymierzył się do niej od tyłu, czując na swym kroczu dwie twarde jak jabłko wypukłości i nieokiełznane podniecenie.

Z niezapakowanym niedźwiadkiem, którego dziewczyna niosła za ośle ucho, wpadli do pierwszego napotkanego hoteliku i pośpiesznie wspięli się na trzecie piętro.

W nieogrzewanym numerze czuć było wilgoć i myszy, łóżko z pożółkłą pościelą nie zachęcało.

Dziewczyna wsparła się dłońmi o ramę łóżka, pochyliła się, rozstawiła długie nogi. Konstanty zadarł jej płaszcz i spódnicę, owinął nimi jej głowę, zsunął z pośladków rajstopy wraz z majtkami i posiadł ją od tyłu, tak energicznie, że do drzwi załomotał patron, zaniepokojony rozdzierającym serce rzężeniem metalowego mebla.

– Chodź – powiedziała Poppea – chcę cię komuś pokazać.

Poprowadziła go żwirową ścieżką, wysadzoną bukszpanem, a potem trawnikiem, na którym walka wody ze słońcem osiągnęła stan krótkiej równowagi, przed zadecydowaną klęską tej pierwszej, podczas letnich spiekot.

– Schudłeś czy mi się wydaje? – zapytała dziewczyna, idąc przodem, a on nie potrafił oderwać wzroku od misternej kreseczki, oddzielającej górne ćwiartki pośladków, trochę jaśniejszych niż gładkie, szerokie plecy. Zbliżyli się do monumentalnego fotela, w którym, niczym antyczna władczyni, spoczywała potężna przeorysza Carla Lubraniecka.

– Jestem jakąś twoją daleką ciotką – rzekła zachrypniętym od papierosów męskim głosem. Znałam twoją matkę. Straciłam ją z oczu, kiedy zamieszkaliście na Ziemiach Odzyskanych w... – strzeliła wyschniętymi palcami, jak z kapiszona.

– Podgórzynie – podpowiedział Konstanty.

– Właśnie – ucieszyła się Lubraniecka – to podobno śliczne miejsce.

– Ale dzikie – ostudził ją Konstanty.

– Po tej strasznej śmierci twego ojca napisałam do Anieli list, ale mi nie odpowiedziała.

– To bardzo prawdopodobne. Pochłonęła ją opieka nade mną. Oddała się cała tej powinności.

– Podobno przebierała cię za dziewczynkę.

Konstanty się roześmiał.

– W dzień po pogrzebie ojca do szkoły poszedłem w sukience, pończochach zapiętych na żabki, z włosami do ramion. Moja matka naturalnie nic z tego nie pamięta, ale kiedy wspominam swój wstyd, przychodzi mi na myśl, że matka, przebierając mnie, próbowała podświadomie uchronić mnie przed męskim życiem, które wiódł ojciec. Przed codziennymi pijatykami w wiejskiej gospodzie, ulicznymi bójkami, cotygodniowym pokerem, zażyłością z cudzymi żonami. Ojciec nie był, jak sądzę, szaleńcem, ale życie buzowało w nim do przesady. Uważała zapewne, że sukienki, nie naruszając ciała, złagodzą mi duszę. Sama o usposobieniu somnambulicznym, trwożyła się moją ruchliwością i skłonnością do przygód. W wiele lat potem, kiedy powiadomiłem ją o wstąpieniu do seminarium duchownego, odetchnęła. Cokolwiek miałoby mi się przydarzyć, obsesyjne awanturnictwo ojca już mnie nie naznaczy.

Przeorysza Lubraniecka bystro spojrzała Konstantemu w twarz. Surowe bywa czasami zrozumienie, wtedy element czułości, towarzyszący współczuciu, bez którego nie ma zrozumienia, jest zredukowany i pozostaje tylko wyostrzona uwaga. Z taką uwagą zapytała Konstantego, czy modli się za swego ojca.

– Kiedy tylko mam okazję – skłamał Konstanty.

Przeorysza rzekła cicho, że miło jest wspominać to, co minione, wobec tego, co jest.

Na pytanie Konstantego, dlaczego, zaproponowała wino białe.

Napijesz się ze mną wina, dodała głośniej, jest schłodzone jak trzeba i wyhodowane nad Mozelą, bo te włoskie nadają się, co najwyżej, do płukania ust.

Konstanty usprawiedliwił się, że od maja do listopada nie próbuje białego wina, gdyż ciepłe jest obrzydliwe, a zimne mu szkodzi. Przeorysza zauważyła, że to przykra dolegliwość. Co do niej, chłodne mozelskie pozwala przetrwać jej rzymskie lato, a od kiedy skończyła siedemdziesiątkę, nie rozstaje się z nim również w zimie, która z natury swojej skłania ku winom cięższym i cieplejszym. Białe wino ratuje jej życie, podobnie jak rosyjskie biełomory, które organizuje jej poczciwy Pino Nabokov, jedyne, jakie nie powodują u niej kaszlu. Gauloise'y, palone wcześniej, ma się rozumieć czarne bez filtra, były lepsze, ale musiała się z nimi rozstać, podobnie jak z wieloma innymi przyjemnościami.

Rozmowa o papierosach zajęła im kilka minut. Potem stara kobieta z wyżyn tego tronu, na jakim ją posadzono, zapytała Konstantego, czy to prawda, że biedzi się nad rozprawą doktorską o Dunsie Szkocie. Konstanty potwierdził, a przeorysza zauważyła, że Duns nie był człowiekiem szczęśliwym i nawet długoletni pobyt w zasobnej i wesołej Francji nie zmienił w nim chrześcijańskiego poczucia rozpaczy.

– W przeciwieństwie do tego napuszonego cymbała Akwinaty – wypalił Konstanty, czując, jak rozdrażnia go własna przekora.

– Miło spotkać kogoś, kto nie pada na twarz przed tym pyszałkiem – pochwaliła Konstantego Lubraniecka, grożąc mu jednocześnie palcem.

– Ale sława twoja, mój chłopcze, poi się zatrutym źródłem.

– O czym mowa? – zapytał Konstanty, rozglądając się za czymś do siedzenia, lecz idiotyczny w swym dostojeństwie fotel ustawiono na pustym trawniku, wokół którego zaczęli się zbierać gapie.

Carla Lubraniecka odpowiedziała, że ma na myśli to, co wszyscy, a Konstanty odpowiedział, że wszystko odwołał.

– Nie tak, jak chciał kardynał Barbazza – odezwała się surowo stara mniszka, godząc wyschniętym na szpon palcem w Konstantego – Sycylijczyk jest wściekły.

– A to już jego problem – odrzekł Konstanty i zrobił krok do tyłu, w tym samym momencie, w którym ta ciepła rozmowa skostnieć mogła od chłodu.

Wymówił się tangiem z Poppeą.

Istotnie, świetnie zagrano Astora Piazzollę, a marmurowy krąg stał pusty.

Lubraniecka poprosiła jeszcze Konstantego, by przy okazji zwrócił uwagę dziewczynie na trochę oględniejszy dekolt, gdyż nie wypada świecić gołym tyłkiem w obecności osób tak wiekowych, jak ona sama i sufragan Vieri.

– Ma to po Sennie – odpowiedział wtedy Konstanty i umknął.

Zbliżył się potem do kręgu, lecz nie zatańczył z dziewczyną, gdyż chłód i żar na zmianę rozbierać zaczęły go nie na żarty.

* * *

Minęli porę lunchu.

Konstanty przyniósł z kuchni w bungalowie bagietkę, owczy ser, zielone oliwki i wodę w karafce.

– Kuskus z rybą dostaniemy o siódmej – poinformował kapłana, gdy ten ochoczo zabrał się za pieczywo.

Jedli w milczeniu. Zajęło im to kwadrans. Konstanty zapytał Mielczarka, czy grywał w futbol.

– Gdzie?

– W seminarium.

– Jak wszyscy. – Mielczarek wzruszył ramionami. Powiedział, że lubi tę rozrywkę i dobrze mu się w niej wiedzie. Konstanty zapytał o pozycję, a Mielczarek pochwalił się, że grywał na każdej, poza bramką. Najchętniej jako libero.

– Libero? – Konstanty się zdziwił. Wyobrażał sobie kapłana w jakimś stateczniejszym miejscu, niewymagającym fantazji, raczej skrupulatności, na przykład środkowy obrońca. Mielczarek zauważył, że pozory mylą, a Konstanty, że wbrew powiedzeniu, rzadko.

Od rana powietrze gęstniało, gdy zdawało się, że zbliża się do konsystencji budyniu, zawiesiste, lepkie, mokre, zaczęło się rozrzedzać i klarować.

Teraz z każdą minutą stawało się lżejsze i przejrzystsze, tak że w pewnej chwili na horyzoncie pokazała się falująca, brunatna kreseczka, odbijająca się wyraźnie od seledynu morza i błękitniejącego nieba.

Konstanty wskazał ją Mielczarkowi. Powiedział, że to kontynent, a młody kapłan zdziwił się jak niedaleko. Nic się nie zmieniło, wyjaśnił Konstanty, Afryka jest o czterdzieści

201

minut drogi motorową łodzią z portu w Alawi, tylko powietrze się wyklarowało.

– Co to oznacza? – zapytał skaleczony niepokojem Mielczarek.

– Szczególny żar pustynnego wiatru – odpowiedział mu Konstanty.

Dodał, że im lepiej widać skraj Sahary, tym wiatr gorętszy, bo z jej głębszych głębi.

Przeżył tutaj cztery wiatry. Każdy był gwałtowniejszy od poprzedniego.

Ze szczelin tarasu wydobywać się poczęli jego najróżniejsi mieszkańcy, wyraźnie czymś przepłoszeni. Jakieś żuczki, stonogi, gąsieniczki, miniaturowe jaszczurki, jedne drżące i żywe jak srebro, inne ospałe, przytłumione upałem, jeszcze inne bezbronnie znieruchomiałe, prowokujące do śmiertelnego ciosu obcasem. Te Konstanty pozbierał i poprzenosił ostrożnie w głębsze kawerny, które pod wpływem słońca, wiatru, grudniowych deszczów, marnego cementu potworzyły się na bokach tarasu, kryjąc w nich wilgoć.

Mielczarek przypatrywał się temu dłużącemu zajęciu z narastającą irytacją. Rzekł z ulgą:

– Z każdego punktu widzenia głupstwa. Przekorne, nieuzasadnione, infantylne. Jeżeli już esej, to płytki i nieodpowiedzialny. Wątpliwe źródła, pochopne wnioski, dowolność poza najliberalniej traktowaną normą. Intuicja intelektualna niczym niezdyscyplinowana. Zadziwiający jak na filozofa brak zmysłu analogii.

Mielczarek wymachiwał kilkunastoma kartkami zapisanymi zwartym, uporczywym pismem, jakby nie mógł doczekać się wiatru, by je z nim puścić. – Ani śladu skruchy. Osiemnaście stron pychy. Do diabła z tym.

Konstanty sięgnął po papierosa, lecz go nie zapalił. Oparł się pośladkami o metalową barierkę, plecami do morza.

Niebem poszybował wymęczony kormoran.

Teraz on zapytał, co to oznacza, patrząc ponad głową zdeprymowanego kapłana.

– Że mamy z księdzem kłopot – odparł Mielczarek.

– To opinia Sycylijczyka?

Kapłan opuścił powieki, powiódł palcem po wilgotnej skroni, wyraźnie spurpurowiał, odpowiedział, jakby już wszystko zostało przesądzone:

– Jego również.

* * *

Utkwiła Konstantemu w pamięci chłopska twarz Barbazzy. Na pierwszy rzut oka rzeczowa, chytra, powszednia, suwerenna wobec całej otaczającej go wspaniałości.

Kiedy niczym gminny skryba siedział przy, nie na jego miarę krojonym, marmurowym biurku, mając za sobą Giotta, Botticellego, Perugina lub Tycjana, sprawiał nawet wrażenie człowieka zafrasowanego tą dyferencją. Lecz gdy spojrzeć mu w nakryte do połowy powiekami oczy, mimo wieku nie używał okularów, to świeciły one tym rodzajem zuchwalstwa, które na południe od Rzymu oddzielało chłopów od bandytów.

Przypominał Konstantemu Toto Riinę, bezskutecznie poszukiwanego od kilkunastu lat capo di tutti capi. Miało się pokusę sądu o przypadku, który sprawił, że jeden z nich zajmował przepyszny watykański gabinet, a drugi tułał się po pustkowiach Kalabrii lub mumifikował się za życia w klaustrofobicznym mieszkaniu z tajemnym wejściem, gdzieś w pół drogi między Agrigento a Trapani.

Sycylijczyk był ciepły tym ciepłem, które albo zimne jest w istocie jak lód, albo spala na proch. Jednało mu ono jednak popleczników wśród najsprawniejszych funkcjonariuszy kurii, których nauczył się od tego niebezpiecznego ciepła uzależniać.

Kiedy rok temu, nie podnosząc twarzy znad marmurowego biurka, z zalegającą na nim taką pustką, jakby przed chwilą i na chwilę za nim zasiadł, zapytał Konstantego, czy rozumie, co się wydarzyło, ten przyznał przed sobą, że gdyby Barbazza zechciał go uwieść, to by uwiódł.

Sycylijczyk powtarzał zawsze, że największym wrogiem Boga jest głupota.

Wybaczał wszystko, głupotę najniechętniej. Jeżeli ktoś sprawiał mu zawód, to nie grzechem, ale nieroztropnością. Grzech ludzką był funkcją, jak fizjologia, przecież obrzydliwa, lecz nieunikniona. Życie, jakie by nie było, czyniło ludzi grzesznymi, nad głupotą mieli prawo zapanować. Prawo i, zdaniem Barbazzy, obowiązek. To minimum rzetelności, jakiej od siebie samego należało zażądać. Ponieważ jednak to minimum zawieszono wysoko, to kongregacja, którą kierował, z roku na rok rosła na znaczeniu.

Pracować pod Barbazzą to był zaszczyt.

Udało mu się tak od siebie odskoczyć, że przez ćwierć wieku jego urzędowania w kurii nikt przytomny nie postawił mu zarzutu nepotyzmu, ale kryteria, według jakich dobierał współpracowników, nie omijały chłopskich preferencji.

Wobec rzymskiego patrycjatu był nieufny.

Podejrzewał go niesłusznie o gangrenę i nie bez racji o intelektualne lenistwo, wynikające ze starości.

Szanował starość, ale ją omijał. Nie wadziła mu, lecz nie używał jej nawet tam, gdzie służyłaby lepiej od młodości.

Był jednym z tych, którzy w istocie, nieporuszeni wielkością Rzymu, oddali mu wszystko, by był jeszcze większy.

Na tej zasadzie nie mógł lubić, tym bardziej wybrać, starego jak Rzym Konstantego.

Byli nieprzenikającymi się światami, choć siebie zauważyli, mimo że jeden ksiądz zaledwie, a drugi kardynał. Konstanty był dla Sycylijczyka jakimś punktem odniesienia. Wiedział, że kurię trzymać należy jak najdalej od ludzi pokroju Konstantego, bez których, z kolei, kuria uboższa by była o całą słabość, czyniącą ją silną. Konstanty był, w przekonaniu Sycylijczyka, bakterią.

Kontrolowana, służyła.

Nie zacierał więc rąk, gdy mu donoszono o kolejnych romansach urodziwego księdza, przelotnych jak letnia ulewa czy dłużących się jak jesienne deszcze. Nie pałał świętym oburzeniem.

Sam pod tym względem, od kiedy zdecydował się służyć Bogu i Rzymowi, czysty jak łza, egzekwujący bezwzględnie podobną czystość od podwładnych, nie znajdował w swym niezawodnym umyśle żadnego przesądzającego dowodu, że wstrzemięźliwość jest warunkiem kapłaństwa.

Daleki od libertynizmu sufragana Vieriego, dla którego każda przyjemność czyniona była na Bożą chwałę, wstrzemięźliwość upodobał sobie jako ćwiczenie woli, które narzucał innym.

W jego chłopskim, sycylijskim kodeksie rozwiązłość to słabość raczej niż grzeszność. A słabość księdza Konstantego była mu obojętna. Do tego stopnia, że nawet nią nie pogardzał.

Kiedy jednak po raz drugi zapytał Konstantego, swoim zwyczajem nie podnosząc twarzy znad biurka, czy rozumie, co się wydarzyło, w głosie brzmiał mu ton nieprzejednania.

Sprawy należy pozostawić samym sobie, by rozstrzygnęły się po myśli naturalnego porządku rzeczy. Opinia Sycylijczykowi nie obca, teraz, w przypadku Konstantego, nie mogła przesądzać.

Zapaliła się czerwona lampka i odezwał się alarm.

Barbazza zażądał reakcji natychmiastowej, kategorycznej, nieusuwalnej.

Konstanty, rzecz niesłychana, stanął dęba.

I Barbazza się cofnął. W okamgnieniu. Jak cofano się w jego rodzinnych, spalonych słońcem, wyschniętych od biedy bandyckich górach, by mieć czas na złapanie wiatru w nozdrza.

Konstanty uznał to za słabość, która go rozzuchwaliła. Nie miał nigdy ambicji, by się z kimś mocować. Walka nie była jego pasją, lecz kiedy ostrożność wziął za bezsilność, to zasmakował we własnym znaczeniu.

Nie bez przyczyny było też rozczarowanie, że Sycylijczyk nie dobrał go do swej cosa nostra. Nie po to rzymskie wiatry wynosiły Konstantego w górę i w górę, by w rozkosznym szybowaniu miał zatrzymać go nieufny, przyznać należy bystry jak mało kto, kmiot z peryferii Europy.

Nie z Konstantym taka polityka.

Zgiełk zrobił się niebywały.

Młodego księdza nie brakowało nigdzie. Słyszał się w radiu, oglądał w telewizji, czytał o sobie w gazetach. Wystawiono go jak gwiazdora, idola, ikonę na rzymskich billboardach.

Tak minęła mu połowa kwietnia, maj i czerwiec.

Grano nim ostro, nie przeciw kardynałowi wszakże, bo mimo jego pozycji gra, jakiej przedmiotem stał się polski ksiądz, dokazywała na polach, których pługi Sycylijczyka nie orały.

Ona miała ugodzić kogoś wyżej.

Cała strona w „La Stampie", na której Konstanty w opiętej sutannie, długi i cienki, niczym sztylet, z hostią w palcach ogłaszał: ja nie przemieniam, była momentem, w którym postanowił przyznać się do błędu.

Przyjemność popularności ustąpiła przed grozą herezji, od której jeszcze niedawno palono na stosach.

W połowie lata, kiedy miasto opustoszało, Konstanty

przyznał przed jednym z kurialnych adwokatów, że popełnił błąd, który jest skłonny naprawić.

Wezwano go za tydzień. Dowiedział się, że błąd w doktrynie wiary stać się może udziałem umysłów nieporównanie wyższych niż ten, który kierował krokami Konstantego. Natomiast naganna niesubordynacja w kontaktach z mediami, do jakich bez zgody przełożonych nie miał prawa, nie ulega wątpliwości.

To, co sam z siebie uczynić powinien niezwłocznie, to oświadczyć, że został wielokrotnie i uporczywie źle zinterpretowany.

Reszta jest sprawą kurii.

– Nie został ksiądz właściwie zrozumiany. Przecież to proste – rzekł Mielczarek, to blednąc, to purpurowiejąc na zmianę. Rozpiął suknię do marmurowej, porośniętej na rudo piersi i palcami ścisnął czoło.

– Barbazza nie prosił o nic więcej. Miał ksiądz tylko oświadczyć, że cały zamęt, jaki się wziął w związku z księdza wypowiedziami, był wynikiem ich teologicznego niezrozumienia.

Konstanty obrócił kilkakrotnie na stole plastikową zapalniczkę. Zdecydował z osiemnastym tego dnia papierosem poczekać do szóstej. Jeżeli potem zapali każdego następnego o połowie godziny, to do drugiej w nocy zmieści się w trzydziestu, co byłoby wielkim postępem w zmaganiach z nałogiem.

Odpowiedział Mielczarkowi cicho:

– Zrozumiano mnie świetnie. Nie kontaktowałem się z idiotami. Przyznaję natomiast, że zbłądziłem, obnosząc się publicznie ze swoją niemożnością. Nic się nie zmieniło.

– Dlatego mamy z księdzem kłopot – powtórzył Mielczarek i zapytał Konstantego, czy ma coś na ból głowy. Konstanty wszedł do chłodnego w porównaniu z tarasem wnętrza i po chwili podał Mielczarkowi apap. Ten łyknął od razu trzy tabletki.

Słońce w międzyczasie zblakło na amen. Powietrze się rozrzedziło. Jakby wssysała ich próżnia. Gwałtowny spadek ciśnienia spowodował, że ptaki przestały fruwać. Widać było, jak wznoszą się na chwilę i nie znajdując oparcia, spadają w dół z rozpostartymi skrzydłami.

Nieliczne ryby, zamieszkujące jałowe wody między wyspą a kontynentem, wyskakiwały nad gładkie niczym stół morze z rozwartymi paszczami i ciężko spadały na jego powierzchnię.

I o ile ptaki nie znajdowały w powietrzu oparcia, to ryby zdawały się umykać przed gęstością wody, która tężała na kisiel, zmieniając kolor z szafirowego w brunatny, co znaczyło, że wiatr rzucił do morza miliony ton pustynnego piasku, a Nil szykuje się do wylewu.

Konstanty zapytał Mielczarka tonem powściągającym dwuznaczność, czy mu się udaje.

– Co? – zapytał kapłan, z kwadransa na kwadrans bezbronniejszy wobec udręki fundowanej mu przez wyspę.

Czy udaje mu się w czasie mszy świętej przemieniać chleb w ciało Chrystusa, a wino w jego krew? Czy nie ma wrażenia, że konsekracja jest tylko umową między kapłanem a wiernymi, że cały kanon mszy świętej, od prefacji do *Agnus Dei*, jest tylko wyrazem naszej ochoty do przekroczenia linii, za którą już nie ma ludzkich ograniczeń? Że akt ofiarny niczego nie zmienia, a obrzęd rozdzielania komunii jako ciała Boga jest nadużyciem wobec jego istoty, jaką jest niepojętość i nierozpoznawalność.

Mielczarek patrzył na Konstantego niczym na wariata. Odpowiedział, jak odpowiada się dzieciom, że to jest pytanie, które ma prawo postawić sobie każdy myślący ksiądz i ma prawo do bezradności w tym względzie.

Ale to nie są pytania, jakie zadaje się publicznie nierządnicom.

Konstanty z uwagą przypatrywał się śmiertelnie niebezpiecznej w tych stronach ostentacji, która nakazywała Mielczarkowi przybyć z Rzymu w sutannie, wełnianych skarpetkach i masywnych butach. Widać było, jak ta ostentacja coraz mniej mu służy.

Zapalając papierosa, zapytał, o których nierządnicach mowa?

Mielczarek zapłonął jak żagiew. Ostrze swej nienawiści wycelował w anorektyczne, wystrzyżone, przemądrzałe okularnice, co noc nawiedzane przez szatana i przez szatana zaspokajane.

W młode kobiety starego Zachodu, zasiewające ferment we wszystkim przyrodzonym porządku rzeczy. Obnoszące się z jałowym buntem wobec praw organizujących uczciwe życie, każde uczciwe, pożyteczne życie. Bełkoczących wrzaskliwie i do znudzenia o swoich prawach do brzucha, krocza, do przyjemności nieskutkujących obowiązkiem, odpowiedzialnością, konsekwencją. Sprzeciwiających się ordynarnie temu, do czego je powołała natura, jeśli nie są w stanie przyjąć, że Najwyższy, wyrażający się przez ustanowionych na ziemi namiestników.

W jawnogrzesznice kupczące nie własnym ciałem, bo takim Bóg wybacza, jak Chrystus wybaczył Magdalenie, ale robaczywą duszą, jeśli znajduje ona jeszcze schronienie w fizycznej, okaleczonej wyuzdaniem powłoce. W rozwielmożnione, gdzie spojrzeć obecne, podstępnie przekonywające do swych racji ścierwa.

W wychudzone pokraki z głowami nabitymi zamętem, które na przekór Najwyższemu i jego namiestnikom pozbyły się wszelkich cielesnych atrybutów oblubienicy, rodzicielki, matki.

W przeklęte przez Boga, nęcone przez szatana, zapomniane przez ludzi rzymskie nierządnice.

Wypisz, wymaluj Claudia Reiman z „Conciliatore".

Trafiła na Konstantego ponad rok temu, kierując się niezawodnym dziennikarskim węchem, i go pogrążyła, na chwilę wynosząc, detonując w nim ładunek wątpliwości, frustracji, kompleksów.

Niewysoka, wiotka, przezroczysta, w drucianych okularkach, zsuwających się jej ciągle na koniec nosa, żadnym słowem, spojrzeniem, gestem niesugerująca ochoty na fizyczne zbliżenie, które w młodych i niemłodych Włoszkach wyzwalał seksapil Konstantego i jego pociemniała od słońca, nordycka uroda.

Do kawiarni przyszła w długiej, rozciętej do połowy anorektycznego uda spódnicy i bluzce bez stanika.

Kiedy słodziła mikroskopijne espresso, drżały jej cieniutkie, porysowane żyłkami palce.

Była chorym dzieckiem o smutnym, nieruchomym spojrzeniu i rzadkim, choć ładnym uśmiechu, który bardzo ją odmieniał.

Zapytała Konstantego, czym dla niego jest kapłaństwo, i nieciekawa odpowiedzi powiedziała kilkanaście zdań o sobie.

Była szczególną, rzymską nierządnicą.

Zawiadomiła Konstantego, że od kiedy miasto zderzyło się ze słowiańskim pontyfikatem, nie jest już tym, czym było.

Ona sama, od kilku pokoleń rzymianka, nim jej rodzina nie przybyła tu z Górnej Adygi, już się nią nie czuje, zalękniona przemocą w nią wycelowaną, poddana presji i opresji.

Siedzieli blisko siebie, przedzieleni dwuosobowym stolikiem wielkości szachownicy. Claudia Reiman zapalała papierosa od papierosa. Mówiła, że zna Poppeę Celli, która wspomniała jej mimochodem o polskim księdzu na progu brawurowej kariery w jednej z rzymskich dykasterii, którą wygasiły zdarzenia, jakie się nie wydarzyły, opinie, których nikt nie wypowiedział, wątpliwości, jakich nie zasiano. Powodzenie nie wyczerpało się, jak to bywa czasami, od własnego impetu, ale wyhamowania. Kto jednak wyhamował i w imię jakich racji, nie wiadomo.

Miejsce wybrane przez dziennikarkę zasiedli rzymscy taksówkarze, ludek bystry, hałaśliwy, dobrze poinformowany, skłonny do drwin. Konstanty usłyszał za plecami, jak wzięto ich na języki, w istocie nie bez powodu, bo stanowili niedobraną parę. On, wychudzony playboy, ona po utracie kobiecości na rzecz bezpłciowej sublimacji.

Tworząc tak niedobraną parę, zbliżali się ku sobie coraz bardziej, spowici papierosowym dymem, zza którego coraz mniej było ich widać, aż zniknęli za nim ostatecznie i taksówkarze dali im spokój.

Konstanty nie podzielił opinii wścibskiej wnuczki Senny o brawurze kariery polskiego księdza, wyjaśniając, że pozycja, jaką ten kapłan osiągnął, nie wzięła się ze zdolności, energii, oddania, lecz rodzinnych i towarzyskich koneksji, które w jednych kongregacjach znaczyły więcej, w innych mniej. W tej, w jakiej służył, znaczyły więcej, nim nie przejął jej kardynał Barbazza. Pokora jest wartością tym głębszą, im zdarzenia, które na nią skazują, ostateczniejsze. Wszystko, co odnieść można do młodego kapłana, to bezruch, monotonia, usprawiedliwione, można się z tym zgodzić, oczekiwanie, ale nie impet, tym bardziej brawura, żywiące się biglem i desperacją.

A w ogóle nie ma sprawy, mówiły słowa Konstantego, ich ton jednak temu przeczył.

Był w nim zawód.

I to on zainteresował dziewczynę.

Wywiad, jaki ukazał się cztery dni później na trzeciej,

prestiżowej stronie gazety, potwierdził to. Podszyty zawodem Konstantego i neurozą rzymianki.

Zdarzyło się to jednak cztery dni później. Natomiast w kawiarni przy Piazza del Popolo Konstanty, wiercąc się na niewygodnym, wymuszającym rotację gości, drewnianym taborecie, coraz bardziej rozmawiał z samym sobą. Bywa, że trafiamy na kogoś, kto jest nami samymi.

Nic miłego najczęściej.

Wiejemy wtedy gdzie się da, bo takie spotkanie odziera nas z tajemnic, jakich przed samym sobą dochowujemy.

Konstanty nie uciekł. Nie miał gdzie i, tym bardziej, po co.

Tak został na trzy miesiące medialną kurwą.

Dupy dawał równo, świadomy nielojalności, jakiej dopuszcza się wobec instytucji tak w końcu wobec jego zwyczajów wyrozumiałej.

Ale przyjemność tego nierządu była niespożyta.

Co miałby odpowiedzieć Mielczarkowi, który demon go opętał?

Ten zgłaszający się jeszcze w dniu edycji gazety pod postacią nadętego jak paw, starego pedała z propozycją udziału w modnej, cotygodniowej audycji radiowej?

Czy skryty w zażywnym ciele niemieckiej teolożki, obnoszącej się ze swoją lesbijską preferencją lub w kostiumie transwestyty z oglądanej na umór komercyjnej anteny w Turynie?

Czy ten zasiedziały w masywnym cielsku redaktora postmodernistycznego żurnalu literackiego, z wbitym w czaszkę nosem, który przypominał boksera wagi ciężkiej po przejściach?

Którego wybrać z kalejdoskopu barwności, dziwactw, nieobyczajności, choroby, intelektu ostrego jak brzytwa lub dla odmiany krzykliwej ignorancji, wystrojonej w piórka swobody?

O jakim demonie mógłby opowiedzieć Mielczarkowi, twardemu jak kamień, pogodzonemu z każdą tyranią, pracowitemu jak wół oraczowi z Winnicy Pańskiej?

* * *

Wyspa piekła się nieustannie w żarze bez słońca, mimo że minęła pora, w której jak na komendę z trzaskiem podnoszono żaluzje i jak na komendę mieszkańcy zaludniali wąskie uliczki, wyliniałe skwery, liche kawiarnie, balkony, tarasy, patia.

Jak okiem sięgnąć, żadnego życia poza Saddamem, który przyniósł obiad: rybę z rusztu, kuskus, pomidory z bazylią, zroszone oliwą i sypkim kozim serem.

Konstanty wydostał z lodówki marne miejscowe wino, które nie było chłodne.

Jeśli Mielczarek miał nadzieję, że przynajmniej na czas posiłku schronić się będą mogli we wnętrzu bungalowu, to płonną.

Konstanty mu w tym względzie nie odpuszczał, zatrzymując na tarasie, który mimo markizy, dręczył tak, jakby nie osłaniało go nic.

Pustoszała z godziny na godzinę, mieniąca się raz trupią bielą, raz purpurą, twarz młodego emisariusza.

Nic tego syna śnieżnych zim, spóźnionych wiosen, krótkich lat i wilgotnych jesieni, nie chroniło przed fantasmagorią Południa.

Konstantego natura zaprawiła do pogodowych konfrontacji. Chudy i, jak Arab, brunatny.

Wczesna zażywność Mielczarka natomiast, jego podlasko-mazowiecka płowość, wystawiły go jak tarczę na strzały.

Tylko szyć.

Poskarżył się na ciśnienie i dopytywał Konstantego kiedy to zewnętrzne się podniesie, gdyż ma wrażenie, że zaraz eksploduje.

Konstanty mu wyjaśnił, że nim pustynny wiatr nie uderzy, ciśnienie lecieć będzie w dół, robiąc w powietrzu miejsce dla inwazji.

Różnił ich też poza wszystkim stosunek do tego, z czym przyszedł Saddam. Konstanty rozprawił się ze swoją porcją w mig. Mielczarek poskubał rybę, zmiksował widelcem rzadki kuskus, nie tknął wina, zadowolił się pomidorami i serem.

Saddam poczekał, aż skończą, by zabrać naczynia z tym, czego nie dojedli.

Był młodym Berberem z czarną otchłanią w oczach.

Przycupnął na piętach pod ścianą domu i zastygł w milczeniu.

Mielczarek przypatrywał mu się przez czas jakiś, jak przypatrujemy się rzeczom. Powiedział, opanowując narastającą w nim słabość:

– Był ksiądz gwiazdą wszystkiej obrzydliwości Zachodu, wszystkiej jego ohydy, całego zaprzaństwa. Ale krótko. Nikt już w Rzymie księdza nie wspomina. Było, minęło.

Konstanty z twarzą ku morzu, z bosymi stopami wspartymi o barierkę, zapytał, o kim się teraz mówi.

– Nie wiem – żachnął się Mielczarek. Otarł twarz z potu. Po chwili rzekł od niechcenia: – O Guzmanie Aroyo. Teraz mówi się o nim.

Konstanty zapytał, kto to jest, a Mielczarek odrzekł, że wyjątkowo bramkostrzelny środkowy napastnik AS Romy, pozyskany za ogromne pieniądze z Ameryki Południowej.

– Jest z nim jakiś problem? – zapytał Konstanty, nie odwracając twarzy od niezdecydowanego, co ze sobą począć, morza.

– Jakby ksiądz zgadł. Nie rozstaje się z kokainą. Złapali

214

go, jak walił w szatni podczas przerwy w meczu z Milanem. Wyznał, że kokaina go uskrzydla.

Konstanty wzruszył ramionami. Saddam odszedł równie bezszelestnie, jak się zjawił. Nie było go słychać, kiedy zniknął za fasadą domu.

Na ciemniejące niebo z zachodu wypływały jedna po drugiej elipsoidalne chmurki niczym kosmiczne wehikuły.

– To się musiał Barbazza ucieszyć.

Mielczarek przyznał, że eminencję bardzo ta wiadomość uradowała.

– Nie lubi AS Romy.

– A który Sycylijczyk lubi?

– Komu kibicuje? Palermo?

– Palermo to pedały. Nieodmiennie Catanii.

– Czy mylę się, sądząc, że Catania nie jest w Serie A?

Mielczarek zaprzeczył. Rozejrzał się nerwowo tu i tam.

Nic mu tu już nie służyło. Zapytał o wiadomości z włączonego we wnętrzu domu radia. Konstanty odpowiedział, że kolejny komunikat o pogodzie nadadzą za pół godziny. Mielczarek stwierdził, że pół godziny powinno mu w zasadzie wystarczyć. Zacząć chciałby od przedstawienia Konstantemu zalet jego nowej sytuacji. Konstanty odpowiedział, że nie musi, bo jego sytuacja, jakkolwiek absurdalna, nowa nie jest i zdążył się do niej przyzwyczaić.

– Nie rozmawiamy o tym samym – Mielczarek zatrzymał wzrok na swych puchnących, wylewających się z półbutów stopach. Niewyobrażalny upał skutecznie odzierał go z formy.

Mężczyzna trzydziestokilkuletni, niewiele młodszy od Konstantego, ukształtowany przez aspirującą do dostojeństwa wieśniaczość, rozbrajał się nieodwołalnie.

Powypadało z niego wszystko. Posypał się jak próchno, kiedy podjął próbę przekonania Konstantego, że wszystko przed nim.

Że może być wszędzie, może być każdym, wymyślać siebie, pozwolić, by go wymyślono, kształtować okoliczności lub zdać się na nie, wybrać się we wszelką podróż, śmiać się, płakać, rozpaczać, radować, złorzeczyć, niczym już nieograniczony, wolny jak ptak, uwolniony przez zło, które uczynił, wynagrodzony swobodą, którą mu kuria ustami Mielczarka ofiarowuje.

Ostatni hak abordażowy, na jakim wleczono go jeszcze przy okręcie w osobie Dunsa Szkota, został właśnie zwolniony.

Nic go już nie przytracza.

Kardynał rzekł: jeżeli rozprawa o Szkocie posunie się w pożądanym kierunku, zaryzykować, jeżeli nie, wskazać drzwi, przez które wyjdzie ku wolności. Wszystko go ostatecznie do niej skłania, dodał kardynał, wszystko go w niej odnajduje. Niech już nie rani Kościoła, niech nie uprzykrza się Panu, niech nie staje w poprzek prawdy, niech nie daje złego świadectwa wszystkiemu, czego się dotknie, a wynagrodzimy go za to zapomnieniem. Kardynał rzekł jednocześnie: niech, mimo wszystko, Bóg go nie opuszcza.

Przeciwstawiając się ogólnemu omdleniu, białoniebieskim niebem wracał z kontynentu samotny kormoran. Postrzępiony, obsypany pyłem, szkaradny od ostatka sił.

Zapytał Konstanty twardo:
– Gdzie?

Mielczarek wskazał świat.

Konstanty odpowiedział, że nie wybiera się nigdzie. Urządził się na tej zapomnianej przez ludzi wyspie bez niczyjej pomocy i dopóki nic radykalnie się w jego życiu nie odmieni, i starczy mu oszczędności, będzie ją traktował jak przystań.

– A kiedy się skończą? – zapytał po chwili Mielczarek, nie mogąc znaleźć sobie miejsca na rozległym, skrytym markizą tarasie. Twarz i ruda pierś ociekały mu oleistym potem. Powietrze łapał jak ryba wyrzucona na piasek.

– Pieniądze? – Konstanty rzucił się na foteliku – wtedy będę się martwił.

– Martwiłbym się już – zastękał Mielczarek. – W ogóle bym się martwił.

Zgarbił się, zapadł, pożegnał z niezłomnością.

Ostentacyjnie wystawił się na udrękę. Ani siedział, ani stał.

Wieczór zapadł złoty.

Jeśli dzień bury był chwilami, a chwilami ochrowy, to wieczór się wyklarował. Ktoś, kto obserwowałby go zza szyby, mógłby pomyśleć, że pogodę nareszcie podszywa rześkość. Noce na wyspie, w przeciwieństwie do niedalekiej pustyni, nigdy nie były chłodne, nawet zimą, a jednak noc, im była bliższa, tym jej mrok bardziej sugerował ulgę.

Nieliczni mieszkańcy wyspy cieszyli się więc nie tyle chłodem, z którym przychodził wieczór, lecz szarością. Nic tak nie wyczerpywało przez długie miesiące wiosny, lata i jesieni, jak światło.

Gdy Mielczarek skonstatował po kwadransie milczenia, że wyspa jest mała, Konstanty odniósł to do przykrości, jaką sprawić może najmniejszy nawet spłachetek ziemi.

Mała, ale wredna.

Lecz kiedy Mielczarek powiedział, że za mała, to Konstanty zapytał dla kogo?

– Dla was – odpowiedział cicho Mielczarek i podniósł się z fotelika, jakby w obawie przed agresją.

Konstanty zbliżył się do Mielczarka na długość oddechu.

– Kim jest reszta?

– Ludem Bożym – odrzekł Mielczarek – umiłowanym szczególnie przez Ojca naszego.

Usiedli jak na komendę. Łyknęli wody, która zdążyła się ogrzać. Równocześnie sięgnęli po papierosy. Mielczarkowi drżała ręka, kiedy odruchowo osłonił nią płomyk zapalniczki. Wypuścił natychmiast kłąb dymu z ust. Nie zaciągał się. Papieros tkwił niezręcznie między jego białymi, miękkimi palcami.

Radio we wnętrzu bungalowu przerwało obsesyjną, pierwotną muzykę i wcześniej, niż zapowiedziano, zawiadomiło o pogodzie.

Pustynny wiatr spalił osadę Bidi el-Bakr, dwadzieścia mil przed Tamerzan. Jest coraz gorętszy, lecz powolny. Na wyspę nie uderzy przed nocą. Jego przejście może być jednak dłuższe niż zwykle. Mielczarek poprosił, by mu przetłumaczyć wiadomość. Konstanty odpowiedział, że nie podano w niej nic nowego. Nic, czego nie należałoby się spodziewać. Z głębi morza nadeszła fala, której długość przeszła przy brzegu w wysokość. Spiętrzyła się jak potwór przed atakiem, rąbnęła o piasek białą grzywą i rozpadła się na kawałki. Póki co samotna. Morze znów się wygładziło na stół.

Mielczarek przypomniał Konstantemu, co powiedział przed południem o przetargu na budowę hoteli, wygranym przez Skandynawów.

– Mają dobre firmy – zgodził się Konstanty – ale co to ma wspólnego ze mną?

– Nie wszystko, lecz wiele – Mielczarek uśmiechnął się blado. Miał ząbki jak mysikrólik. – Postawią na wyspie osiem niewielkich hoteli z całą niezbędną infrastrukturą turystyczną, rękoma robotników z Podhala. Docelowo stu pięćdziesięciu młodych górali, którzy nie znajdą w sobie litości, by poniechać wiarołomnego polskiego kapłana, który tak boleśnie i podstępnie ugodził w ich umiłowanego Ojca. To ludzie serio, jak każdy lud Boży. Na miejscu księdza nie liczyłbym na przebaczenie. Sprawiedliwość, jaką prędzej czy później by tu księdzu wymierzono, nie leży jednak w interesie Kościoła powszechnego.

Mielczarek położył sobie dłoń na odkrytym mostku i nie patrząc na Konstantego, dodał szeptem:

– Nad czym jednak osobiście ubolewam.

– To opinia Sycylijczyka? – zapytał Konstanty.

Mielczarek odpowiedział po zastanowieniu:

– Jego również.

Konstanty podszedł do metalowej barierki. Oparł się o nią na szeroko rozstawionych dłoniach. Wystawił twarz i spalony słońcem tors na powiew jakiegokolwiek wiatru, który zechciałby poruszyć powietrzem i watykańskim emisariuszem, coraz gęściej kamieniejącym na ratanowym mebelku. Zapytał cicho:

– Więc?

– Będzie ksiądz musiał opuścić wyspę. W praktyce na zawsze – odrzekł Mielczarek.

– Słucham? – Konstanty pochylił się nad emisariuszem, lecz niepotrzebnie.

Co było do usłyszenia, usłyszał.

Mielczarek przesypywał piasek między palcami, zgarnięty z posadzki tarasu. Robił to powoli, z namaszczeniem, jak dzieje się z ludźmi nieruchomiejącymi wbrew sobie. Odpowiedział bez wstydu:

– Słabszy ustępuje.

– Nie owijasz rzeczy w bawełnę, klecho!

Konstanty zacisnął dłoń w kułak, lecz go nie użył.

Mielczarek zamknął powieki. Zapytał, jakby nie było obelgi.

– Co skłoniło księdza do stanu duchownego? Skąd ten wybór?

– To, co wszystkich – odpowiedział po dobrej chwili Konstanty – wygoda, łatwość, nieweryfikowalność. Wiele się zyskuje, mało traci. Biorąc sprawy na zimno, poza niechęcią do piłki nożnej, nie znajdywałem w sobie nic, co by mi uniemożliwiło bycie dobrym księdzem. Bardzo dobrym księdzem.

– Więc co się zmieniło?

– Zostałem rzymską nierządnicą – odpowiedział cicho Konstanty. – Bynajmniej nie dlatego, że trafiłem na Claudię Reiman z „Conciliatore", tylko dlatego, że jestem nią, o czym wcześniej nie wiedziałem, od urodzenia. Jestem anorektyczną, wystrzyżoną, krótkowzroczną, neurotyczną, niezadomowioną we własnej płci, nieznającą swego przeznaczenia, wszelką kurwą z rozstaju dróg. Wszelkim pedałem, transwestytą, lesbą. Wszelkim sado-maso i maso--sado. Każdym łachem przedzierającym się przez zasieki boskich ograniczeń ku wolnym łąkom, by wypasać tam własną odmienność. Nie niosę przez życie żadnego problemu teologicznego. Czy coś się, w istocie, przemienia, czy nie przemienia, mało mnie obchodzi. Jak każda rzymska nierządnica, miałem na celu dotknąć wrogi mi rzymski Kościół w jego najczulszym miejscu. Udało się?

Mielczarek rozejrzał się wokół. Wszędzie ugotowana szarość, znikąd ratunku. Potwierdził skinieniem głowy.

– I o to chodziło, klecho – podsumował Konstanty.

Odwrócił się do morza, a ono do niego. Odnieśli się do siebie. Punkt i przestrzeń. Wyciągnięta ku wodom dłoń nie drżała, choć była to drżąca dłoń. Drobna, smagła, scalona z kości, żył i ścięgien, zbyt bliska szponom, by wziąć ją za piękną, choć nic jej do piękna nie brakowało.

Kiedy Konstanty wolnym krokiem podszedł do ratanowego fotelika i pochylił się nad Mielczarkiem, ten uniósł powieki. Dłoń miał przed swymi oczyma. Odruchowo cofnął głowę. Nic to nie dało. Więc znieruchomiał ze znakiem krzyża w pół drogi.

W kwadrans potem rozstawił uda i pochylając się nad nimi, wyrzygał na beton trochę śliny. W kącikach ust poja-

wiła mu się piana. Nie spoglądał już z nadzieją w chłód
i ciemność bungalowu za uchylonymi drzwiami.

Nie było czego ratować.

Pogoda go zadręczyła.

* * *

Kłopoty artykulacyjne dopadły Mielczarka z chwili na
chwilę. Nic ich nie zapowiadało. Wyglądał coraz gorzej, lecz
mowa jego była składna, okrągła i łatwa.

Zaciął się nagle. Mówił, mówił i przestał.

Po kilku minutach wrócił do siebie, lecz inny. Do tego
czasu każdy gest z powodu niewyobrażalnego już upału
i gwałtownego spadku ciśnienia sprawiał mu trudność. Teraz z tą samą trudnością zdawał się pokonywać opór słów.
Nie przychodziły, a kiedy wreszcie nadeszły, stanęły ością
w gardle, każde niechętniejsze od poprzedniego.

Zaprawiony, jak każdy klecha w gadaniu, znajdował na
ich niechęć sposób, ale to, co dotychczas było niewyczerpa-
nym źródłem przyjemności, teraz stanowiło problem.

Kiedy zawiadomił Konstantego, że upoważniono go do
zaproponowania mu jednorazowej odprawy finansowej
w granicach zakreślonych powszechnie znanym niedostat-
kiem rzymskiej kurii, trwało to tak długo, że skutek, jaki
miał wyniknąć ze zgody Konstantego na ten układ, rozje-
chał się z przyczyną, dla której go zaproponowano.

Konstanty domyślił się, że kuria, z zasady niczego nie-
dająca za darmo, oczekiwała z kolei na nieodwracalność,
z jaką rozstanie się ze stanem duchownym.

Gdy Konstanty podpowiedział to Mielczarkowi, ten
przyznał, że jest to druga część oferty, której nie zdołał
przedstawić, mocując się z pierwszą.

Konstanty pokiwał głową w odpowiedzi. Ruszył tarasem
wzdłuż barierek. Lekko mu się spacerowało. Nabrał na wy-

spie sakramenckiego zdrowia, mocny był jak nigdy. Ale dzisiejszego ranka przypomniała sobie o nim rzymska gorączka. Osłabienie natychmiast ścięło go z nóg. W miarę upływu dnia jednak mijało. Teraz, przed wieczorem, nie było po nim nawet śladu. Podobnie jak po gorączce.

Jakby rzymski posłaniec przywiózł ją ze sobą na nic. A posłaniec znaczyć musi więcej, niż Konstanty sądził na początku dnia. Dlatego nieprzyjaźń, jakiej tu doświadcza, jest dotkliwsza. Wprawdzie nie ona demoluje go fizycznie, ale gdyby jady jej były mniej trujące, atak wyspy nie byłby tak zwycięski.

Jeśli upoważniono Mielczarka do podjęcia na miejscu decyzji nieuzgodnionych w każdym szczególe z przełożonymi, zaufanie, jakim się go darzy, wynosi i Konstantego.

W tysiącach spraw, jakimi zajmują się watykańskie notariaty, adwokatury, wilegiatury, dykasterie, tylko te najznaczniejsze nobilitowano posłańcami.

Konstanty zatrzymał się. Rzekł tak lekko, jak lekko mu się chodziło, że nie lubi, kiedy próbuje się go kiwać niczym dziecko.

Mielczarek nie poruszył się. Źrenice uciekały mu w głąb czaszki, ale jakby nie miały końca. Za wzgórzem porośniętym makią zaryczał osioł.

– Jesteś futbolistą. Nagrałeś się w życiu. Więc wiesz, jak to bywa. Zwód w prawo, w lewo, jak trzeba, to jeszcze raz w prawo i do przodu. Przeciwnik zostaje za plecami. Zwykle ci się to udawało. Tak?

Mielczarek potwierdził nieśmiało.

– Ale nie dzisiaj – skwitował Konstanty – trzeba to było dokładniej obgadać z Barbazzą. Kto, jak nie on, wie lepiej, kiedy kiwnąć i pójść z piłką przed siebie. A ty, klecho, kiwnąłeś, ale piłki nie masz.

Konstanty rozsiadł się naprzeciwko Mielczarka. Niezapalony papieros kiwał się w jego zmysłowych wargach. Odezwał się tonem chamskim od pewności:

– Nikt na wyspie nie zbuduje hoteli. Ani małych, ani dużych. Tu nie zanurzy się żadnego fundamentu, bo nie ma w co. Wyspa to w istocie spłechetek piasku, który kilka tysięcy lat temu oderwał się od Sahary i odpłynął. Nie ma tu też wody, poza morską. Tubylcy to Berberowie pod wpływem el-Sadra z Sany. Cisi, zamknięci w sobie i nieprzewidywalni. Dwaj bracia Saddama, którego poznałeś, są z wahabitami w Czeczenii, jego kuzynka Jasmine miesiąc temu rozerwała się przed supermarketem w Jaffie, nikt by tu nie ścierpiał tłustych, porozbieranych Niemek. Gdyby miały być tu hotele, to by już były. Dlatego nie przyjedzie tu stu pięćdziesięciu górali, by przy okazji wymierzyć mi sprawiedliwość, bo nie ma tu dla nich żadnej roboty. Jak długo i w jakich sprawach będziecie się nimi podpierać? We wszystkich? Pytałeś o to Barbazzę? Pytałeś, klecho?

Mielczarek westchnął i znów zwymiotował trochę śliny i żółci. Zaprzeczył nieznacznie głową, a mimo to kark mu zagruchotał, jakby wszystkie oleje wylały się na zewnątrz i schły w upale.

– Tak myślałem – warknął Konstanty.

Dodał od niechcenia:

– Jedność to niepodzielność urzeczywistniająca się w Stwórcy. Zapamiętaj!

I zapalił papierosa. W spojrzeniu, jakim omiótł swoją dłoń, nie było trwogi, ale zdziwienie, jakie nami powoduje, gdy zaskoczymy samych siebie. Dobrze jest czasami zaskoczyć siebie, a czasami niedobrze. Póki co Konstanty nie wiedział, co o tym sądzić. Miał zresztą czas, w przeciwieństwie do Mielczarka. A co do trwogi, to zawisła ona w gęstym od upału powietrzu, między kapłanami.

Lecz ich nie rozdzieliła. Nie była ścianą, jak aura. Ta

z kolei, co miała uczynić złego, uczyniła. Nie mogła posunąć się już nawet o krok.

Nie było dokąd.

Wiatr, jaki by był, mógł przynieść tylko zmianę, a zmiana to ulga. Czuć ją już było w powietrzu. Na beton opadł nietoperz wielkości kruka. Szczurzy miał pysk z kroplą zaschniętej krwi w nozdrzu. Wieczór przeszedł w noc niepostrzeżenie. Nie oglądali już morza, zlało się z nocą. Nawet piasek przy brzegu nie jaśniał.

Konstanty zapytał Mielczarka, czy myślał kiedy o sprawach Barbazzy na Sądzie Ostatecznym. Czy ten Sąd będzie dla kardynała łaskawy? Co w swym długim życiu uczyniłeś dobrego Sycylijczyku? – zapyta Pan. Co Sycylijczyk odpowie?

– Prawdę – wyszeptał Mielczarek.

– A jak ona brzmi?

– Twardym byłem strażnikiem Twych ziemskich interesów, Panie. Najtwardszym z twardych.

Konstanty podszedł do nietoperza. Uniósł go za skrzydło. Stworzenie pisnęło i zmarło. Zwisało bezwładnie jak pergaminowy latawiec. Konstanty ułożył go na krawędzi tarasu, już poza barierką. Powiedział z przekonaniem:

– Może nie wystarczyć. Myślałeś o tym kiedy, klecho?

– Nie.

– A Barbazza tak. Potrzebuje mego upadku, grzechu, herezji. Potrzebuje despektu. Wszystko w życiu mu się udawało, osiągał, co chciał, nic nie było w mocy przeciwstawić się jego woli. Szanowany, podziwiany, kochany. W istocie, nie wystawiono go nigdy na żadną próbę. Pan takich nie lubi i Sycylijczyk o tym wie. Chce mego powrotu do Rzymu, by po raz drugi zmierzyć się z moim buntem, przeciwstawiając mu miłość, a nie srogie nieprzejednanie. Ma swoje lata. Jeżeli nie pogodzi się z prawdą, że wszelkie części stają naprzeciw jedności, to jego sprawy, tam, w górze, mogą nie wyglądać dobrze. Jestem jego szansą. Ale na to musi mnie wygnać z wyspy. Bo gdzie miałbym z niej wrócić? Gdzie wrócić może rzymska nierządnica, jak nie do Rzymu?

Mielczarek wyszeptał:

– Na Boga jedynego, proszę przestać.

– Gdzie z wyspy miałaby wrócić Claudia Reiman z „Conciliatore"... Odpowiedz jej... Stoi przed tobą, klecho. Masz ją jak na dłoni.

– Proszę przestać! – krzyknął Mielczarek, a ten krzyk był spoza niego.

Konstanty rozwarł szpony i uchwycił w nie miękką szyję watykańskiego posłańca. Nie musiał ich zaciskać, by ją rozszarpać.

– Gdzie masz piłkę, piłkarzu. Poszedłeś do przodu sam. Po raz pierwszy nie zrozumiałeś swego kardynała. Polecił ci wyspę odwiedzić i sprawdzić jej mieszkańca; substancją jest czy duchem, a jeżeli duchem, to którym... Kogo, piłkarzu, sprawdziłeś i jak? I jak?

Mielczarek w odpowiedzi osunął się na kolana, z kolan w tył na pięty, z pięt, w przód, czołem o beton. Krwawił z rozszarpanej szyi jak baranek ofiarny. Modlił się krwawymi bańkami powietrza, wydobywającymi mu się z ust.

Powtarzał *Credo*. Rzucił się kilkakrotnie na posadzce tarasu, zadygotał i znieruchomiał. Wtedy uderzył chamsin. Wtedy, ani sekundę wcześniej, ni później, uderzył chamsin.

I Nil zaczął wylewać.

II

Wyglądało na to, że podoba mu się wszystko.

Wzgórze za domem porośnięte makią, intensywniejące niebo, złotopióry ptak krzątający się między palmami, grupa jeźdźców galopująca plażą, taras zaniesiony piaskiem, rześkość powietrza o świcie, zapowiedź delikatnej bryzy, światło powstającego dnia, seledyn morza i jego zachęcające umiarkowanie.

Gdy już rozejrzał się po wszystkim, pooddychał szeroką piersią, rozruszał ciało spacerem wzdłuż metalowych barierek i zasiadł na ratanowym foteliku, to jego skupione i przytomne spojrzenie nie oderwało się już, w zasadzie, od uwodzącego go bezmiaru wód.

Jeśli wszystko wokół mu się spodobało, to morze wywołało zachwyt i przykuło jego uwagę, miało się wrażenie, na zawsze.

Zapytał Konstantego, czy jest w raju, i nie czekając odpowiedzi, przyznał przed sobą, że nie może być inaczej.

– Wczoraj wyglądało to gorzej – powiedział Konstanty, z sympatią przypatrując się oczarowaniu Mielczarka.

– O czym ksiądz mówi? – Mielczarek uniósł dłoń i rękaw zbyt obszernej, jeansowej koszuli, opadł, odsłaniając mocne, nietknięte słońcem przedramię.

– O wyspie – odrzekł Konstanty.

– Jakiej wyspie?

– Prawdę mówiąc, wiem o niej niewiele.

Mielczarek skinął głową. Spojrzał z dezaprobatą na sutannę Konstantego zbyt szczelnie go opinającą, na wystające spod niej czarne wełniane skarpety i toporne półbuty zaniesione pustynnym pyłem.

Konstanty wyjaśnił, że stała się rzecz tajemnicza.

Chamsin, tak zwykle dla wyspy niełaskawy, tym razem ją oszczędził. Cały upiorny wczorajszy dzień go zapowiadał, a on ni z tego, ni z owego, omiótł tylko wyspę swym czarnym skrzydłem, skręcił nagle na wschód i południe, rąbnął w Wielką Syrtę i miasto Benghazi, czyniąc w nim piekło.

Komunikaty z kontynentu nie pozostawiały wątpliwości. Gorący, saharyjski wiatr się wywiał i teraz porozrywany na strzępy, wyczerpany atakiem, dogorywa na Pustyni Libijskiej, powstały z żaru i piasku, w piasek i żar obrócony.

– To dla księdza dobra wiadomość – dodał Konstanty i szurnął grubymi podeszwami butów o taras. Zazgrzytały nieprzyjemnie na piasku.

Mielczarek wzdrygnął się i zapytał z niedowierzaniem, czy też jest kapłanem.

Konstanty skinął głową i dodał po chwili, że od roku mniej więcej na dobrowolnym wygnaniu.

– Skąd? – zapytał Mielczarek.

– Z Rzymu – odpowiedział Konstanty.

Uroda morza i jego jednotonny, choć nie uporczywy kolor rzeczywiście zachwycały.

Świt, niezauważenie przechodzący w poranek, zapowiedział dzień rozsłoneczniony u swego szczytu, zapewne męczący, zmuszający do szukania schronienia we wszelkich półmrokach, jakichkolwiek dających się zaryglować wnętrzach, dzień więc piękny, ale z racji swej natury, nie od początku do końca rajski.

Morze takich wątpliwości nie budziło. Ono było stałe w swej przyjaźni.

Widać było, jak nęci Mielczarka i z jakim trudem młody kapłan powstrzymuje się, by wyjść mu naprzeciw.

Poza jeźdźcami, którzy przegalopowali plażę, nie widać było ludzi, choć czuło się ich niedaleką obecność wraz ze zwierzętami, jakie im tu od wieków towarzyszyły.

– Rozumiem, że był jakiś powód mego wygnania – rzekł Mielczarek po kwadransie milczenia. – Czy ksiądz go zna?

– Zgorszenie – odpowiedział Konstanty, chciał dodać coś jeszcze, ale Mielczarek dał znak, że to mu wystarczy.

Podniósł się z fotelika i spojrzał na swe bose stopy z pofałdowanymi na nich nogawkami spodni. Zapytał Konstantego, czy ten zna powód, dla którego, on, Mielczarek, uważa się za mężczyznę wysokiego? I barczystego, dodał po

227

chwili, przypatrując się swym obłym, pełnym ramionom, z których ześlizgiwała się rozpięta na piersi koszula.

Konstanty roześmiał się. Odezwał się przyjaźnie, że nie jest źle sądzić o sobie lepiej, niż jest w istocie.

– Lubię siebie – skonstatował Mielczarek, sadowiąc się na powrót w foteliku. – Jak tylko podniosłem powieki i ujrzałem ten bezmiar przed sobą, to przyszło mi do głowy, że siebie lubię.

– Uraduje to eminencję – Konstanty strzepnął resztki śmiechu. Nie było w nim ironii.

Mielczarek zapytał, o którym kardynale mowa, a Konstanty rzekł, że o Dino Barbazzy, zwanym w Rzymie Don Dinem lub Sycylijczykiem.

– Sycylijczyk? – Mielczarek popatrzył bystro na Konstantego. Zapytał, czy nie powinni popływać. Konstanty usprawiedliwił się brakiem zapału sportowego i, wstyd przyznać, nieumiejętnością pływania.

Mielczarek stwierdził, że pływanie jest wielką przyjemnością, a Konstanty, że z zasady ich sobie odmawia.

– Może szkoda – wyszeptał po chwili i też spojrzał na seledynowe wody.

– Pewno – Mielczarek opuścił się w foteliku i wyciągnął przed siebie nogi. Nie mógł nadziwić się długości swych spodni. Rzekł cicho:

– Nie przypominam sobie.

– Czego?

– Sycylijczyka. Z nikim go nie kojarzę.

Konstanty opowiedział, że to sprawa czasu.

– Miał ksiądz wczoraj paskudny dzień. Kłopot z ciśnieniem i zapaść. Wspomniał ksiądz o braku jakiegoś lekarstwa.

Mielczarek skinął głową. Powtórzył, że nie przypomina sobie Sycylijczyka ani zgorszenia, ale rozumie, że te dwie rzeczy mają ze sobą związek.

– Owszem – zgodził się Konstanty.

Przyglądali się obydwaj pustej twarzy Saddama z krowim spojrzeniem pustych oczu. Przyniósł im gorącą jeszcze bagietkę, kozi ser w wilgotnej szmatce i czarne oliwki. Bezszelestnie wsunął się do wnętrza domu. Wrócił z blaszaną miską, do której wrzucił ser ze szmatki. Przepołowił bagietkę tak, by zmieściła się na płaskim talerzu, i nie odzywając się słowem, odszedł.

Mielczarek natychmiast zabrał się do śniadania. Jadł z powagą, spokojem i milczeniem ludzi prostych.

Konstanty wykorzystał to, by opowiedzieć, jak to Mielczarek, zaufany Barbazzy, stał się przez sezon medialną gwiazdą, głównie bulwarowej prasy. Jak włożył w usta krytykom polskiego katolicyzmu, a nie brakuje ich w Rzymie, argument o jego prostackości, gdy publicznie ogłosił, że dla takich nierządnic jak Claudia Reiman układano stosy w czasach, kiedy obowiązywały jeszcze jakieś zasady. Była to odpowiedź na artykuł znanej dziennikarki. Przedstawiła w nim swój lęk i poczucie osaczenia przez Kościół, w którym triumf zastąpił świadectwo.

Mielczarek przysłuchał się temu bez zainteresowania. Jakby to dotyczyło kogoś, kogo ani zna, ani lubi. Zapytał Konstantego, czy zauważył, jak zapieprzali.

Konstanty powiódł spojrzeniem za grubym palcem Mielczarka wskazującym Douz.

– Nie rozumiem.

– Jeźdźcy. Kwadrans temu. Nie zauważył ksiądz? Na niesamowitych koniach. Czym je tutaj karmią?

– Daktylami – Konstanty panował nad zniecierpliwieniem.

– Daktylami? Pierwsze słyszę.

Mielczarek kręcił z niedowierzaniem głową.

Gdy Konstanty zapytał go, czy pamięta telewizyjną reklamę piwa Farell, ten uśmiechnął się błogo do siebie.

Wyraźnie był gdzie indziej.

– Jakiego piwa?

– Farell – łagodnie odpowiedział Konstanty. – Agencja reklamowa Manhattan wykorzystała w niej herezję jednego ze zbuntowanych księży, przedstawiając go jako kapłana zamieniającego wodę z kranu w piwo, ze słowami: s ą j e d - n a k r z e c z y, k t ó r e p r z e m i e n i a m.

– I co? – cicho zapytał Mielczarek, nie odrywając twarzy od morza.

– „Il Messaggero" zacytował zdanie księdza, że w kraju, z którego ksiądz pochodzi, taki grzesznik nie dożyłby wieczora.

– Musiałem go nie lubić.

– W tym rzecz – zgodził się Konstanty – jeden z komentatorów radiowych zauważył, że kraj, podawany za przykład, wydał kogoś jeszcze i dobrze byłoby wiedzieć, czy ten ktoś też tak uważa.

– Co mu odpowiedziano?

– Komentatorowi?

– Właśnie.

– Kłopot polegał na tym, że nic. Rozumie ksiądz niezręczność tej sytuacji?

– Powiedzmy. Co przesądziło o moim wygnaniu?

– Fotografia.

– Fotografia?

– Przed dworcem Termini ksiądz w otoczeniu zgrai wygolonych, mazowieckich osiłków w skórzanych kurtkach, sformowanych w Legion Maryi, z podpisem: o n n i e j e s t s a m.

Reakcja sufragana Vieriego była natychmiastowa. W liście do Sycylijczyka napisał o braku jakiejkolwiek chrześcijańskiej refleksji młodego polskiego kapłana i jego niezdolności do wybaczania.

Barbazza nie mógł się do tego nie odnieść. Chciał czy nie chciał.

Myśl pierwsza była taka, że wraca ksiądz do kraju. Gdy się to rozniosło, nie było w Polsce diecezji, która nie chciałaby księdza przyjąć. Sycylijczyk uznał w swej bezgranicznej roztropności, że taka demonstracja nagłośni tylko sprawę ze swej natury do natychmiastowego wytłumienia.

Żaden włoski klasztor z kolei nie chciał księdza przygarnąć, zasłaniając się wymogami własnych reguł.

Znalazł się człowiek, który podpowiedział Barbazzy w miarę odległą od Rzymu samotnię, jaka nie rozproszy księdza, kiedy wróci do swej rozbabranej dysertacji doktorskiej o Dunsie Szkocie.

Fakt, że samotnia przypomina południową Sycylię, z której pochodzi kardynał, nie był tu bez znaczenia, jak i możliwość, że wyspa indoktrynowana wahabicką ideologią mogła sprawdzić księdza, hartując wiarę jego na stal lub obnażając jej powierzchowność.

– Interdykt? – zapytał po dobrej chwili Mielczarek, obracając między palcami plastikową zapalniczkę. Nie sprawiał wrażenia człowieka zainteresowanego swoją winą.

Nęciło go morze. Można było odnieść wrażenie, że zainteresowany jest wyłącznie jego przyjaźnią, że równie obojętne są mu pytania, które zadaje, jak i odpowiedzi, jakie na nie otrzymuje. Przeciągnął palcami po krwawych zadrapaniach, jakie miał na szyi zapewne od tępej maszynki do golenia. Wypluł przez barierkę pestkę po oliwce. Podniósł z posadzki kawałek okularowego szkła i spojrzał przez nie w niebo.

– Właśnie próbowałem to księdzu przedstawić – rzekł bez pretensji Konstanty. – Czy bez powodzenia?

– Nie, czemu? – Mielczarek wzruszył obojętnie ramionami. Dodał, że jeżeli ma być szczery, to trudno mu się powstrzymać.

– Przed czym? – zapytał Konstanty.

– Przed kąpielą – odpowiedział Mielczarek. – Nie mogę się przed nią powstrzymać.

Konstanty wstał na to ze swego fotelika, zbliżył się do metalowej barierki i przypatrując się błękitnoseledynowej, przejrzystej jak kryształ wodzie, przypomniał, że morze ma Mielczarek na co dzień, co do niego natomiast, to wkrótce odpłynie motorową łodzią na kontynent z portu w Alawi, do którego musi jeszcze dojść.

Usłyszeli ryk osła i daleki śmiech dzieci.

Złotopióry ptak sfrunął z palmy i przysiadł na barierce. Przypatrywali się sobie z Mielczarkiem.

Ptak miał krwawoczerwone pióra pod lotkami i sierpowaty dziób, nadający mu wyraz zafrasowania. Mielczarek wyciągnął do niego dłoń. Ptak zesrał się na betonową krawędź i odleciał.

– Dobry wybór – mruknął Mielczarek – ta wyspa to dobry wybór. Czuje się tu Boga.

Podniósł twarz ku niebu, zamknął powieki i dodał cicho:

– Boga wszystkich.

– Z największą radością powtórzę to kardynałowi – ucieszył się Konstanty.

– Nie każdy trafia do raju, mnie się to zdarzyło.

– Z zazdrości spłonie kardynał.

Po chwili podniósł Konstanty ze stolika plik kartek zapisanych równym, pochyłym pismem.

Na pytanie, co to jest, odpowiedział, że Szkot, Duns Szkot.

Mielczarek skrzywił się. Z przykrością oderwał wzrok od wód. Z większą jeszcze zwrócił go na chudą, uduchowioną twarz Konstantego, zadał sobie gwałt i począł myśleć.

Nie było to przyjemne zajęcie.

Naprężał się, aż żyła mu wyszła. Zaglądał w głąb siebie. Zamknął powieki i zacisnął dłonie na oparciach fotelika.

Pochylił głowę nad piersią i wystękał:

– Doctor subtilissimus. De primo principio.

Konstanty się z tym zgodził. Wertując kartki, dodał, że go się w nich czuje.

– Kogo? – zapytał Mielczarek.

– Boga – odpowiedział Konstanty. – To, co ksiądz napisał, jest mądre i dobre, jakby Bóg księdza prowadził. Dawno nie czytałem nic równie ożywczego, zmywającego z nas skorupę ortodoksji.

Mielczarek zapytał zdziwiony o czym mowa.

Równie zdziwiony odpowiedział mu Konstanty:

– O księdza rozprawie doktorskiej. Jest wzruszająca. Nic nie sprawi kardynałowi większej przyjemności niż wiadomość, że nie marnuje tu ksiądz czasu.

Wstał z fotelika i nie ukrywając podniecenia, okrążał taras długim, niepowstrzymywanym krokiem. Kusa sutanna zawijała mu się na muskularnych łydkach.

– Spotkanie Szkota ze świętym Franciszkiem na Sorbonie i ich długa rozmowa w uniwersyteckim kampusie o duchowości wilka z Gubbio jest mądra, ożywcza, teologicznie w najwyższym stopniu uzasadniona.

Mielczarek wypuścił z siebie powietrze. Podniósł głowę. Zamrugał powiekami.

Bywa, że wytrąca nas coś z ukojenia. Sięgamy wtedy po gniew, który wcale w nas nie wygasł, tylko poszedł na bok w chwili bezmyślnego spokoju, jaki w sobie celebrujemy. Rzeczy się nie przecinają. Użyjemy gniewu, a gdy zrobi, co ma do zrobienia, wrócimy do rozkoszy spokoju. Nic nie stoi na przeszkodzie, by tak poszło.

Jest jedno, jest i drugie.

Fakt, że pozostajemy przy gniewie, który nas męczy, a nie wracamy do błogostanu, który nas ożywia, nie bierze się z naszej woli, tylko charakteru broni, użytej do obrony przed tą bronią.

Przeklinamy wtedy moment, w jakim zdecydowaliśmy się użyć gniewu, w istocie, przeciw sobie.

Zaciskamy konwulsyjnie szczęki, czujemy pulsowanie skroni, skurcz żołądka, napięcie rozchodzące się po całym naszym rusztowaniu, nagłe potnienie rąk i z jeszcze większym gniewem odpędzamy gniew.

I tak z każdą sekundą pęcznieje w nas gniew na gniew, a błogość, która nami tak niedawno zawładnęła, oddala się i bezużyteczniejе.

Nie wiadomo, co pomyślał Konstanty, gdy kątem oka zauważył, jak Mielczarek poruszył się gwałtownie na foteliku i jak nie spuszczając wzroku z morza, przestał na nie patrzeć. Jak stracił całe swoje zachwycenie światem, wprowadzony przez Konstantego w mroki średniowiecza, jakie lampy by pozapalano.

A przeciw mrokom było to przecież napisane, za słońcem, morzem, ciepłem, zdrowiem i młodością.

Przeciw wszystkim mrokom, gniewom, karom, zadośćuczynieniom, winom, pokutom, przeciw lękowi i srogości.

Trzeba było, tak czy owak, gniew Mielczarka uprzedzić, nim nie usadowi się w nim na dobre.

Dlatego słowa Konstantego nie popłynęły łagodnie jak dotychczas, tylko rwać poczęły wzburzoną rzeką. Gdy zapytał, co jest nonsensem, to głos podniósł do krzyku.

– Spotkanie Franciszka ze Szkotem? Dzieli ich sto lat, zgoda! Nawet gdyby cudem jakim się o siebie otarli, nie ma takiej mocy, która zachęciłaby Dunsa do rozmowy o wilku z Gubbio, zgoda! Wiele jest argumentów na rzecz takiego poglądu, zgódźmy się, że dociekliwość Szkota i jego matematyczna wręcz skrupulatność wystarczają. Ale skoro już o tym mowa, nigdy nie lubił ksiądz tego łazęgi z Asyżu...

Mielczarek skinął głową. Ale spojrzenie jego mówiło: może straciłem pamięć, lecz nie rozum.

Z drugiej strony trzeba oślepnąć, by nie dostrzec, że morze nęci go trwalej, niż katuje gniew. Gniew, prędzej czy później, odejdzie, morze jest wieczne.

Czym głębia myśli, logika wywodu, władczość ontologii, niepodważalność teodycei, gotowość intelektu wobec chłodu morza i jego seledynu.

– Marnością – szepnął, niezapytany o to, Mielczarek.

Konstanty złamał się wpół. Twarz jego zawisła nad kapłanem.

– Marnością – powtórzył Mielczarek.

Konstanty znieruchomiał. Opuścił długie ręce wzdłuż tułowia.

– Chcę móc powtórzyć to kardynałowi.

Przespacerował się majestatycznie.

– Chcę powtórzyć kardynałowi, że przekonał się ksiądz do łazęgi z Asyżu, zdjął Szkota z piedestału, polubił Claudię Reiman, wybaczył zbuntowanemu kapłanowi przemieniającemu wodę w piwo Farell. Raz na zawsze pożegnał osiłków z dworca Termini. Że w bezludziu wyspy poznał ksiądz miarę rzeczy. Chcę mu to powtórzyć.

Mielczarek uśmiechnął się. Spojrzał wymownie na swój tandetny, kwarcowy zegarek.

Zaparzył kawę w zdezelowanym, włoskim ekspresie.

Zapach arabiki rozsnuł się po tarasie. Przywołane nim żuczki, gąsieniczki, jaszczurki, stworki takie i siakie powyłaziły ze swych kryjówek. Słońce stanęło już całkiem wysoko i na tarasie zaczęło brakować cienia.

Mielczarek przejrzał rękopis obojętnie i mruknął, że praca najwyraźniej idzie mu powoli.

– To zrozumiałe – rzekł Konstanty.

– Widzę – Mielczarek wskazał kusą sutannę Konstantego – że Rzym na was oszczędza.

– Zbiegła się w praniu – wyjaśnił sucho Konstanty.

– Zauważyłem.

– To ja oszczędzam na sobie – Konstanty zdjął ze swego

buta brunatną gąsieniczkę i przeniósł ją na wałek zwiniętej markizy. – Zawsze uważałem, że cnota ubóstwa jest najmilsza Panu. Kardynał kilkakrotnie zwracał mi uwagę, bym się z nią nie obnosił i sprawił sobie coś odpowiedniego dla mego wzrostu, gdyż w za krótkiej sukni wyglądam ofermowato.

– Nie mogę nie przyznać mu racji.

– Uważam jednak, że cnota ubóstwa...

– Nie przesadzajmy – przerwał mu Mielczarek i wstał z fotelika. Jednym haustem wypił gorzką, niezabieloną kawę i wszedł do wnętrza bungalowu za koralikową kurtynę. Wrócił po chwili bez koszuli, z poluzowanymi spodniami na swym zaokrąglającym się brzuchu. Zapytał Konstantego, o której ma łódź na kontynent, Konstanty powtórzył, że w południe z portu w Alawi. A do portu godzinę drogi plażą.

– No to na księdza już czas – rzekł Mielczarek i zeskoczył z tarasu na piasek. Nie oglądając się za siebie, ruszył ku morzu.

* * *

Po kilkudziesięciu krokach Konstanty spojrzał za siebie.

Mielczarek pluskał się w morzu jak dziecko.

Nurkował, wyskakiwał w górę niczym delfin, rzucał się na plecy, strzykał wodą, bił o nią z zapałem dłońmi, zachęcając ją do zabawy, nagi jak go Pan Bóg stworzył.

Całym sobą oddawał się pokucie.

Konstanty omiatał go blaknącym z chwili na chwilę spojrzeniem. Jego uduchowiona twarz, z której spełzła opalenizna, świeciła biblioteczną bladością.

Wszystkie mroki świata przez nią przemawiały, wszystka jego starość.

Nie było w niej już piękna, harmonii, blasku formy.

Nie miał czego żegnać, bo nic nie wyszło mu naprzeciw.

Zmartwychwstały kormoran szybował nad wodami, poszukując rzadkich w nich ryb. Monumentalne palmy tkwiły nieruchomo, zapatrzone we własną wysmukłość, złotopióry ptak wyczekiwał Mielczarka na barierce tarasu, osioł awanturował się za wzgórzem. Słońce zbliżyło się do zenitu, za godzinę z przesyconego wonią kwiatów powietrza wykluje się delikatna bryza, a wcześniej wyprzedzi go wracająca z Douz kohorta półnagich jeźdźców na krótkich, spienionych, pędzonych daktylami koniach.

Kwadrans wcześniej, widząc, jak Mielczarek zanurza się w morzu, krzyknął, że to był żart. Mielczarek nie znalazł chwili, by odwrócić się do Konstantego, uwiedziony przez morze.

Gdy Konstanty zaczął wrzeszczeć, że od kilku godzin w niewłasnych są skórach, wbiegając do wody z zadartą powyżej kolan suknią, to im głośniej wrzeszczał, tym mniej sobie wierzył.

Jakby przeciw sobie wrzeszczał, przeciw buntowi, który trafił w pustkę, w imię niczego wzniecony.

Przez moment zajął uwagę głodnej każdej sensacji gawiedzi i przepadł.

Krótka bywa, z zasady, rozkosz nierządu i bezpłatna, to czyni ją nieważną wobec stałości.

Rację miał Mielczarek, było, minęło.

A czarna suknia, w którą na powrót oblekł niepasujące do niej ciało, będzie jego przeznaczeniem. Niepostrzępione szorty, jeansowa koszula i przewiewne sandały, lecz suknia, która ogranicza i krępuje.

Przykro przyznać, sam z siebie nie jest żadną wolnością, swobodą co najwyżej z upływem czasu jałowiejącą na proch.

Zakosztowałby przemocy, młota, śruby, ognia i żelaza.

Możliwe to? Rozpierać go zaczął następny kaprys, czy oddaje się sednu własnej natury?

A czy jego agresja, niechęć, usprawiedliwione być może poczucie wyższości wobec rzymskiego wysłannika, niepodyktowana zazdrość? Zazdrość człowieka słabego od buntu do mocnego w pokorze?

A poza wszystkim zauważył, lub tak mu się wydało, sztubacki i przytomny błysk w oczach Mielczarka, który mu się zapewne wymknął, oznajmiający: graj swoje, nierządnico. Graj swoje, bo co po mnie w zderzeniu twojej starości z młodością kardynała, twojej słabości z jego siłą, wyszukaniem twoim z jego prostotą, jego biblijną odwiecznością z mgnieniem twoim. Lepiej być w raju niż między wami. Obydwaj grajcie swoje, bo w waszej różnicy jest łączność, a w mojej łączności z wami obydwoma i z każdym z was osobno rozłączność. Wiara moja jak dzwon, Bóg jak ojciec, Maryja jak matka, aniołowie jak bracia. Wiem, skąd idę i dokąd przyszedłem.

Po kilku minutach Konstanty wycofał się na brzeg i ruszył bezwiednie do portu w Alawi.

Z każdym metrem, jaki oddalał go od betonowego bungalowu, między milczącymi palmami, nad brzegiem seledynowego morza, był mniej pewien wszystkiego.

I ta niepewność napawała go melancholijną nadzieją.

Nadzieją, że już nic w jego losie nie będzie zależeć od niego.

Z pokorą zda się na bieg rzeczy.

Cóż za ulga wiedzieć, że nie uczyni już nic we własnym imieniu. Niech Sycylijczyk zadecyduje, kim jest i kim będzie. Niech się Sycylijczyk wścieknie, rozbawi, zamyśli, niech postanowi lub nie postanowi. Niech go ukarze, poniecha, wybaczy albo pogrąży.

Los swój składa w mocne, chłopskie ręce.

Niech się Barbazza zmierzy z jego przypadłością. Niech pchnie go ku porządkowi nadprzyrodzonemu, skoro w przyrodzonym nie znalazł sobie miejsca.

Potęga miasta unosiła go w niebo.

Znów, jak przed kilku laty, miał wrażenie, że szybuje nad jego budowlami. Dobrze czuł się w roli emisariusza tej prze-pyszności, on, byt duchowy po osiągnięciu należnej mu doskonałości.

Wypełniłem swoją wątłą miarę bytu, powie Sycylijczy-kowi, a teraz ty wypełnij swoją. Gdybyś jednak zapomniał, podpowiem: jedność to niepodzielność w Stwórcy.

Czuł, jak ciało z niego opada, długie, ciemne, muskular-ne ciało, od którego tak dobrze było mu na wyspie żyć. Wie-le się nim nie nacieszył.

Wiotczało pod czarną suknią z chwili na chwilę, bladło, abdykowało na rzecz tajemnicy.

Już go nie będzie miał na zawołanie.

Nie bez żalu przekonał siebie, że wyspa, z samej swojej natury, unieruchamia, a w życiu trzeba wędrować.

Jak się nie zna celu, to trzeba iść za tym, który go wskaże.

Świt letni miasta jeszcze nie obieli, gdy Sycylijczyk usły-szy: jestem i służę, choć dupka po mnie posłałeś, panie, jak-byś nie dowierzał głębi swego zamiaru. Jestem i służę, don Dino. W każdej twojej najprostszej lub najwymyślniejszej sprawie.

Tak czy owak, im bliżej był portu, tym mniej na wyspie. Stawała się tym, czym w istocie była, spłachetkiem piasku oderwanym od pustyni.

A Rzym, co by o nim mówić, miasto wieczne.

Spis treści